↑美国白宫附近的国务院—战争部—海军部大楼（现在的旧行政办公楼），当时还是国务院电报员和密码员的雅德利在这里第一次接触到密码工作。嵌图是戴维·亚丁·萨蒙，即雅德利在国务院译电室的上级领导。他慧眼识才，非常认可雅德利在密码学方面的能力；1917年他一路绿灯，支持雅德利调入军队。

↑雅德利在美国国务院译电室门外。

↑美国陆军战争学院,美国第一个永久性的官方密码机构就设于此。雅德利当初的办公桌置于大楼西侧一个弦月窗下。

↑当时还是少尉的雅德利组建并领导了军队的秘密机构——军情八处(MI-8)。

←拉尔夫·范德曼上校(坐者),被誉为"美国军事情报之父"。他将雅德利带入军队并设立了密码部门。站在他身后的是1919年巴黎和会美国委员会的成员艾伦·杜勒斯。这名年轻外交官后来成为美国情报界声名赫赫的人物,有"传奇间谍"之称,曾任美国中央情报局局长。

↑英国隐显墨水实验室,成功帮助捕获了许多德国间谍。

←这就是著名的"莫德之信"。美国的化学家显影了德国人的隐显墨水,密文的方向与英文所写明文的方向是交叉的。

←拉兹·维特科，化名巴勃罗·瓦贝斯基，是第一次世界大战期间唯一被处死的德国间谍。

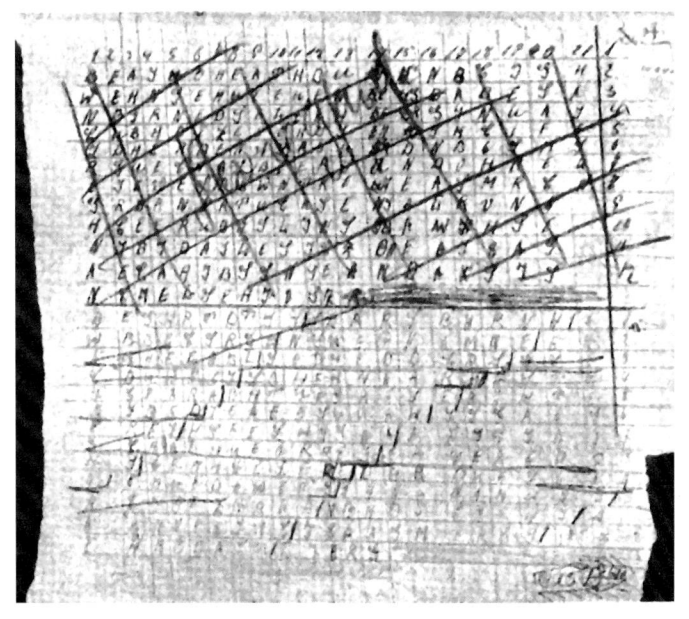

←巴勃罗·瓦贝斯基在等待判决期间写的密码信。该信内容是请求德国在墨西哥的间谍总部提供帮助。

↑ 军情八处副处长约翰·曼利上尉，与伊迪丝·里克尔特一起破译了瓦贝斯基的密电。

↑ 里夫斯·蔡尔兹中尉和雅德利（图右）上尉，均为巴黎和会期间美国军方密码专家。

↑ 雅德利在巴黎和会上的通行证。

↑ 1921年11月21日，华盛顿裁军会议会场。正对着照相机的那张桌子，从左边数第5位就是美国国务卿查尔斯·埃文斯·休斯，本次大会的主持人。

→ 曼哈顿范德堡大道52号的办公大楼，位于第47街街角。从1923年开始至1929年撤销，雅德利领导的密码局一直在此办公。办公室最早设于229室，后搬至814套房。

↑雅德利与来纽约拜访他的乔治斯·潘万的合影。潘万是一战期间最伟大的法国密码专家,对雅德利指导颇多,此时正致力于创建日后大获成功的商业事业。

↑美国国务卿亨利·刘易斯·史汀生,他于1929年关闭了雅德利的密码局,理由是"绅士从不偷阅他人信件"。

↑乔治·拜伊,雅德利的好友及著作经纪人。

↑雅德利在中国与他的密码学学生合影。

↑雅德利在中国重庆的居室,摄于夏日。

↑1940年,雅德利从中国返回后在洛杉矶接受媒体采访。

本书谨献给

曾经为军情八处（MI-8）和美国黑室工作的人以及本领高强的对手

和仍然隐蔽在秘密外交幕后的外国密码专家

美国黑室

Herbert O. Yardley

[美] 赫伯特·雅德利 著

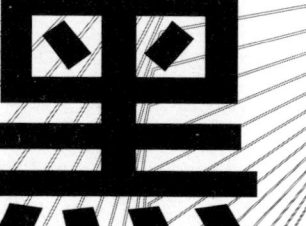

何卫宁 译

The American Black Chamber

金城出版社　西苑出版社
GOLD WALL PRESS　XIYUAN PUBLISHING HOUSE

· 北京 ·

Copyright ©2025 XIYUAN PUBLISHING HOUSE CO.,LTD.,CHINA
本作品一切中文权利归 **西苑出版社有限公司** 所有，未经合法许可，严禁任何方式使用。

图书在版编目（CIP）数据

美国黑室:全译本:图文珍藏版/(美)赫伯特·雅德利著；何卫宁译.--北京:西苑出版社有限公司：金城出版社有限公司，2025.3. --ISBN 978-7-5151-0947-3

Ⅰ.I712.55；D771.236

中国国家版本馆CIP数据核字第20245ES195号

美国黑室（全译本·图文珍藏版）
MEIGUO HEISHI（QUANYIBEN·TUWEN ZHENCANGBAN）

作　　者	[美]赫伯特·雅德利
译　　者	何卫宁
责任编辑	丁洪涛
责任校对	高　虹
责任印制	李仕杰
开　　本	710毫米×1000毫米　1/16
印　　张	20.25
字　　数	250千字
版　　次	2025年3月第1版
印　　次	2025年3月第1次印刷
印　　刷	鑫艺佳利（天津）印刷有限公司
书　　号	ISBN 978-7-5151-0947-3
定　　价	69.80元

出版发行	金城出版社有限公司　西苑出版社有限公司
	北京市朝阳区利泽东二路3号　邮编：100102
发 行 部	(010) 84254364
编 辑 部	(010) 61842768
交流邮箱	dinghongtaobooks@126.com
总 编 室	(010) 88636419
电子邮箱	xiyuanpub@163.com
法律顾问	北京植德律师事务所　17600603461

出版说明

当提到中国全民族抗日战争期间援华的国际友人，人们耳熟能详的白求恩、埃德加·斯诺、柯棣华、陈纳德等随口就能说出来，相比较他们的广为人知，有一个人的名字却很少有人知道。他就是被誉为"美国密码之父"的赫伯特·雅德利。

赫伯特·雅德利（Herbert O. Yardley，1889—1958）生于美国印第安纳州沃辛顿，他的一生经历曲折离奇，是美国国家安全局前身军情八处及美国最早的密码破译机关——"美国黑室"的创始人。1931年他出版了超级畅销书《美国黑室》，引起了极大的轰动。1938年9月—1940年7月，蒋介石曾聘请他到重庆担任军统局顾问，积极破译密电、抓捕间谍、培训谍报人才等，并参与组建"中国黑室"，与日本展开了鲜为人知的谍报战，他因此被誉为"中国抗战秘密战线上的第一外援"。

近年来，谍战类、情报战史类的图书和影视剧受到了读者的广泛欢迎，为了向中国读者介绍雅德利的这部经典作品，金城出版社分别于2012年5月出版了《美国黑室》（全译本·珍藏版）、2018年9月出版了《美国黑室》（全译本·最新修订珍藏版）。图书出版后，赢得了广大读者的好评和欢迎。

　　应读者要求，此次金城出版社和西苑出版社联合出版《美国黑室》（全译本·图文珍藏版）之际，今年正值中国人民抗日战争胜利80周年，我们谨以此纪念他为中国的抗战事业做出的特殊贡献。此次修订，我们在本书的扉页前面，增加了8页前插，精选的21幅图片都是和本书作者雅德利相关的图片，图文并茂，丰富和增强了图书的阅读效果。在本书的最后增加了3个附录，3篇文章的题目分别为：《雅德利：我是如何写出畅销书〈美国黑室〉的》《富于传奇色彩的人物——雅德利》和《雅德利的部分著作和文章》。目的是向读者介绍本书出版的内幕故事、雅德利的人生经历、雅德利与中国的故事等。相信新增加的这些内容一定会对读者更加全面地了解本书的内容和本书作者雅德利跌宕起伏的一生有所帮助。

　　与此同时，在此次修订中还校订了书中的部分错误，使本书具有了更好的阅读和收藏价值。但囿于客观条件和粗浅学识，差错在所难免，在此恳请读者朋友们批评指正。

编者

2025年1月

前言

记述世界历史的书籍很少透露各国外交黑幕背后的秘密。想知道这些的话，本书就能给你答案。"美国黑室"是美国政府的密码局，在"黑室"里，密码专家揣摩如何破译外国政府的密码电报、化学家蓄意伪造外交封条、摄影师将外国的外交信件拍照留存。

在本书中，我将以简单、平静的方式展示这一机构的秘密。之所以能做到这一点，是因为该机构是由我为美国政府创建的。最鼎盛的时候，该机构工作人员总数达到165人。由我管理的12年间，我领导该机构进行各种秘密活动。最后，新一任国务卿下令将其关闭。

12年来，他是美国国务院第一位有勇气做出这样决定的国务卿，虽然知道世界上各大国都有自己的"黑室"，但他仍然宣称他国的外交书信是不容窥视的。我本人觉得与其说他有勇气，不如说他无比天真，竟然谴责美国密码局的秘密活动。如今，"美国黑室"被迫关闭，我觉得没有必要再为其保守秘密。

在本书中，你能听到来自英国、法国、梵蒂冈、日本、墨西哥、古巴、西班牙、尼加拉瓜、秘鲁、巴西等国的窃窃私语。

你能看到大使的保险柜被打开，其密码本被偷出来拍照。

一名可爱的女孩与大使馆的秘书跳舞。她恭维他。他们成了私密的朋友。他如此轻率，以至于我们得以看到他密码本里的奥秘。

我们小心谨慎地伪造外交邮戳。专家精巧地把信封打开，对其内容进行拍照。

经过几个月的艰辛劳动终于破译新密码。为了让密码专家发现其中的奥秘，50名打字员疯狂地制作频率表。

一封信被我们截获。化学家用各种化学试剂试着显影。几个字母若隐若现，一个句子浮现出来……接着是整个段落……后来，我们看清了第2封、第3封……你看，这是巴拿马运河的计划！一名美女被逮捕，我们把她投入监狱。她在死前供认了。

一大堆混乱的信件，我们破译了它们。有人因此而被判处死刑。

一封惊人的电报。总检察长和国务卿争着向总统做汇报，就好像学校里的孩子争着给老师送苹果，希望获得老师的喜爱一样。

第一次裁军会议召开，会上将决定世界各强国的海军实力对比。快递员从"美国黑室"飞快地向华盛顿传送刚被破译的密码电报。"美国黑室"受到严密保护。荣誉像雨点似的落在我们身上。战争部部长把"杰出服务勋章"别在我的衣服翻领上，向我投来赞许的目光。

目录

第 1 章　国务院译电室里研究密码学　　/001

第 2 章　参军进入军事学院　　/015

第 3 章　隐显墨水里的神奇奥秘　　/028

第 4 章　帕特丽夏的密信　　/046

第 5 章　追捕美女间谍维多利卡夫人　　/057

第 6 章　截获两封神秘的德国电报　　/083

第 7 章　瓦贝斯基：被判死刑的德国间谍　　/100

第 8 章　潜入大使馆偷取密码本　　/125

第 9 章　受命出国工作　　/146

第 10 章　英国密码局里的意外收获　　/157

第 11 章　无法进入法国黑室　　/166

第 12 章　巴黎和会的阴谋诡计　　/173

第 13 章　令人震惊的苏联间谍文件　　/181

美国黑室 THE AMERICAN BLACK CHAMBER

第14章　最难破译的日本密码　　/190

第15章　被吓跑的传教士密码专家　　/206

第16章　华盛顿裁军会议中的美日巅峰博弈　　/214

第17章　我获得了杰出服务勋章　　/240

第18章　国务卿面见总统所引发的密电危机　　/249

第19章　写给国务院的有关密码安全的忠告　　/263

第20章　美国黑室被毁灭　　/274

附录一　雅德利：我是如何写出畅销书《美国黑室》的　　/279

附录二　富于传奇色彩的人物——雅德利　　/285

附录三　雅德利的部分著作和文章　　/305

第 1 章
国务院译电室里研究密码学

有一个名为"美国黑室"的机构，我是其负责人，其于1929年停止了秘密活动。16年[1]前，我来到美国国务院做密码员，那时还很年轻，不知道什么是外交代码，什么是外国密码。当时全美国也没有几个人知道这些事。

1913年，华盛顿还是一座宁静平和的城市。可是不久之后我就听说国务院译电室有与惊天动地的大阴谋进行斗争的历史。站在译电室空旷高大的房间里，能远眺白宫的南草坪。在工作之余举目远望，我就能看见有人在南草坪上打网球，几年前罗斯福总统和他的"网球内阁"每天都在那里活动。

沿房间的一面墙放着一张很长的橡木桌子，上面有一台电报机，像患了口吃病似的断断续续唠叨着，几个装电报稿的大柜子几乎把房门堵上了。房间中部，两张大平板桌子并排放着，几个围着桌子坐的译电员用拇指翻着密码本，潦草地记录着什么，偶尔停下手中的活儿点燃香烟。在电

---

[1] 本书作者于1913年来到美国国务院工作，当时是24岁。

报机的低沉呻吟中，打字机发出沉重的打击声，把一份原始电报复制出15份。靠墙放着老式的壁柜，来往于世界各地的领事和外交站点之间的电报装订后存放其中。角落里蹲坐着一个大保险柜，柜门微微敞开。

房间里的人都非常友好，我就像回到家一样。过度劳累的译电员表情非常轻松，这使我百思不得其解。每天都有历史事件从他们手缝中流淌而过，然而在他们眼里却远不如棒球比赛的分数重要。对他们来说，诸如墨西哥总统马德罗遇刺、韦拉克鲁斯炮击、第一次世界大战的恐怖威胁等事件，仅仅意味着更多的电报往来、更长的工作时间。除此之外，什么意义都没有。

值夜班的气氛则截然不同。国务院的官员常来译电室闲逛，有时国务卿也来。偶尔来寻觅电报的官员中不乏外交官、南美专家、欧洲专家、近东专家、远东专家。他们有些能免费喝酒，就边喝酒边聊天，甚至有时为国务卿的"愚蠢"政策争论几个小时。有一个外交官非常特别，他看上去异常精明，但喝酒喝得很凶，总是把从墨西哥城发来的最新电报读一遍后再下班回家。读完电报，他总是面色庄重地问我某个单词是用"c"还是"k"拼写。

他们那剪裁贴身的衣服和在外国首都的桃色故事，给我这个乡下佬留下了深刻印象。但是，我这个卑微的电报员兼译电员却一点儿都不觉得他们有多么伟大，而只是感到有些滑稽。后来，我能以平等的身份同他们交流，我发现早期对他们的印象是正确的：他们为人不错，性情温和，都是喜欢穿漂亮衣服的笨人，热衷于四处走动以展示那虚伪的欧洲式矫揉造作。

有个部门主管拉美事务，主任是个截然不同的人，既非政客也非外交官。他接受训练的地方不是欧洲宫廷的会客厅，而是南美的恶劣社会现实。他似乎对会客厅和桃色事件不感兴趣。相反，他喜欢按照自己的意愿摆布南美洲的军队、将军、总统。他是否足够聪明，我不知道。但是，我觉得他是个强人。他就是《美元外交》一书的作者。后来，布赖恩当上国务卿，指责这位老兄的政策不对，把他赶走了。从那以后，我就没有再听到过"美元外交"一词，也没发现有什么政策上的变化。但是，它开始在报纸上大量出现。

这位老兄，闲暇时喜欢一边思考，一边絮叨。我与他成了朋友，非常喜欢听他讲阴谋诡计的故事。谈话中，他粗略提及一些事件的日期，待他走后，我就会把落满灰尘的电报卷宗拿出来，查阅当时真实的密谋记录。我找到许多令人激动的事件，比如巴拿马运河事件，再比如，美国为委内瑞拉问题与英国几乎闹翻。此外，还有许多与美国国家利益相关的重大事件。我好像又回到家乡的面包房，坐在面粉桶上听那个被流放的德国贵族面包师有声有色地讲起历史上的阴谋诡计。

美国外交密码能不让别人破译吗？没人知道。我在历史书中曾看到密码专家破译军事密码电报和外交密码电报。各国都有密码专家，为什么美国没有一个机构破译外国政府的密码电报呢？

问这个问题，是因为我那颗年轻的心正在寻找生活的意义。我想把一生都献给密码学，或许也可以像外国的密码专家那样挖掘出世界各国的秘密。从此，我开始有计划地进行准备工作。

我很快翻遍国会图书馆中有关密码学的书籍。这些书都很有趣，但不实用。接着，我读了埃德加·爱伦·坡[1]的书信集，我想看看他如何科学地处理密码术。我觉得他喜欢自吹自擂，仅是个在黑暗中摸索前进的人，并不理解密码学的真正原理。以今日之科学观点再看密码术，世界上没有人能与"美国黑室"相匹敌。

---

[1] 埃德加·爱伦·坡（1809—1849）：19世纪美国诗人、小说家和文学评论家，美国浪漫主义思潮时期的重要成员。著有《金甲虫》《失窃的信》《怪异故事集》等。被誉为"推理小说的鼻祖"。

最后，我找到一本有关美军军事密码的小册子，是美军在利文沃斯堡（Fort Leavenworth）通信兵学校的密码教材。书中介绍了许多种密码方法，但也有一个缺陷，那就是所介绍的方法都太简单，任何聪明的学生即使不学课程也能破译书中的密码。它能教给我的就这么多了。

显然，我需要自己做点开创性的工作。于是立刻着手进行。我的朋友很多，所以我能轻易拿到华盛顿与各使馆交换情报用的代码和密码。但是进展却很缓慢，因为分析密码的工作量很大（后来，我有50个打字员忙于制作频率表）。我有时能破译，有时不能。我在学习一门新科学，并且没有惯例可循。

有一天晚上，工作不忙，正在分析密码的我听到纽约电报局的一个人告诉白宫的电报员说（我们使用同一通信线路），他有豪斯上校发给总统的一封500字的密码电报。电报传过来后，我做了一份拷贝。这仅是一个供学习破译用的练习，因为总统和他信任的代表肯定会使用比较难破译的密码。

我只用不到2个小时就破译了这份电报，心中充满了难以想象的快感。我一直对所谓的大事不感兴趣，因为天天都接触，见多不怪。但是，眼前这件事太不可思议了。豪斯上校去了德国，见了德国皇帝。英国电报公司也收到了这条消息，我们可以肯定英国海军密码局已经拿到电报的副本。

豪斯上校肯定是协约国（Allies）的最佳密探！有他在德国会见德国的皇帝和德国的亲王、将军、主要的企业领袖，协约国根本不必派遣间谍过去。这应该算是争取和平的举动。可是，那个坐在白宫里梦想着自己塑造历史的男人，虽然他希望世界视他为国际政治家，期待自己变成和平的仲裁者，但他竟然用中学生使用的密码与自己的代表通信。这简直不可思议。这难道不是他失败的原因吗？

第1章　国务院译电室里研究密码学

我虽然掌握了这一巨大的秘密，但内心很焦虑，因为不知道应该如何处置。我可以通知上司，那又会怎样呢？总统轻视别人的意见。此外，如果这件事曝光，他会很丢脸，反对他的人不会饶了他。他肯定会惩罚人，而被惩罚的人肯定是我，因为我不该看他的秘密电报。还是保命要紧。我用火柴把那几页纸烧掉，连灰烬都处理干净。让总统和他的秘密代表继续演他俩的喜剧吧。

美国总统对待密码感觉很幼稚。美国参加第一次世界大战后，我便受命组建"美国黑室"。也就在这个时候，总统向俄国派遣一个使团，团长即总统的红人乔治·克里尔（George Creel）。电报公司不断把他们收发的美国使团电报急件的副本送给我，我发现其中使用的密码实在是太过初级，可以给学习破译密码的学生当作练习使用。

至此，我已经花费数月时间研究美国的外交密码，虽然进展缓慢，但很有成效。为了分析密码，我需要做大量文字工作，这很无趣，但绝对必要。在这一过程中，我写下许多笔记，因为我希望写一篇完整的密码分析论文，并提交给我的上司。我不想解释我所使用的方法。那样我必须说出国务院密码本的秘密，而我不能这样做。所以，我开始对外国政府的密码进行科学分析。

1913—1917 年，许多人物轮番出现。其中，兰辛先生（后来的国务卿）最特殊。他的衣着完美无缺，灰白的头发、短胡须，像是扑克发牌人那样脸上毫无表情。国务卿兰辛在与我们打扑克牌时常被欺骗。在现实中，如果他没有与那个像暴君似的校长有瓜葛，也没有派一名亲英分子代表自己去伦敦，历史将会截然不同。

提到美国驻伦敦大使佩吉先生，我不得不多说几句。不过，我不想去琢磨一只老鼠在盯着国王和大臣时的内心活动。一些想赦免德国的历史学家说，他们在德国找不到能证明它犯有战争罪的文件。这就能证明德国无罪吗？不。我特别感谢国务卿布赖恩的裁缝，因为他为美国制造了一个小"外交档案库"——这位裁缝给国务卿布赖恩燕尾服的燕尾上做了一个兜，国务卿常把电报放在那个兜里，而且永远不记得拿走，所以那个兜就变成存放电报的小仓库。几年后，我听说有几千份文件被销毁。上级曾向我传达国务卿本人的命令，要求把佩吉大使的密件都销毁。美国总统甚至连看都没看过这些密件。后来，我在伦敦听说，由于大使的言论过于疯狂，相关文件不允许运往华盛顿，而必须就地销毁。如果有一封这样的电报到了总统手里，沃尔特·佩吉（Walter H. Page）先生就根本无法出版《沃尔特·佩吉生平和书信集》。美国的历史也会截然不同。

　　国务卿布赖恩晚上常来我们这里，我很希望见到他。他洪亮的声音很有特色，具有吸引人的气质。不过，我们都觉得他做国务卿很滑稽。他经常口授如何回应一封电报，可是第二天又立马发一封，观点却截然相反。如果兴奋起来，他会到电报室给某个大使发一份不加密的明文电报。第二天肯定有人发来询问电报："收到布赖恩署名的明文电报。请核实真伪。"他曾给新任驻墨西哥大使亨利·莱恩·威尔逊发去贺电。时任美国总统威尔逊与这位墨西哥大使关系不好，看到贺电后大怒。第二天，国务卿布赖恩发电报说那封贺电是个错误，有必要取消。他让整个国务院糟糕透顶，但他却是个好人。虽然大家有时嘲笑他，但真心喜欢他。

　　有一位作者曾指责布赖恩对日本驻美国大使无礼，因为布赖恩有一次说："让那只猴子进来。"那位作者就是海伍德·布龙[1]，他其实不了解实际情况，这一点让人感到不可思议。实际上，布赖恩并没有说那句无礼的话，而是一位不老练的秘书说的，秘书年轻时在大学里领导示威活动几乎要把布赖恩嘘下讲台。要想出名，就得这样做。

　　其他大人物也曾来过国务院译电室。有一天晚上，内阁一半成员都过

---

[1] 海伍德·布龙：美国新闻记者，提倡社会改革。

第1章　国务院译电室里研究密码学

来了。他们希望看到一封重要电报的译码过程，告诉他们墨西哥人是否向美国国旗敬礼。后来，这又演化为美国炮击韦拉克鲁斯的事件。决定性的时刻是晚上7点钟。由于有如此多的重要人物在场，我便以国务院的名义命令加尔维斯敦和韦拉克鲁斯之间、韦拉克鲁斯和墨西哥城之间的电报电缆、线路必须保持开放状态。7点过后几分钟，加尔维斯敦的电报员说："从墨西哥城传来一份40字的电报。"

国务院秘书丹尼尔斯说："电报说什么？"

"电报内容是。"我边说边转向手下的打字员，他已经准备好打字。

随着电文一个字一个字地被译码，丹尼尔斯严肃地说："先生们，这是本届政府收到的最重要的一份电报。"

我把译完的电报交给他们。墨西哥拒绝了美国的要求。这些先生们顿时面色惨白，但仍然保持理智跑去见总统。

长期以来，我一直努力钻研美国的外交密码，进步虽说不快，但确实有了许多心得。最终，我写出一份长达100多页的研究报告，交给上司。

"这是什么？"上司问道。

"美国外交密码破译研究。"我回答。

"是你写的？"

"对！"

"你的意思是说我们的密码不安全？"他转身看着我，然后接着说，"我不信。"

我回答："这份报告包含我1000多小时全神贯注的分析和艰苦的劳动，耗费了近两年的时间。我只是想请你看一看。"

他用奇怪的眼光看着我走开，我能感到他透露出一丝绝望的表情。他负责美国的外交密码，所有的秘密通信都归他管。

除了这件事外，我还做过一件诡异的事，令上司感到讨厌，我觉得他肯定认为我有某种特异功能。大约一年以前，他把保存密码本的保险柜的密码换了，他非常得意，竟然大笑起来。他是在星期六换的，而我必须在星期日早晨打开保险柜。他没有告诉我新密码，我也忘记问他了。

第二天早晨，我走进办公室，才意识到有问题。他有点小聪明，为了不让我们在兜里存放保险柜密码，他一般用人名来设置密码。他选一个人，然后让我们在电话簿中找到相应的电话号码，再对其进行特殊变换，就形成新的密码。我对智力问题感兴趣，所以不想打电话去问他而是想自己猜出来，我觉得那样更有趣一些。此外，如果我在电话里问，他肯定会来办公室再次修改密码。

于是，我坐下来开动脑筋思考。他那天换密码时为什么要大笑？他肯定选用了某个令他大笑的人的名字做关键字。此时此刻，我脑袋里最滑稽的人就是亨利·福特。福特曾声称他有个和平使命，就是"在圣诞节前使士兵们摆脱战壕"，但他后来不得不放弃了。

亨利·福特的名字不在电话簿中。我又试了试福特公司的电话号码，但是不对。

我觉得保险柜应该依靠直觉打开，必须找到上司换密码时的思路。他当时笑了。为什么？是什么人的名字吗？是与名字有关的什么吗？那天大家都在谈谁的名字？突然，我想到"盖特夫人"这个名字。那天，威尔逊总统宣布与盖特夫人的婚约。

我在电话簿中找到盖特夫人的电话号码，用颤抖的手旋转保险柜的密码盘。保险柜的锁开始发出嘀嗒声，一秒钟之后，柜门打开了！

几乎同时，电话铃响了，是上司打来的电话。

"雅德利，我忘了告诉你保险柜的新密码……"

"不必了，保险柜的门现在是开着的。"

他大叫起来："开着的？昨天是谁没有关？"

"没有谁忘记关。是我打开的。"

"你打不开,我并没有告诉你新密码。"

"没什么了不起……我试了几下就打开了。"

我不仅希望自己的高效工作能感动上司,还希望有其他东西也能感动他。我希望未来能做大事,他应该能提供帮助。给他一点神秘感不是坏事。我猜他有可能觉得我是个锁匠或懂得读心术。

在我提交那份研究报告几天后,上司把我叫到办公室。

"破译外交代码这件事,"他面色阴沉,眼睛盯着我,"你做几年了?"

"自从我来这里工作就开始了。大约有4年。"

他很小心地选择合适的词语。

"还有谁知道你写的研究报告?"

"没有其他人。"

"你应该知道这是很严重的事。"

"我当然知道。"

他是什么意思?我必须保护好威尔逊和豪斯之间的密电。他让我退下。但是,在我离开前,他又说:"根据伦敦发来的电报,我们已经获知英国有一个很大的组织负责破译其他国家的外交电报。"

他停止说话,看着我。

"你认为他们能破译我们的密码吗?"他这样说,很可能是在给自己打气。另一种可能是他打算给我更大的权力,让我去对付那些有经验的英国密码破译者。我没有马上回答他的问题。我不想贬低自己的知识,也不想当傻瓜。

"我认为,"我回答,"别人能做到的事,我也能做到。"

"如果让你做这件事,你需要多长时间?"

我慢吞吞地回答:"如果给我10个助手,1个月内就能做到。"

"不要再谈此事了。我要考虑一下。"他含糊地说道。

我准备离开。

"雅德利,"他叫住我,然后说,"你的分析非常绝妙。"

美国这部战车正隆隆地滚入战争。我必须保持耐心。战争总是承载了机会。

一个月后,上司编制了一种新的外交密码。我手指痒痒得真想把它撕碎。在正常的电报编码和解码工作之余,我不时花费个把小时研究如何破译新的密码系统。我为此冥思苦想,早起第一件事是它,晚睡最后一件事也是它。当然,大量的艰苦劳动是花费在铅笔和纸张上。几周后的一个晚上,我的脑海里闪过答案,就如算术公式那样明晰。

我从床上坐起来,走到打字机前,争取把思路记录下来,不让它滑入记忆的黑暗角落。

在上司走进办公室的时候,我已经站在他的桌子前面。

我对他说:"如果你请其他人多干点我手中的活,我便可以在几天之内告诉你如何破译你的新密码。"

我知道他尊重我的能力,但他似乎没有被我的话干扰,不愿理会我的挑战。他有理由保持自己的信心,因为他的新密码确实很具有独创性。

几天后,美国就要宣布参战了。世界所有角落的电报都向我们涌来。每天工作时间很长,很折磨人。我没有心情研究他的问题,因为我认为他的问题已经解决了。在密码术这门学问中,只要建立起新原则就等于有了解决问题的方案。

几周后,美国宣战,我交给上司几封被我破译的电报和一篇有几页纸的论文。他早有思想准备,因为我们此前曾几次谈论此事。他似乎希望我自动放弃破译密码的努力,因为他认为不是什么密码都能被破译的。

我后来才知道,所有政府官员对"美国黑室"都有类似的看法,他们觉得我们在玩游戏。

上司在看过我的论文之后，表达了钦佩之情，并对我从事的工作表示欢迎。可是，我告诉他我想参军，所以不得不离开国务院。我请他为我写一封推荐信，说明我是一名合格的密码破译者。

他表示为难，因为他不能推荐我离开国务院。他说我应该熟悉国务院的政策，助理国务卿不会同意让我离开。

"请暂时忘记我是国务院雇员的事。"我尽力压低自己的声音，因为我必须拿到他的推荐信，我的前途就靠它了。我接着说，"你我之间应该相互理解。你自己也曾经是一名电报员。你知道我根本不可能永远在译电室工作。我花费了4年的艰辛才获得破译密码的知识。给我一个机会。给我写一封推荐信。我自己去对付助理国务卿。"

"好吧，雅德利，我对此深感遗憾。"他握着我的手说。

第二天，我拿到那份珍贵的文件。此后，我赶快去找认识的陆军和海军军官，请他们给我写推荐信。推荐信的结尾都有一句话："我肯定雅德利能有良好表现，成为合格的军官和合格的男人。"军人喜欢这样的结尾。

再搞到最后一份文件，我就能实现自己的计划，进入战争部。战争部有钱，整个美国都将受制于它。

这一份文件，我足足花费了4年时间。如果做事稍有不妥，我很可能再花费10年时间才能得到助理国务卿菲利普斯的证明信。如果没有国务院的证明信，战争部绝对不会考虑我的请求。

菲利普斯先生是美国外交官中的佼佼者，有钱，年轻，帅气，有教养，和蔼，讨人喜欢，喜欢微笑，声音低沉好听，身材瘦削，眼睛深不可测。

我能坐下吗？我能抽烟吗？菲利普斯先生曾听说过我的事。他肯定向国务卿本人说起过译电室的天才。加工资。谁知道他还会说什么……

"让我看看……你的工资是……好吧。国务院一定要善待优秀员工。但是，国务院必须正常工作。即使现在打仗，国务院也必须正常工作。没有优秀员工，国务院无法正常工作……

"在此特殊时期无法考虑放你走，对此深表歉意。也许以后有可能。"

我又回到冷清的走廊，用手擦掉额头的汗水。上帝啊，这是个什么样的人！天才——优秀——涨工资——亲自向国务卿介绍我。太困难了。我必须让战争部觉得我不可或缺，这样国务院才能放走我。这将是个重大的决定。为什么还不做决定呢？美国军队这么大，肯定需要密码专家。

我是下午4点钟上班，所以仍然有很多时间活动。有人建议去找一找吉布斯上校，他是美国通信兵指挥官，我可以跟他谈一谈自己的想法。

我慢慢走向位于走廊另一头的吉布斯上校的办公室，边走边思考着如何说话。一名职员拦住我，不许我见他。职员问我到底想要什么？我说走错了办公室。

我在走廊里等着。过了一会儿，那个职员去吃饭了。我偷偷溜进吉布斯上校的办公室，办公室很小，办公桌却很大。吉布斯一个人在办公室里，好像是在思考管理问题。

他抬起头，疑惑地看着我。

这是关键时刻。我的语调因为兴奋而颤抖，必须努力控制自己，让情绪稳定下来。"我是国务院的雇员，在译电室工作。我花费4年时间用科学的方法研究破译密码……"他没有听进去……？

"你见过范德曼[1]少校吗？"他打断我。

"没有。不认识。"

---

[1] 范德曼：即拉尔夫·亨利·范德曼（1865—1952），出生于美国俄亥俄州特拉华。哈佛大学毕业后加入美国陆军，后被分配到战争部军事信息司（MID）工作。1929年5月晋升少将。被誉为"美国军事情报之父"。

第1章　国务院译电室里研究密码学

"范德曼少校现在还没有什么名气，但很快就会变得很重要。他是美国陆军军事情报部门的鼻祖。你对他有用。去见见他。告诉他，是我让你去找他的。他在军事学院。有结果后告诉我。"

我离开吉布斯的办公室。

"这是你的论文，带上吧。"

于是，我坐有轨电车去了兵营。到了操场，再走400米就到了军事学院。警卫拦住我，我说要找范德曼少校，才让我进去。此后不久，我站在了这位军事情报部门鼻祖的面前。

范德曼少校命令我坐下。我看出他现在手下只有两个人，一个是脸很瘦的上尉，另一个是秘书。后来，这支小部队几乎在一夜之间变成由上千人组成的高效团队，其中包括军官、职员、特务，触角遍及全球。

范德曼的脸棱角分明，这让我想起林肯的脸。我很快喜欢上了这个男人，他有耐心，有同情心，善解人意。（美国没能及时给予他应得的荣誉，直到退休时他才获得少将军衔。）他看上去很老，极度疲惫，但我能从他看着我的眼神中察觉到力量。

我不再恐惧，用自信的语调开始说话。我简单讲了自己的经历，然后详细向他解释我所知道的破译密码的知识。

我大胆表达自己的观点，他兴致勃勃地听我说。我们国务院知道各大国都安排许多人偷窥他国的外交电报。对美国来说，由谁来组建这样一家机构并不重要。但是，美国必须马上行动。美国必须知道谁是朋友，谁是敌人。最好的办法就是从外国的密码电报中了解事实真相。美军即将参加第一次世界大战西线的战事，德军在西线采用密码无线电报调动军队。美国必须截取这些电报。谁来做这件事呢？潘兴将军(General Pershing)要求法国具备破译密码的能力。谁来培训法国的破译密码人员呢？

他拿起我的论文，迅速阅读起来。

"你多大年纪?"

"27岁。"

"你为自己树立了一个宏大的工作目标。你高谈阔论,就好像你能做到似的。"

我没有回应。

他潦草地写了一封短信。

"我喜欢你的自信,但不喜欢你的年龄。不过,拿着这封信去找吉布斯上校,告诉他我决定给你一个职位,而且需要你马上工作。你下礼拜一能来上班吗?"

我笑了,笑得很可怜。"只能试一试。我应该早告诉你一件事。助理国务卿菲利普斯拒绝放我走。"

他摆了摆手。"让吉布斯上校去见菲利普斯。你的事是可以协商解决的。"

协商开始了。一个小时后,我和吉布斯上校来到菲利普斯的办公室。

吉布斯上校向菲利普斯解释了自己的军事使命。菲利普斯微笑着用幽默的方式说:"雅德利,如果军队拼命想抓走你,我就只能放手了。"

第 2 章
参军进入军事学院

组建密码局一事，谈起来容易，做起来却很难。

假定给你无限的权力组建一座有 5000 个床位的医院，医院建成后，来了 5000 个病人，而医院里就你一个医生，显然你无法给这么多病人治病，于是你要想办法找到更多的医生。

如今，我的床位上挤满了病人——有待破译的电报蜂拥而至。在这种情况下，我别无选择：只能看着病人死去，而寄希望于医生和护士快速成长起来。

我以范德曼的名义向伦敦、巴黎、罗马发出电报，逼迫我们的盟友派有能力破译德军密码的专家到华盛顿来帮助培训新学员。

然而，各国都没有多余的密码学教师，只能提供几百个密码实例供参考。

密码专家确实难得。后来，我去伦敦学习密码术，一名英军上校告诉我，希金斯上尉是英国最厉害的密码专家，对英军来说，他的身价可抵 4 个师的兵力。

我翻阅军事学院的档案，从保存的信件看，好像所有美国人都懂密码学，有人来信说愿意提供破译密码的服务，还有的说美国政府应该立刻购买他们新发明的绝对无法破译的密码。

我很快从这些人中挑选出几名学者，他们似乎精通密码学，并要求他们参军服役。

我看到，一群有上尉军衔的学者，围着一个瘦脸的中尉转悠，这是一幅值得观赏的奇景。我的任务就是逗大家开心。我故意说话带着语病，这似乎让他们特别高兴，他们说我有"天生的智慧"。看到他们渴望掌握密码学原理，我非常高兴。他们所面临的问题，教室里没有，所以许多人肯定过不了关。我突然发现，学识不外乎是吸收知识的能力。可是，他们面前并没有多少知识需要吸收，而是要靠自己去发掘。就因为这个，他们中的大部分人都不会合格。

约翰·曼利博士是第一位成功的学者，他沉默寡言，服役前是芝加哥大学英语系主任。曼利上尉很有独创性，也就是密码界所说的密码思维，有他是我们的福气。他注定能成为最有能力、最成功的密码专家。我后来成为战争部密码局的领导，有很大一部分要归功于他。

就在我忙于建立密码学培训体系的时候，美国国务院助理国务卿给军事情报局局长发来一份备忘录，这一举动让我十分恼火。备忘录谈到一封从伦敦发来的海底电报，说英国政府认为美国战争部的密码根本不安全，严重威胁军事机密。英国人还说，德国人截获了所有英美之间的海底电报。

情况显然十分严重。法国前线的潘兴将军和美国战争部之间的信息交流，美国民众是不许知道的。美军的成败取决于是否能保护秘密报告和军事命令不被敌人知道。如果敌人截获并破解海底电报，美军的密谋就会徒劳无功。英美用海底电缆传输电报。德国潜艇在大西洋底，距离英美电缆几百英尺远的地方潜伏下来。在潜艇内，只需铺设一根平行电缆，就能感应到英美之间的电报传输，从而获得英美电报的副本。

国务院助理国务卿的这份备忘录吓坏了美国战争部！总参谋部长官亲自过问，要求立刻汇报此事。

我对此事进行了调查，发现美国战争部在1916年的一次惩罚墨西哥的战斗中丢失了一本密码本，而它的一个副本已经落入德国政府之手。通过实际测试我还发现，由于美国战争部的密码构造存在问题，即使没有密码本的帮助，拦截者也能在短时间内破译密码。

我把调查结果写成备忘录，不知道会不会有人重视。但是，美国政府非常尊重英国政府的意见，英美之间的通信必须是保密的，所以我接到命令重新设计美国战争部的密码体系。

我迅速在国务院译电室中挑选出一个服从指挥的合格人才，并用参军做条件吸引他来为我工作。我希望由他主管制定编码和密码的工作。我不想介入此事过多，因为还有许多重要的事情要做。他很快就组织起一个10人部门，高效完成了工作。这个人事安排非常令人满意，我每天只需花费一个小时研究一些最重要的问题就足够了。

这个部门制定的编码和密码，后来被用于满足美国战争部、军事情报官、特务、军械部代表、大使馆武官、最高战争委员会的布利斯将军、美军驻伦敦指挥官、潘兴将军之间的通信需要。

根据美军大纲，编制编码、密码的工作应该由通信兵负责，但实际情况表明这支部队并没有准备好。我曾与一名被任命为驻协约国武官的通信部队高官交谈，印证了通信部队的现状。驻外武官并不要求掌握密码术，而只需了解密码工作原理就行了，目的是让他们重视保密通信的必要措施。

一见到这位出身古老兵种的驻外武官，我就拿出一本密码通信小册子，向他介绍其中的一些秘密通信方法。为便于理解他对密码学是多么无知，读者需要先知道一种非常简单有效的加密办法，那就是替换密码（在美西战争中使用过），这在我们小时候都读过的爱伦·坡的小说《金甲虫》中也有描述。

他听得很不耐烦，咆哮着说道："全是废话。谁说会有这么多麻烦？在美西战争中，我们可是没有做这些事。我们就是在每个字上都加1898这个数字，西班牙人从来就没有看出来过。"

虽然他的军衔比我高出许多，但我仍然要说一句心里话。我们面对的不是中世纪的西班牙，而是20世纪的德国，这部世界迄今为止最庞大的战争机器背后聚集着强大的智力。

像他这样典型的态度，甚至在欧洲前线也存在，这真令人意料不到。一名曾接受我们培训的年轻军官去了法国的盟军总部，他证实了此事。他意识到，如果美国战争部有必要改进美国本土的通信安全问题，潘兴将军在法国前线也会面临同样的问题，所以他急切地想检验一下前线使用的密码是否处于安全状态。

一到法国，他第一件事就是诱导上司截获美军自己的无线密码电报。这些密码电报用来传递非常机密的情报，而那些用密码收发电报的人都觉得所用密码是安全的。

这位年轻军官在丝毫不知道美军密码的情况下，只用了几个小时就破译成功。所以，美军的密码水平不高，缺少保密性，简直跟胡闹一样。

通过破译德国的密码信息，我们在法国的密码局了解到敌人有大量技术精湛的密码专家。德国能截获协约国和美国的所有电报，并送往德国密码局破译。这位年轻的美国军官只是在学习密码术，如果他能破译美军的密码，那些有长期工作经验的德国密码专家肯定能以更快的速度破译美军的密码。一旦美军的密码体系被攻破，敌人便能够轻而易举读懂任何密码电报的内容。

年轻军官所写的备忘录中包括一些破译的电报，其中有几份极度秘密,这使得美军总参谋部陷入恐慌之中。用无线手段截获并破译的电报透露了美军在圣米耶勒(St. Mihiel)的位置、师的番号、师的名字,甚至美军即将发动大规模进攻的日子这样极度重要的信息。所以,敌人知悉!

美军在圣米耶勒的行动计划异常巨大,其目标是消灭德军在此地的突出阵地,这块阵地被德军占据已有4年之久,就好像一个伸入法军防线的大"口袋",阻断法军在凡尔登和图勒之间的通信和铁路交通。德国人通过破解截获的电报,就能知道美军的行动细节,其容易程度就像那位美军年轻军官一样。难以置信!所以,美军总参谋部感到恐慌。这些电报透露了第一次世界大战美军最重要的战略。

德国人认为他们在圣米耶勒的突出阵地牢不可破。潘兴将军知道德军有几条防线,比如,第二条防线被称作施勒特地带,还有一条是兴登堡防线。如果敌人在1918年准备好了等待美国人发动进攻,后果将如何?如果敌人破译了美军的电报,又觉得防线还不够坚固,无法抵御美军的进攻,从而决定撤退,后果又将如何?

实际上,第二种情况发生了。我们的年轻军官告诉美军总参谋部进攻计划遭到泄露,但美军已经猛扑向德军阵地。德军知道了实情,开始撤退。美军在1918年9月12日发动的进攻被认为是一次凯旋。但是,如果德国人事先不知道情况紧急,其结果可能是一次更大的凯旋。盲目相信有缺陷的编码和密码使得美军在前线遭受损失。由于美军的通信缺少保密性,敌人实际上变成了友方。美军的进攻失去了突袭的效果。9月13日,潘兴追击敌人,可是敌人实际上正在退却,所以潘兴才能进入圣米耶勒。圣米耶勒突出阵地被攻破,但这次进攻并不突然。有太多的法国参谋官轻信密码牢不可破,这一点很像华盛顿的官员。

由于历史的帷幕很少揭开,人们很难知道历史上的秘密、危险、实情。如果你读第一次世界大战的历史,也只能读到一些粗略的梗概。那名年轻的军官发现美军的编码和密码不完备。可是他唯一可做的就是通知美军总参谋部。他的故事就像战争中发生的许多故事一样不为人所知。虽然美军的编码和密码问题被发现了，但已经没有时间进行修补。在第一次世界大战的历史书上，整个故事只化作一句话：

  虽然潘兴将军在圣米耶勒战役中小心翼翼，但德国预见到美军的进攻，并开始后撤。

  阅读现在出版的第一次世界大战史会产生一个错误印象，低效率现象只发生在大西洋我们这一侧。这是不正确的。事实上，前面所说的例子只是潘兴将军领导下的美国远征军所犯的错误之一。在法国的通信兵部队也用非常不专业、效率极低的编码和密码来传送法国总参谋部的秘密指令。

  至此，一个非常荒谬的现象就是，美国总统威尔逊、豪斯上校、国务院、乔治·克里尔、战争部、潘兴将军，这些人或部门纷纷利用幼稚的编码和密码进行外交和军事活动。后来，到了1929年，维护美国政府外交秘密的责任竟然被放置在一个毫无经验的新手肩上。

  编制电报编码和密码的单位收到美国战争部的大量表扬信。我曾收到一封由战争部部长、总参谋长写的表扬信，要求我一定要代表他感谢所有为MI-8部门工作的军官和职员，感谢他们为建立新的编码和密码体系所表现出的独创性、所付出的艰苦劳动、所展示出的高超技术。

  我是MI-8部门的领导，即"军事情报部第八处"，后来成为正式的密码局。这个部门的建制很大，有五大职能：

（1）编辑整理编码和密码；
（2）通信；

(3) 速记；

(4) 隐显墨水实验室；

(5) 破译编码和密码。

在组建过程中，我们发现军事情报部门应该建立自己的通信部门。范德曼在世界各地都安插特务，有些特务具有非常明确的目标，另一些则仅是自由人。这些特务四处搜集敌人的信息，然后向范德曼报告。范德曼在助手的帮助下对搜集来的信息加以分析，然后把分析结果分发给他人。有些搜集到的信息很敏感，涉及所谓的中立国和协约国的活动。军队有规定，将军的副官应该负责电报的编码和解码。但是，如果军事情报部门必须对机密信息负责的话，那我们似乎需要控制通信过程。

于是，我从国务院译电室找来一位这方面的人才，委任他组建通信部门，该部门有自己的通信线路、电报员、译报员。在几周内，我们就有了一个在速度、准确度、成本上都能与美联社相匹敌的通信部门。此外，它还负责培训为海外密探服务的职员，指导来 MI-8 学习密码术的军事情报密探。

我身边很快聚集起许多对密码感兴趣的人。我还草拟了培训课程。尽管如此，我不太像个密码专家，倒更像个企业经理。

就在我把注意力转向组建密码破译部门的时候，有一件严重的事打断了我，美国司法部送来一份奇怪的文件（参见第 24 页）。

范德曼上校叫我去他的办公室，交给我几页奇怪的信纸。

"这是什么？雅德利，这是密码吗？"

我仔细研究了一下。

"好像是速记。"

"我给我的秘书看了。她说不是。"

"你是从哪里得到的？"我问范德曼。

"信是给蒂斯摩夫人的。她丈夫是沃纳·蒂斯摩，这封信很可能是他写的。他被拘留了，在奥格尔索普堡的监狱里。他把信交给了另一位将转移到其他监狱的犯人。这名犯人把信掷出窗外，希望有人捡起来投入邮箱。这封信被人拾起，但没有放进邮箱，而是交给了司法部。司法部保存着有关蒂斯摩的许多文件，希望尽快破译这封信。"

那个时候，到处都藏着间谍。凡是读不懂的文件都要送到 MI–8 做破译。我们破译了许多种密码，翻译了大量已知语种的文件，可是速记确实是个新领域。

"你能读懂吗？"范德曼问道。

这肯定是速记，可是我不知道它属于什么速记体系，也不知道它所使用的语言。

但我仍坚定地回答："我能。"

范德曼让我退下，并说："我希望你能明天给我答案。"

这就是范德曼的习惯。他从来不大声叫喊，却非常严厉。如果他说明天，就绝对不想拖到后天，更不愿拖到下周。

沃纳·蒂斯摩是个德国人。我推断他应该使用德国的速记体系。可我从来没有学过速记。如果今天遇到这个问题，恐怕很容易解决，但我当时感到非常苦恼。

我乘车飞快地赶到国会图书馆，翻阅了一些资料，发现德国人使用加比斯伯格 (Gabelsberger) 速记体系。我还发现有一本 1898 年出版发行的杂志用了很大篇幅对其进行研究。我取出这本杂志的完整存档，逐页翻阅。我看到许多加比斯伯格速记的例子，而且不难在蒂斯摩的信中找到。

描述我的搜索过程只需要几句话就足够了，但我确实花费了整整一天的时间。即便我找到答案，谁又能帮助我翻译这份加比斯伯格速记文呢？

第2章　参军进入军事学院

眼前的杂志上刊登着许多读者的自荐信。"我学习加比斯伯格已经有6周时间，每分钟能记录50个字……"

我翻阅了该杂志的每一期，记录下居住在华盛顿的人的名字和地址。我一共找到5个人。但是他们19年前住在华盛顿，找到他们的可能性是很小的。

我在1917年版的《华盛顿电话簿》中迅速查找这5个人的名字。找了半天，只找到一个。我马上给此人打电话。得知他就在国会图书馆工作，这让我大吃一惊。我实在不敢相信这是真的。

我找到图书馆的秘书，向他说明来意，他说："这个人确实在此工作。然而，如果有理由相信这封信是德国间谍写的重要信息，我反而不愿让他看到这封信。"

"为什么？"我问。

"他是个德裔美国人，"秘书回答说，"司法部的人前几天来过，告诉我此人正受到监视。"

"我希望同他谈谈。"我坚持说。

我见到了他，见我穿着军装，他吓得直发抖。我同他交谈了一会儿，给司法部打了个电话，了解到一些情况。他其实没有任何违法行为，只是在美国参战前隶属一个德国人社区。我觉得这个情况不严重。我急迫地想翻译那封信，所以我决定抓住这个机会。于是我请图书馆的秘书给我们安排一个房间。

直到夜深了，我们才把那封信翻译完成。与此同时，我又了解到一个纽约人会用加比斯伯格速记。为了验证这个德裔美国人的翻译，我又把速记信的复印件快递给那个纽约人。第二天中午前，我手里有了两种翻译版本。我又打电话进行了核实工作。

下面是那封信的部分内容：

沃纳·蒂斯摩写的战俘信。译文在本书第26页。

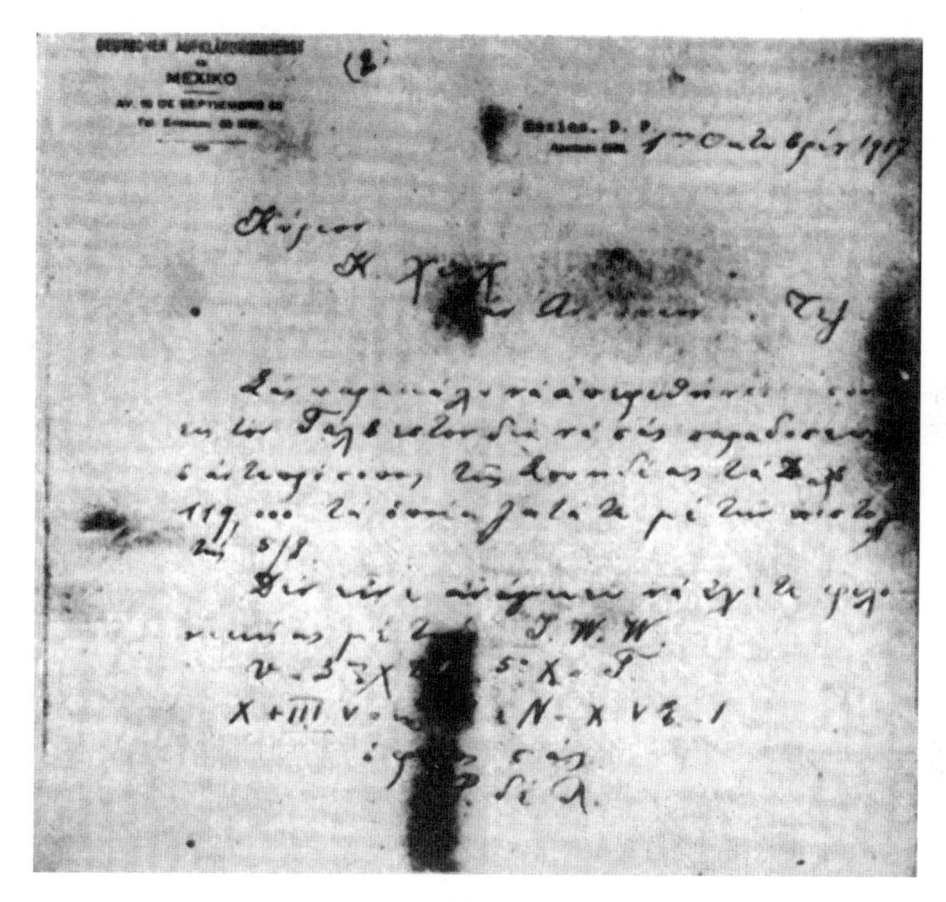

隐显墨水，从一张白纸上显影出的现代希腊语文字，在一名妇女的鞋跟中发现，她在从墨西哥越境时被捕。译文在本书第 31 页。

亲爱的：

　　士兵离开了，我趁机给你写几行密信。我希望与你进行密信交换，我们可以用柠檬汁在信封的背面写，这样我们的字迹就看不见了。用烙铁加热，字迹又能复现。我认为检察人员是不会注意信封的。好像邮件的速度变快了，你发出一封信4天后，我就收到了。你可以寄给我一些旧的毛纺内衣和一瓶水果罐头，比如苹果或梨，要用透明玻璃瓶，你可以把10美元或20美元的钞票卷成卷，黄色朝外，放入细长试管里，然后插入水果中，这样别人就不会注意了。由于整个水果放在透明玻璃瓶里，别人就不会产生怀疑来检查。如果能用带商标的玻璃瓶最好，这样给人一种从厂家刚生产出来的感觉。如果战争持续下去，我会尽量告诉你到哪里去找我。查塔努加是离我最近的大城市，那里出现罢工和动乱。所以，不值得到我这里来，这里的人太兴奋了。

　　如今，军人离开了。但是，有大约1500名世界产业工人组织的人要来，可能还会有另外一些不受欢迎的人要来。我这里的情况很可能会恶化。因此，我想离开这里。如果条件允许，我们就多写些秘密信件……

　　等你到了圣路易斯那家旅馆后，写信告诉我那家旅馆的名字，并说你正在等在南部旅行的丈夫。如果收到我让你离开的电报，你必须秘密前往我让你去的地方，千万不要理会我电报的内容。

　　如果警察询问，哈里和艾丽可以说你们要去查塔努加看望我。你可以说是几个海员交给你一封我写的信，海员已经离开了，他们什么都没说。希望你按照我说的做准备，我也许有一天要用。战争结束后，美国政府很可能采取卑鄙手段不许我回纽约就把我赶出美国。如果他们采取最卑鄙的手段，他们会把我送到洪都拉斯，那是我移民的地方。到时候，我一点钱都没有，也见不到你。亲爱的，我不能先去见你。

这是第一封由我破译的速记信。信中暴露了用柠檬汁在信封上写密信的办法、送钱的办法、蒂斯摩从地道逃跑的计划。

在把这封信提交给司法部后不久，我们收到大量写满速记的笔记本，全都是查抄到的。后来，邮政监督人员也听说了我们的技能，送来数百封他们在邮件中发现的速记信。由此，有必要建立一个特殊的部门来处理这类问题，用科学办法判断速记信的速记体系。我们有能力识别30多种速记体系，语言不限。最常见的速记体系是：加比斯伯格 (Gabelsberger)、施睿 (Schrey)、斯陶兹－施睿 (Stolze-Schrey)、马蒂 (Marti)、布鲁克威 (Brockaway)、杜洛耶 (Duploye)、斯隆－杜洛耶 (Sloan-Duployan)、奥瑞兰纳 (Orillana)。

第3章
隐显墨水里的神奇奥秘

在"美国黑室",有些部门是非常必要的,比如编辑整理编码和密码部、通信部、速记部。但是,由于密码部和隐显墨水部能与德国间谍直接接触,工作显得特别刺激。对我这样的密码爱好者来说,能管理前三个部门,本应该算是梦想实现了,可是范德曼又给了我一个惊喜。他把我叫到办公室,递给我一张折叠好的白纸。

我把那页纸展开,对着光线看,上面什么都没有。这真是个奇妙的世界。几天前,司法部的密探送给我一只死信鸽,它的羽毛上有一排小孔,他们希望我判断一下这些小孔是否是密信。有待我解决的问题实在是多种多样,多得好像没有限度。我怀疑这张白纸跟那只死鸽子一样都是假密信,但我无法马上给出答案。为了能仔细检查那只鸽子,我拔下几根没有孔的羽毛,放在我书桌的抽屉里,准备第二天进行研究。当把羽毛再次取出时,我发现这些过夜的羽毛也都出现了小孔。所以,这仅是只死掉的信鸽,而没有密信,它唯一的危害是鸽子身上有虱子。

如今,又来了一张白纸。

第3章　隐显墨水里的神奇奥秘

范德曼在找我之前先找过另外一名军官，但他没能发现白纸的秘密。

"你看白纸上有什么？"他问我。

"什么都没有。"我坦白地回答。

"肯定有东西。"他严肃地说，"我们监视一名墨西哥女人有很长一段时间了。她被怀疑与德国在墨西哥的间谍有密切联系，他们经常穿越格兰德河 (Rio Grande)。最近，她想跨越边境线，被我们抓住，在她的鞋跟中搜出了这张白纸。"

"隐显墨水？"我问。

"有可能。你试着做点什么吧。"他下了命令，然后让我离开。

范德曼的成功，主要是因为他很信任手下的人。我们都很喜欢他，他建议做的事，我们从来不拒绝。

我不是很了解隐显墨水，只是稍微读过一份英国人写的有关间谍在英格兰活动的报告，该报告说，一般说来，加热能使隐显墨水写的字现形。我对加热没有信心，因为那份报告还说德国最好的化学家已经发明新的隐显墨水技术，加热和已知的化学试剂都不起作用。也许德国新型隐显墨水技术还没有被藏身于墨西哥或美国的间谍使用。

我立刻给国家研究理事会打电话，他们知道所有科学家的名字。我请他们告诉我华盛顿地区最好的化学家的名字。一个小时之后，这名化学家就来到了我的办公室。

我把那张白纸拿给他看，并告诉他白纸的背景。他说："我是个化学家，不知道密写技术。为什么不送到英格兰的英国实验室试一试？"

"那样需要 3 周时间。范德曼希望快一点。为什么不能取一小块白纸先加热试一试？我想试，可是怕把它烤焦了。你能做这件事。对吗？"

"我能在不损害纸张的情况下进行加热。"

"走，咱们去地下室试一试。"我提出建议，"蜡烛行吗？烙铁行吗？"

他告诉我他的实验室里有几样仪器他会用到。我建议他给助手写一张便条。

我马上派了一个信使去取他需要的仪器。半个小时后，我们来到地下室，这里是我的临时隐显墨水实验室，实验开始了。

他熟练地用热源加热白纸的一小部分，我在旁边认真观看。他做了一次又一次，什么效果都没有。白纸仍然是白纸。

即使这张白纸上有用加热可以显现的字迹，我也打算放弃了。突然，他大叫道：

"这里有字迹！"

他靠近台灯，把白纸放在灯下，我俩仔细研究那些好像变魔术一样显现的奇怪字母。一阵兴奋过后，我们发现只有一小部分字迹可见，而且非常模糊无法辨识。很难确定字迹的语言，可能是德语，可能是西班牙语，也有可能是英语。我们仔细研究所有的蛛丝马迹。也许是密码。我俯身细看那些字母，字母突然不见了，我的心几乎停止了跳动。

"字迹消失了！"我大叫道。

但是，那个化学家却很自信，对我的忧虑不以为然。

"再加热，字迹会再现。"他向我保证，"这里有复印机吗？"

"有。"

"派人把复印机准备好。把白纸加热后，我们把字迹复印下来。"

在准备好复印机后，我赶快回到化学家身边，心里充满了希望和恐惧，因为我不知道那张白纸上将会显现什么。如果与化学家的推断截然相反，那张白纸的字迹会不会彻底消失？也许再次加热能产生清晰的字迹？

我弯腰俯身再看那张白纸，字迹再次显现了。刚才还是白纸一张，突然之间纸上有了清晰的字迹，可是字迹所用的符号十分陌生。

我们赶快向复印机室跑去。

第3章 隐显墨水里的神奇奥秘

"信是用希腊文写的。"他告诉我。

"是的,"我兴奋地说,"信中说什么?"

"我不知道,"他回答,"你需要去找一位希腊语学者。"

复印机操作员开始工作,他的脸色像死人一样,因为复印机室的灯光是绿森森的。过了一会儿,他交给我几页有神秘文字的纸(参见第25页)。

在白纸上复现出字迹看上去像是一件不可能的事,却办到了。与此相比,找一个希腊语学者似乎简单得可以忽略不计。我找到一名合适的学者,他帮助我把用现代希腊语写成的密信翻译成英文。从范德曼给我那张神秘的白纸算起,我一共只用几个小时就解决了问题,并再次站在他面前。翻译的结果是:

×××先生:

圣安东尼奥,得克萨斯州

请你赶快去加尔维斯顿,那里有人交给你11.9万美元,这笔钱是你在5月8日那封信里索要的报酬。

你没有必要去找"世界产业工人组织"的麻烦。

你的朋友

L. de R.

我十分兴奋,赶紧跑回办公室,写了一封电报,请范德曼签字,电报发往美国驻伦敦大使馆的武官,请求英国把如何建立隐显墨水实验室的指导书发过来,特别是有关所需仪器和人员的规定。电报还请求派一位英国最好的化学家来美国做培训讲师。

我们很快收到了回复,英国将尽快安排该国最好的隐显墨水化学家科林斯博士来美国。回复中还给我一些建立隐显墨水实验室的具体建议。于

英国隐显墨水实验室，成功帮助捕获了许多德国间谍。

这是一封巴西送往德国的法文信，德国密信写在法文之间。信的内容是关于德国潜艇U-53在美国港口发动袭击之事，并描述了南美对这件事的态度。

是，我决定招收几个最好的化学家入伍，按照英国发来的电报组建实验室。

这些化学家一边等科林斯博士的到来，一边在全美范围内寻找有关隐显墨水的信息。正如他们推测的那样，美国非常缺乏这方面的知识。在美国国内，除了几份经典参考文献、一些炼金术士的文章、一些简略的百科全书条目外，没有什么值得学习的。

美国化学家的研究都比较初级，就好像小学生了解写作的基本知识一样，他们研究诸如果汁、牛奶、唾液、尿液等密写形式，这些密写形式在加热后能显影。显然，美国化学家要想与已经有4年经验的德国科学家竞争，非常需要一位不但知道隐显墨水而且熟悉德国间谍细节的老师。所以，我们都焦急地等待科林斯博士的到来，他最适合培训我们的化学家。科林斯博士是一位分析化学家，受雇于英格兰的皇家邮政监察部门，直接处理最狡猾的间谍写的隐显墨水信件已有几年时间。

科林斯博士来到后，培训课程立刻开始。由于科林斯博士和受训的学员都是有经验的化学家，这次培训很顺利，不像当初培训MI–8的密码编译处的学员那样困难——密码编译处无法事先选择适合做密码编译这份特殊工作的人。科林斯博士讲课很精彩，他清晰地讲解了敌方间谍使用隐显墨水的情况，并指出要想建立一个成功的隐显墨水实验室美国人必须做的事。

科林斯博士开口就说："大家都知道，大战开始的时候，德国是世界化学工业的领袖。德国对待间谍战的态度非常严格，就如同对待战场打仗一样。德国迅速召集大量科学家，让他们集中精力研发协约国化学家无法破译的隐显墨水技术。

"德国人有几年做得很成功。英国和法国的所有军事行动几乎全部被德国间谍及时上报德军总部。隐显墨水是间谍最有力的武器。虽然英国和法国启动了最严格的邮件审查制度，所有跨越边界线的邮件都要接受审查，但德国需要的信息仍然能被获取。

"德国的间谍通信工作做得很细致，隐显墨水信件被先寄往数千个代收转寄地址，有一部分代收转寄地址设在中立国，另外一些设在还没有受到监控的协约国之中。德国人知道邮件到不了敌对国家。德国间谍必须记忆大量这类还没有受到盟军情报部门怀疑的代收转寄地址。如果有情报要寄，德国间谍就把隐显墨水信件寄给几个代收转寄地址。隐显墨水干了后，再按交叉的方向用普通墨水写上社交语言或商务语言。一般要向一个代收转寄地址寄三四封信，确保有一封信能够到达。信寄到后，收到的信以及其中的秘密信息都将被上交德国官方。

"此外，这些代收转寄地址受到德方的严密监测。如果寄往 3 个代收转寄地址的信，只有两封成功到达，德方立刻知道那个没有收到信的代收转寄地址肯定正受到敌人的监视，便不会再利用那个地址，而会启用一个新的代收转寄地址。当然，密信体系十分复杂，这只是其中的一个具体程序。

"大战开始后不久，我们有密探渗透进入德国的机密组织，发现有数千封隐显墨水信件逃脱了英国的审查。这个情况很严重，因为这说明英国没有准备好打间谍战。我们很快召集起许多化学家，开始和德国科学家进行脑力竞赛。我们开发显影试剂的工作进展很缓慢，也很艰苦。我们的工作步伐赶不上德国开发更厉害隐显墨水的步伐。"

科林斯博士请大家提问，没有人说话。从美国化学家僵硬的面容上，可以看出他们被自己身上担负的责任吓坏了，都不愿打断博士讲课，希望博士继续讲下去。他们相信科林斯博士非常适合指导他们进行这场复杂的科学战争。

科林斯博士继续说："为了不引起怀疑，德国人发明了许多种新奇的办法携带隐显墨水。有一次，我们抓到两个想用伪造护照进入英国的人，仔细检查他俩携带的东西，未能找到隐显墨水，但官方很肯定他俩此行的目的就是运送隐显墨水。在放走他俩前的最后时刻，我们发现了这两个间谍的精巧手段。如果他们带着钴盐、亚铁氰化钾类的隐显墨水，我们肯定立刻逮捕他们。但是，他们把隐显墨水浓缩后再携带。有一个把亚铁氰化钾放进牙膏。另一个把东西放在肥皂中。

"发现敌人的新手段后，我们建立了更全面的搜查可疑人的制度，接着又有了更多的惊人发现。德国人的密写系统不仅认真考虑化学材料，还考虑使用的方便性。德国化学家努力发明别人无法识别的隐显墨水。有的隐显墨水浓度很低，只有用光谱分析才能发现其中含银。有一个间谍带着一瓶香水。这瓶香水有15毫升的无色液体，很像常规的香水，带着淡淡的香味。我们检查了这瓶香水，发现其中万分之一是固体物质。

"德国人在开发隐显墨水方面的进展很不错，速度也不慢。后来，德国间谍逐渐不携带装有隐显墨水的瓶子了。德国化学家后来制造出不带颜色的隐显墨水，并染在诸如丝绸内衣、手帕、软衣领、棉手套、丝绸围巾、领带上面。间谍只需将衣物浸入蒸馏水或其他特定溶液中就能提取出所需的化学物质。然后，间谍用所获得的隐显墨水写密信，把其余剩下的隐显墨水丢掉，把衣服弄干，放在一旁供下次再用。这些间谍常带着或穿着浸有隐显墨水的衣服。

"有一次，我们仔细搜查了一名间谍所携带的物品，没有发现隐显墨水。但是，我们发现他的黑色领带上有一些闪光的污迹。于是我们把注意力放在这些污迹上，用蒸馏水浸泡领带上的污迹。不久，液体变成微黄色。我们接着用微量化学方法和光谱分析方法在微黄色液体中找到了银这种物质。这名间谍所用的隐显墨水不是采用一般的银离子反应显影技术。我们还发现染了隐显墨水的短袜、黑鞋带、有扣子的晚装马甲，等等。

"隐显墨水定性很难，每一案例必须进行极为认真的化学研究才能确定其性质。没有分析研究，合适的显影剂就研发不出来。"

此时，有人问科林斯博士，德国间谍接受什么样的培训？用什么样的纸？用什么样的笔？有多少种隐藏密写信的手段？

"德国间谍都按照详细指令使用隐显墨水，但他们很少知道隐显墨水的化学成分。许多间谍发出隐显墨水密信，但不知道如何显现这些密信。给他们的指令要求用圆珠笔，避免用光滑的纸张，尽量使用粗糙的纸张。密信常写在信封口盖或邮票底下。有几个间谍试着在信封的内层包装纸上写密信，但后来邮局改变审查制度，重新盖印信封时要换新信封。有时，间谍试着将用隐显墨水写的密信藏在明信片中，或者用照片、标签、剪报覆盖住信纸上的密信。

"不久前，德国制造出一种隐显墨水，德国化学家认为非常难破解。但是，我们却找到相应的显影剂。这确实让德国人大吃一惊。德国在英国的间谍网受到重创，我们一次逮捕了好几名德国间谍。

"我可以解释一下德国科学家的动机。此前，他们的隐显墨水有多种显影剂。他们现在想把显影的可能性降到最低，一种隐显墨水只能有一种化学物质做显影剂。换句话说，正确的显影剂将会十分稀少。这样一来，我们的科学家找到合适显影剂的机会就会极度减少。

"德国科学家做了大量实验，制造出了'F'型隐显墨水和'P'型隐显墨水，我们在内部就是这样称呼这两种著名的隐显墨水。'F'型隐显墨水的浓度极低，'P'型隐显墨水的浓度也很低，由蛋白银组成，很容易被当成市面上出售的诸如胶体银和含银的防腐剂。

"英国曾爆出一宗非常出名的间谍案，该间谍名叫乔治·沃克斯·培根，他在英国、美国、荷兰三国之间活动，经常使用'P'型隐显墨水。

我出庭作证，法庭用我的证词判了他死刑。培根被跟踪监视已经有很长时间，荷兰的舒尔茨与他保持联络，舒尔茨不让他知道如何显影，也不让他知道隐显墨水的化学成分。舒尔茨从荷兰用非常简单的密码向他发指令，告诉他如何用隐显墨水。培根再次准备从荷兰进入英国，由于舒尔茨知道培根已经被监视，所以警告培根决不要随身携带浸有隐显墨水的袜子。舒尔茨让他使用马甲的扣子藏匿'P'型隐显墨水，因为马甲外面有礼服掩盖着。但是，培根仍然携带了有隐显墨水的袜子。袜子是他在纽约收到的，同时也收到使用指令，要求他把袜子在一杯水的上方挤榨，待水变成淡淡的威士忌酒颜色时就可以当隐显墨水使用了。培根用袜子里的隐显墨水写了几封密信，还用马甲扣子里的隐显墨水写了几封密信。

"英国警方偶然发现在他的药箱中有一瓶标有'含银液'的东西，于是逮捕了他。对瓶子里的东西进行分析后发现少量银成分。培根对此表示抗议。他说这瓶东西是防腐剂，也可以医用。但是，警方发现他的袜子里有'P'型隐显墨水。他这才认罪。

"实际上，培根的抗议是真心实意的。他不知道'P'型隐显墨水的成分，也不知道它类似于胶体银和含银的防腐剂。所以，他觉得自己的瓶子里放着的就是防腐剂。

"我做实验发现培根袜子里溶液的浓度极低，无法进行化学分析。后来，用光谱学分析才发现有银的成分。

"乔治·沃克斯·培根在1917年1月被判死刑，他坦白说他从来没有显影过隐显墨水，也不知道隐显墨水的成分。他说，在桑德先生纽约的办公室，他曾看到从丹麦发来的密信是如何显影的。密信被放在一个大显影碟子中，然后倒入两瓶无色的液体。10秒钟后，信的内容显现了，字迹是黑色的，非常清晰。溶液混合时，有很浓的白烟出现。培根没有坦白他马

第3章　隐显墨水里的神奇奥秘

甲扣子中的'P'型隐显墨水，审判后才被发现。"

这就是乔治·培根的故事，他虽然在美国参加第一次世界大战前被英国国王判处死刑，但由于美国政府的干预，得以释放。他被送回美国，在亚特兰大的监狱蹲了一年。

我在1931年4月4日的《星期六晚邮报》上发表了一篇文章，曾谈及乔治·培根的故事。几天后，我收到培根写给我的一封非常有趣的信，透露出这个故事的另一细节。该信内容如下：

亲爱的雅德利：

你在4月4日的《星期六晚邮报》中那篇讲隐显墨水的文章很有趣，但科林斯先生有关我的报道有几个错误。

我想告诉你，出事那天我穿的衣服都还在，我妻子最近用我那条裤子为我大儿子制作了一条灯笼裤。如果真有可能，我想知道我从英国发到荷兰的那些信件是否被显影。我在写那些信的时候，故意把内容写得很"刺激"，为的是让德国佬觉得我很诚实，但我实际上没有提供任何有用的信息。英国人其实不知道，我手中有许多机密信息，但并没有给德国佬。我是美国人，也是英国人的后裔，我不愿使我的血亲受到伤害，我宁愿自己受到伤害，我的冒险经历几乎使我丧命，为此我像鬼魂一样生活了好几年的时间。

如果当时能侥幸成功逃脱，我所做的不过是一个离奇的恶作剧，目的就是想制造出一个间谍的离奇故事。然而，我必须保守秘密，不能把故事说出来。

1918年1月，我离开亚特兰大，去了芝加哥，在那里申请参军，我自称是乔治·布朗，军没有参成，因为我的眼睛有严重的近视和散光。

那时，我28岁，年轻鲁莽，在伦敦与巴兹尔·汤姆森爵士一伙人认识了。我的事泄露后，我感到耻辱，无法为自己辩护。我的母亲向西奥多·罗斯福求情，罗斯福坚决主张给予我仁慈的待遇，英国人后来也表现出恻隐之心，这才使我在这个星球上活了下来。

我觉得你很可能会有兴趣听到故事的主角亲自说话。我在我住的地方也引发了人们的兴趣，成了镇上的历史人物，当然是个坏历史人物，至少现在如此。

诚挚的

（签字）乔治·沃克斯·培根

科林斯博士建议讨论一下 MI-8 目前所面临的问题。我们请求他再多讲几个间谍的故事。他幽默地笑了，继续讲起来。

"稍早，有个名叫皮卡德的间谍，此人携带一种非常高明的隐显墨水。在此之前，德国只会使用简单的方法，诸如柠檬汁、亚铁氰化钾、明矾等。例如，雅德利上尉告诉我，他曾用加热的办法处理藏在一名妇女鞋后跟中的白纸。1916 年 9 月，军事法庭判皮卡德犯了间谍罪，处以死刑。他把隐显墨水放在瓶子中，并装入少量的酒和香水，以为气味能提供掩护。

"阿尔佛雷德·黑根携带着与皮卡德一样的隐显墨水。他身上有两瓶，一瓶的标签是'漱口药'，另一瓶的标签是'洗牙液'。我们后来发现他把一块纱布、3 个帆布衣领、一块围巾都浸满了同样的隐显墨水。他是一名德国密探，任务是侦察医疗船的往来情况，检查人员发现他写了 3 封密信。1917 年 5 月 12 日，我们的一名侦探趁他外出时潜入他住的旅馆房间内，偷出了有'盐酸对氨基羟苯甲醇牙膏'标签的瓶子，黑根把他的隐显墨水放在其中。我分析了瓶子中的液体，根据我的报告，黑根被逮捕了。

"在另一个案例中，我们看到一个德国间谍写给另一个德国间谍的信，并在作案现场抓住了他们。密信中的指令要求对方用水浸泡手帕，然后煮15分钟到20分钟。此后，再加4或5调羹的水，再煮10分钟。之后，隐显墨水就可以使用了。指令还要求间谍用无光纸写密信，如果密文不到一页，要加'结束'两字。这显然是为了节省收信一方显影的劳动。指令进一步说，如果隐显墨水干了，弄一点氨水，浓度要达到能'让人流眼泪'的程度，涂抹在信纸的两面。涂抹氨水能使纸张变白，为了使纸的两面都一样，涂抹时需要非常小心。所以，信封需要用不同颜色。在完成这一切工作后，把信纸折叠好，放在一本厚书下面几个小时压平。最后，沿着密写文字相交叉的方向用普通墨水写一些社交场合说的话。"

此时，我打断了科林斯博士，因为我很想知道英国审查机构中的化学家如何破译密信。

"依我看，情报部门需要先利用情报确定涉嫌为德国做间谍工作的嫌疑人。然后，再搜查他的物品看看有没有隐显墨水，还要检查他的往来信件。如果能在这两方面找到证据，你就可以把他送上军事法庭。"

"你说得对。"

"如果你在嫌疑人的物品中找到某种溶液，你就可以分析这种溶液，争取找到相应的试剂。这也是你能找到显影剂的唯一途径。

"如果成功发现一种显影剂，我们尽量不让敌人知道，因为我们希望其他德国间谍能继续使用这种隐显墨水。这门科学还处于发展初期，我们只能利用已知的知识。"

"你能讲得再详细一点吗？"我问道。

他打开公文包，拿出一叠纸，让我瞧一瞧（参见第42页）。

该图显示如何处理隐显墨水信。每一条纹都使用不同的化学试剂。

这是一名德国战俘在信封副翼上写的密信。信的内容是有关战俘营的情况。

"你们看，这些不同颜色的条纹是用刷子沾着不同的隐显墨水刷出来的。如果有一种隐显墨水无法显影，你就看不全这封密信。

"这件事促使我想到一点。如今，我们只有在找到一种显影剂后，才能确定相应的密写方法。因此，我们总是落后敌人几步。实际上，等我们发现一种显影剂，敌人已经有了新型的隐显墨水。除非找到一种通用的显影剂，否则我们总是落后于德国间谍。法国和英国的科学家都在努力赶超德国人。我盼望你们能加入这项工作，并取得伟大的成绩，使我们能读懂所有间谍的密信。"

听课的美国化学家们都点头称是。这项工作肯定会越来越困难。

"还有一件事，"我再次打断了科林斯博士，"这些神秘的化学问题留给化学家去回答，而我想谈一谈我的工作。我在国务院的时候，曾经破译一封从瑞士伯尔尼发出的电报，上面说德国间谍正在试图拉拢美国使馆人员。当时，美国宣布参战，美国使馆人员离开柏林，经瑞士转往美国。德国间谍找到一名美国使馆人员说，如果他能在路过法国时把看到的法军徽章告诉德国人，他就能获得一大笔钱。德军总参谋部想知道某些法国分部的动向。德国间谍要求那个美国人用钢笔蘸清水写密信，再按照你曾描述的办法把密信弄干，然后沿着与密文不同的方向用普通墨水写一封社交信。最后，向荷兰和瑞士的地址各寄3封信。

"我现在有一种感觉，如果德国化学家能把用清水写的密信显影，他们肯定已经找到我们的化学家正在寻找的高明密写技术。我不是化学家，但我觉得如果他们能显影用清水写出的字，那肯定能显影所有的隐显墨水。"

"你不幸言中。我们也听说了这件事。从其他渠道来的信息也证实了你的判断。我不得不承认德国化学家比我们强。他们已经找到通用的显影试剂，而我们却没有。

"未来的情况可能会更加严重。我们的间谍所使用的隐显墨水是我们的化学家发明的。由于敌人已经掌握通用的显影试剂,我们间谍的生命安全就会时刻受到威胁。从这个角度看,我们处于劣势。发明新的隐显墨水,对我们来说已经没有用处。但是,如果发明通用的显影试剂,我们就能找到对付德国人的办法。

"我的上级在我出发前曾说:'愿上帝帮助我们找到通用的显影试剂。请求美国人加入我们的研究工作。'"

第 4 章
帕特丽夏的密信

我离开这些与试管和试剂打交道的化学家,回到自己的办公室,坐下来着手制订一项合作计划,目标是在我们实验室和英法的实验室之间建立起密切的联系。

我把科学家分成两组。一组负责进行重大科学发现;另一组由科林斯博士领导,主要任务包括:复原被显影的密信,拆封可疑信件,伪造外交信件,复印、复制原密信、复制邮戳,替换和复制信封等。有些任务需要雇用全美最狡猾的罪犯,还有些任务需要最有经验的伪造专家。

盟军的科学家尽全力研究通用显影试剂,经过一段时间的努力最终达成共识:如果德国人能用清水写密信,他们的显影试剂肯定不是基于化学反应原理。有几个重要问题需要回答。德国人用清水写密信是不是为了不让钢笔在纸上留下笔尖的痕迹?还有其他目的吗?液体接触到纸面后会不会改变纸面的纤维组织?实验室里安装了一些精密仪器对用蒸馏水写的信进行拍照,并将照片放大进行观察。结果发现,水能改变纸面的纤维组织,但用照相的办法研究这种改变毫无结果。

第4章 帕特丽夏的密信

我们实验室的化学家和摄影师相信，真正的通用显影试剂应该能显示出纸面纤维组织的变化，于是他们坚持不懈地研究长达数月之久。

突然，他们有了重大发现！这项革命性的技术应该归功于谁很难说。各协约国都有自己的实验室，相互之间联系密切，科学家们用电报交流所有新想法。所以，我很难把功劳归于某个国家或某个人。总之，我们梦想拥有的通用显影试剂被发现了。就像所有伟大发现一样，它是那样的简单、明确，这让所有化学家都感到茫然若失，后悔自己为什么没有早点想到。

只要有一个玻璃容器和碘蒸气就足够了！别无其他！

把密信放入玻璃容器之中，注入少量碘蒸气。碘蒸气随后逐渐散落到纸面的小缝隙和被钢笔与水改变的纤维组织之中。即使用肉眼，也能分辨出密写字迹。

无论敌人用什么样的隐显墨水，我们只需给密信洗一个碘蒸气浴，密信的内容就会像变戏法似的出现！

美国的间谍和协约国的间谍圈都非常高兴。因为我们的化学家终于追上了敌人的步伐。然而，我们必须超过敌人才行。德国人也知道碘蒸气的作用，也许还知道更多的处理办法。就像科林斯博士说的，德国人有能力显影所有协约国间谍的密信。许多协约国间谍被逮捕，并判处死刑。剩下的协约国间谍只能依靠上帝保佑活着。我们的化学家必须发明碘蒸气无法识别的密写方法。

于是，我们的科学家为了这个有价值的目标忘我工作。在这个过程中，他们曾遭遇一次异常令人失望的打击。这简直难以令人置信。但是，我们不得不接受现实。检查人员告诉我们一个惊人的消息，碘蒸气法失效了，因为从一些毋庸置疑的渠道获得的信息证实碘蒸气法没有能够识别出密文。这意味着什么？很简单，德国间谍中央总部已经获悉了我们的伟大发现。德国化学工业有许多天才的科学家，他们马上就发明了碘蒸气法无法识别的密写方法。这也就是协约国科学家正在发狂般地寻觅的方法。德国的科学家再次比我们领先一步。

敌人竟能如此快地知道碘蒸气法，并且发明出应对方法，真是匪夷所思。不过，你应该知道，各国的间谍系统非常复杂，间谍们也都十分狡诈，所以很难防止德国总部迅速知道我们的发明。

这使我回忆起一件事，当时有一名法国联络官给我们军事情报部门做一次机密报告。报告会的组织非常严密，只允许相关人员参加。参加报告会的人非常少，大都是情报官。报告厅的大门是封闭的，警卫站在门外，所以没有其他人可以靠近。法国联络官讲得很详细，因为他的目的是给予美国情报部门一些具体指导。他解释了法国在德国的间谍系统，详细叙述法国间谍在德国领土上的活动。法国的间谍活动是如此大胆和耸人听闻，在场的听众都被震撼了。这个报告会很有必要，相比之下，美国的间谍系统存在缺陷，必须做出适当的努力加以改善。

这位法国联络官的报告结束后48小时，法国政府便发电报命令他立刻回国，要求他对不慎重言谈进行解释！这就意味着在听众中，虽然都是挑选出来的美国情报官，会场是封闭的，也没有人能靠近会场，但还是有一个法国人向法国总部做了报告。他的上司认定他言谈不慎重。法国人的小心是有道理的，因为谁也不敢说在穿着美国情报官制服听报告的人中间绝对没有德国间谍。如果真有，德国间谍就会把法国在德国的惊人间谍活动概况汇报给德国总部。这个故事告诉我们，秘密公开后可以像新闻那样迅速传播。只有记住这一点，我们才能时刻注意保密。难怪隐显墨水实验室的伟大发现很快就传了出去。

如今，我们的科学家必须重新开始。德国人是如何打败碘蒸气法的？碘蒸气法有没有适用条件？纸面纤维的组织是如何被干扰的？钢笔和液体

第4章 帕特丽夏的密信

的干扰效果是什么？如何防止这些干扰作用？

美国的化学家在进行100多次实验后发现了一个规律，拿一封用隐显墨水写的信，待墨水干燥后，用刷子蘸蒸馏水弄湿，再待其干燥，之后用熨斗烫平，碘蒸气法就无法显影这封密信。为什么？因为纸张被弄潮湿后，纸面的纤维组织会被破坏。由于钢笔与水产生的原始沟槽被破坏，散落在纸面的碘蒸气就无法显露出密文。

这是一个期盼中的重大发现。德国人再也无法看到我们间谍的密信了。可是我们也无法看到他们的！

至此，敌我双方隐显墨水的发展处于停顿状态。不过，我们至少算是追赶上了德国人。我们能超过他们吗？我们又回到了没有显影试剂就破解不了隐显墨水的状态。这实际上就是科林斯博士来的时候我们所处的状态。

我们与德国人陷入僵局。但是，不久我们就在一个领域有了突破，即另一个重大发现。我们发现一种条纹测试法，如果可疑信件在两种化学物质作用下出现相交的两条条纹，那它就是被加湿处理过的。除了间谍外，谁还会把自己的信件加湿呢？无论我们有没有能力进行显影，这一方法都让我们有足够的证据说面前的这封信是间谍信。

然而，这是不够的。我们的科学家必须发明能显影所有隐显墨水的试剂，即使是经过加湿处理的密信也不例外。

在这场智力竞赛中，我们赢得了伟大的胜利，这非常惊人，成为隐显墨水技术的时代标志。具体讲，我们发明了能在任何条件显影任何隐显墨水的试剂。

这次成功是个大秘密，我猜只有十几个人知道，因为它对间谍工作具有重大意义，敌人怀着嫉妒的心理探听消息，但我们始终没让它传到敌人耳朵里。所有的协约国化学家花费了几个月的时间，做了大量的实验，在不知道多少次的失败后，才获得这一成功。我在本书里都不敢透露该试剂

hattias she insisted on
taking my cephalic
mear. You know how
it goes, you need to be
"hung" on it too.

I shall be pleased to send
the fashion sheets, and the
face cream - my motters and
maters fins us good wishes and
remembrances to all, if you
too hopes that you may
trust we meet in the very
near future, your very sincerely

Teresa 1 Hotel
Very dear,
The book is
here, it is just lovely to
remember in Stephenson
Smith's under a while
Hubbur Serna is
reading the latest - was
book "Men in war" by
Andreas Latzko, an
Austrian socialist. We
wonder the book is in
circulation here as it is

"帕特丽夏"密信的第1页和第4页，寄往德国在墨西哥的转发地址。密文用隐显墨水写在明文的行间。

"帕特丽夏"写的间谍信的第2页和第3页。信中的神秘符号从未破译。

的成分组成，因为那是不道德的。

在化学家取得重大进展后不久，我们的检查人员在墨西哥边界截获了一封信。

这封信，从隐显墨水的性质和其中谈及计划的重要性看，应该出自一名地位重要的间谍。

密信经过显影后，其内容是：

我想谈论一下关那三个人禁闭的事以及另外一些事。

这肯定是指那三个被抓起来的嫌疑犯。间谍们在密信中的用词是很隐晦的。

如果你已经组织好那三个要去法国的男孩，请立刻通知我。如果他们在法国没有事，可以迅速离开。

我们发现德国计划在每个美军的团里都安排一个间谍。这封信的署名是帕特丽夏，显然她正在向上司请示如何管理那几个即将去法国的男孩子。有关这个问题，信中还谈到其他内容。

我想知道这种墨水的效果如何。请告知这些男孩在法国是否能发挥作用。大炮的培训正在美国展开。为此，军官从法国回来了。

我们一直没有抓住"帕特丽夏"，对此我很抱歉。原因是我们的侦探把注意力过度放在了西海岸。此外，还有一件遗憾的事，我们从来没能破译象形文字。那些象形文字应该是有寓意的，因为把两行韵律诗放在

第4章 帕特丽夏的密信

一起并不合乎道理。第一行是济慈《恩底弥翁》的第一句:"美好的事物是永恒的快乐。"第二行是弥尔顿《失乐园》的第一句:"人类最初违反天命而偷食禁果。"仔细揣摩会发现诗句的韵律是有规律的。帕特丽夏把两首不同诗的首句放在一起并不合理。也许只能让帕特丽夏来向我们解释了!

帕特丽夏还说她准备寄出一些流行邮票和护面霜。流行邮票没有什么特别的含义。但是,间谍常把隐显墨水藏在护面霜之中。她的信除了开头奇怪,信中包含的图案也十分神秘。

这封信使我想起了另一个名字——霍普金森-史密斯。她是个红头发的年轻女子,显然是个德国间谍。她曾对我手下的一个译码专家说:"你和我都在为同一个理想工作。"她自称史密斯-霍普金森,留的地址是由洛杉矶的一家银行转寄,这家银行离旧金山的寄信地址并不远。

帕特丽夏用"霍普金森-史密斯"这个名字发信,她也许就是那个红头发的史密斯-霍普金森?帕特丽夏和史密斯-霍普金森,都神秘地销声匿迹。

隐显墨水实验室绝对不能整天只搞研究,只搞研究的实验室不能算作成功。我们每天都有问题要解决。即使是有经验的化学家也未必对我们有很高的价值,他必须接受全面的训练才行。我们建立了邮件审查制度,这使得我们处理隐显墨水的部门需要审查数千封可疑信件。最高峰时,每周要处理2000多封信。许多信其实并不可疑,但我们希望最大限度防范,所以我们的化学家按照一定的比例抽查往来的信件。

可疑信件有两类,一类是收信人是嫌疑人,另一类是信件涉及神秘业务或社会事件。这两类信件都将受到"重点检验"——德国间谍在那个时间段有可能使用的化学品,我们都要加以检验。

信件在经过显影处理后往往会有损坏,我们实验室找到一种能有效恢复的方法。在检查可疑信件后，我们常把受检的信件再寄给原收件人，避免收件人产生怀疑。有时最好是先等一等，截获更多信件后再去抓人。

如果遇到嫌疑人在中立国的大使馆里，我们就必须暗中截取信件，打开后进行拍照，再恢复原状，重新投递到原目的地。这项工作很困难，因为外交信件的密封都很严密。这样的任务需要具备高明的伪造手法。此外，信封有可能会被损坏，这时就需要替换受损的信封，让人看不出受损的样子。这项工作需要我们制造出各种不同的信封，伪造外交密封，复制手写字迹，复制邮戳。

当然，有时会遇到美国外交官或其家属与敌对国家的人通信的情况。他们虽然不在受监视的范围内，但有必要秘密地打开这些信件，在进行拍照后重新密封。

我们在进行这类有争议的活动时都感到十分辛苦，需要时刻小心翼翼，手法必须十分高明。在拆信的时候，我们把信封放在一只喷着水蒸气的水壶前，让信封在水蒸气中停留几秒钟的时间。我们一边让水蒸气吹着信封，一边拿起一把长柄薄刃的切纸刀，小心翼翼地在信封与其口盖移动，轻轻地把口盖打开。

在拍照完成后，我们用水蒸气的方法再次软化信封口盖上的胶水；如果口盖上的胶水不够了，就拿一个新信封的口盖过来与这个信封的口盖相互摩擦。这样能保证胶水的用量比较合适。否则，胶水就会用量过多，出现粘连、斑点的现象，破坏原来的状态。如果信封有过多的胶水，我们就拿蘸湿的吸墨水纸去擦，然后再用干燥的吸墨水纸吸走湿气。如果粘贴缝隙处有明显被水蒸气处理过的痕迹，我们就会用热烙铁把它熨平，不留一点痕迹。

复制邮戳比拆信封更难。这个工作需要技巧。邮戳不同，所需的工艺也不同。对质地粗糙的小邮戳，就用锡箔纸放在邮戳上，用橡皮轻轻按

第4章 帕特丽夏的密信

压锡箔纸。这个动作只需几秒钟。如果信封上留下印记，我们可以轻易擦去。如果是非常清晰的大邮戳，操作就比较复杂了。

我们向邮戳上散少许滑石粉。然后，取一块古塔胶，加点油，用热水加热，放在邮戳上。用力压古塔胶，直到古塔胶变凉、变硬。再取一块古塔胶，用相同的办法加热，覆盖以石墨，放在邮戳上，用力按压，制作出第二块邮戳模子。然后，我们把两个邮戳模子放进镀铜池，并接通电流。根据电流的大小，镀铜的过程从20分钟到60分钟不等。把古塔胶块取出来，剩下的就是一个完美的邮戳。在邮戳的背后还可以焊上一个手柄。

外交信件的密封比制作邮戳模具更加困难。用一个电热小扁平烤盘去烤信封上的密封蜡，加热的温度一定要合适，否则就将失败。看准时机，我们用一把小刮刀把密封蜡刮掉。如果信件的密封被破坏了，我们用刚才说的模具再复制一个新的，密封蜡还是用原来的。

像这样的工作，化学家是不能承担的。很显然，我们需要引入这方面的专家。为此，我们找到两个手段高超的伪造罪犯进入MI–8下属的隐显墨水部门[1]，他们的特殊技能也找到了用武之地。

有一个案例非常特殊，我一想到就想笑。我们接受一项任务，打开并拍下寄给墨西哥总统卡兰萨将军的信件。在打开总统的信件之前，我们

---

[1] 该机构的官方历史可以在《美国陆军总参谋长向战争部部长所作的报告》（1919）的第99页中找到：

编码和密码部（MI–8）——编码和密码——该部门有一部分重要工作是针对德国人的。可是这部分工作，战争部不知晓，甚至美国政府也基本上不知晓……该部门最后被划分为5个子部门，情况如下：

……

隐显墨水部门——通过直接与英国和法国的情报部门联络，该部门资助建立了当时美国还不太了解的隐显墨水技术，事实很快证明这门技术很实用、很危险。他们破译了50封用隐显墨水写的间谍信，这帮助我们抓到了许多间谍，极大防止了敌人的活动。在放开邮政审查制度前，每周有2000封信件要接受隐显墨水的测试。

的伪造专家复制了邮戳。然后，我们打开信件，进行了拍照。在重新密封信件时，我们发现复制的邮戳有很多问题，没法使用。我们不知道如何收场。后来，伪造专家说他能雕刻出一个近似的邮戳。就在我们讨论这件事的时候，那位伪造专家仔细研究了邮戳，他发现邮戳很像一种老式的西班牙硬币，这使他十分高兴。雕刻的任务变得很简单，只需向硬币收藏家要一枚就能伪造出一个完美的邮戳了。

第 5 章
追捕美女间谍维多利卡夫人

玛丽亚·德·维多利卡夫人，一名德国间谍，别名叫玛丽·德·芙赛尔（Marie de Vussière），人称她是"安特卫普的那个金发碧眼的美女"，有关她的浪漫故事很多。不过，她具体都做过什么间谍活动，没有人能给出真实的描述。她是如何被发现并逮捕的，也没有人给出真实的描述。英国的情报部门从 1914 年就开始追捕她，但她一直逍遥法外。最后，还是 MI–8 下属的隐显墨水部门给予她正义的惩罚。

德·维多利卡夫人是美国历史上最胆大妄为的间谍。她在美国期间进行了耸人听闻的间谍活动，产生的破坏作用甚至超出最富有想象力的小说家的想象。但是，她最终还是在美国领土上被逮捕。像许多德国间谍一样，德·维多利卡夫人没能战胜我们高明的化学家，美国的化学家用玻璃试管和五颜六色的液体消灭了她。

1917 年 11 月 5 日，英国当局向我们通报了一些情况，尽管表面与德·维多利卡夫人无关，但最终间接引导我们把注意力转向她。我们得知，有一个不知姓名的德国间谍，最近从西班牙出发，按照命令带着 1 万美元来到美国，并把这笔钱交到新泽西州霍博肯市辛克莱大街21号的法罗斯先生[1]手中。如果这个地址行不通，就送到长岛伍德赛东大街43号的兰姆先生[2]手中。

调查发现，这两个人都失踪了，去向不明。我们只好将这两处地址置于不间断的监视之中。

两个月后，1918年1月6日，我们截获一封寄给法罗斯的信，虽然信从纽约寄出，但是上面印着"马德里，1917年11月3日"的字样。正是在这个日子之后两天，英国当局向我们发出警告。

信的内容很含糊，即便我们的化学家拼命工作，也没能显影信中的密文。这对隐显墨水实验室来说，无疑是一次打击。4天后，接近傍晚时分，一个侦探跑进实验室，他激动地快喘不过气了。

"又一封寄给法罗斯的信！"他大叫道。

我们对信封的两面都拍了照，用水蒸气的办法将其小心打开，便看到一封用英文写的信（参见第60页）。

亲爱的葛哈德夫人[3]：

我上次遇见你时忘了告诉你一件事，我们的朋友弗兰克给我发了一封信。你知道他病得很重，在几个月内不能照料自己的生意。他这次写信告诉我一个消息，他的身体完全恢复了，感觉很健康，能重新生活。他的恢复似乎很是时候，因为根据弗兰克的说法，他长期不在办公室，生意遭受严重的损失。如今，他牢牢把握住这个方向，满怀信心向未来前进。我知道你很关心弗兰克的情况，所以我绝不会不把这个好消息告诉你。我将以

---

[1] 姓名和地址已经改变。
[2] 姓名和地址已经改变。
[3] 姓名已经改变。

维多利卡夫人围巾上有"F"型的隐显墨水。敌人用这种隐显墨水交换情报。

这就是著名的"莫德之信"。我们的化学家显影了德国人的隐显墨水，密文的方向与英文所写明文的方向是交叉的。

你我的名义写一封温馨的信给弗兰克。我希望这封信能给予我进一步的鼓励作用。

把我的爱带给你和你所有的朋友。

你诚挚的
莫德

读者也许会觉得这封信很平常，但间谍信即使没有密文也会包含隐喻的字句。有病，是指受到监视无法开展行动。康复，是指不再受到监视或已摆脱监视。这封信的最后几行表示有另外一封信寄给弗兰克，这表明此人是另一个间谍。读者可能会觉得这种说法有点牵强附会。等一会儿，情况就会清楚了。

有关这封信还有几点需要解释。信封上的收信人是法罗斯，寄信人却是纽约108号大街东932号的科润恩[1]。可是，信中的抬头却是写给葛哈德夫人。这个不一致足以引发任何人的好奇心。

有一个化学家问我："你有没有调查一下纽约108号大街东932号的科润恩这个人？"这是信封上寄信人的地址信息。

"那个人已经处于监视之下，如果有情况，我们马上就能获得通知。"

"如果通知到了，请立刻告诉我，有可能会对我们的显影工作有帮助。"

那个时候，碘蒸气法还没有发明出来，所以我们只能尝试能显影德国隐显墨水的所有可能的试剂。实验室首席化学家把信纸展开，将一把刷子蘸了化学试剂，敏捷地在信纸上斜着画了一条线。没有显影效果。他又拿起另一把刷子，蘸了另一种化学试剂，又画了一条线。第3次试探之后，有了显影效果，能微弱地看见一些文字。

"用的是'F'型的隐显墨水。你看，这就是密文。是德文。"他大声

---

[1] 姓名和地址已经改变。

叫道。

"你需要多长时间才能把这封信显影完成？"

"也许需要一夜。这封间谍信非常重要，我们必须小心翼翼地做，不能损害原信件。我们希望能完成显影整封信。"那个侦探转身要离开，但又被叫回来。"顺便告诉你一下，你最好告诉你手下的探员，收信人是葛哈德夫人。这说明本案异常复杂。"

就在我们的化学家显影这封信的时候，纽约的探员发现了一些奇怪的事。

这封信的寄信人地址，是一处出租房屋，并且没有一个名叫科润恩的人。侦探暗中盘查寄居者，发现了一个名叫艾利森[1]的可疑人，此人是船上的乘务员，他的船正停泊在纽约的港口内。在严酷的盘问下，他说出事情的由来。他离开挪威的克里斯丁亚那港的时候，大都市酒店的一名行李员给了他两封信，请他偷偷带入美国的纽约寄出，一封是给法罗斯，另一封是给住在96号大街西830号的雨果·葛哈德夫人[2]。他到达纽约后，发现两封藏在鞋里的信其中有一封信的信封坏了，就买了一个新的信封换上，在重新填寄信人地址时，他用化名科润恩，但地址仍用了他租住房的地址。

就在这个时候，发生了一个意义深远的偶然事件，这种事小说里通常没有，却发生在我们身上，从而改变了我们的命运。然而，如果没有这个偶然，德·维多利卡夫人肯定不会被抓住。

艾利森在重新把信装入信封的时候，一不小心把两封信装入了错误的信封！给法罗斯的信，放进给葛哈德夫人的信封，这封信没有被我们截获；给葛哈德夫人的信装入了给法罗斯的信封，也就是被我们截获的

---

[1] 姓名已经改变。

[2] 姓名和地址已经改变。

第5章　追捕美女间谍维多利卡夫人

这封！

于是我们就将注意力放在了葛哈德夫人身上。

调查进行到这个时候，给葛哈德夫人的密信被显影并翻译出来。这封信是迄今为止最令人吃惊的间谍信，因为信的署名是莫德而被后人称为"莫德之信"。德国人的间谍信写得一般比较含糊，理由很简单，如果间谍信被截获，由于语言不具体，法庭就比较难以判当事人的罪。但是，读者还是可以清楚地看出间谍信的用意。

翻译后的"莫德之信"内容如下：

信纸的前后两面均有密文，请注意阅读。我证实10月7日的信已经寄出了几份拷贝。

间谍总是寄出2份、3份或4份拷贝。

你可以自由地在南美展开业务（间谍活动）。你可以根据自己的判断，向军事工业，或向船坞，或向航空投资（扔炸弹）。

有一位知道内情的人，特别向我推荐去西部寻找水银。

这里暗指去破坏水银矿。

考虑到美国正在着手进行的巨大造船计划，最后把钱投入船坞建设，但不能让银行知道我们是股权人。

德国很害怕美国的造船计划，因为我们打算制造的船舶吨位是德国无限制潜艇战无法处理的。所以，德国要派间谍去破坏我们的船坞，但又不愿暴露自己的身份。下面一句说得较清楚。

你的爱尔兰朋友应该不会浪费这么好的投资机会。在这件事上让这些朋友坐庄打牌是比较容易做的事。

这是在建议雇用反美的爱尔兰人进行实际的攻击，破坏军工厂、船坞、矿山、航空设施等。

汇款已经寄出。此外，我们在南美的分支公司为你建立了账号，有足够的信用额度。所以，你可以与南美取得联系。
阿根廷的业务将停止。等待进一步通知。

德国政府此时正在安抚阿根廷。所以，"业务"先停下来，等待"进一步通知"。

另一方面，巴西是个投资的好去处。我希望你能给予巴西特别的关注。

巴西在1917年10月26日向德国宣战，所以巴西才成为一个"投资"的好去处。

墨西哥一般提不起我的兴趣，因为那里的政治环境混乱到极点。

不需要在墨西哥做什么，因为德国和墨西哥已经勾结在一起。德国已经在贿赂墨西哥保持中立（参见第6章）。墨西哥是指挥间谍在美国活动的最佳地点。

你必须尽全力找到一个可用的邮寄地址，那个人应该来自中立国，最好是美国人，千万不要是德裔美国人。如果搞到掩护地址，尽快告诉我。

下面跟着几个在荷兰、丹麦、瑞士的掩护地址。

使用这些邮寄地址有助于电报通信。有几种情况应该考虑使用电报通信：

所有电报都要接受审查，只有接收者通过审查后电报才能传送。所以，德国人希望找到几个不会引起怀疑的地址。

(1) 如果需要停止在美国的（间谍）活动时，我会发电报要求你
　　　　　　撤销订单
然后，告诉你具体什么订单将会被撤销。
(2) 如果需要恢复在美国的活动，我会发电报要求你
　　　　　　买入
然后，告诉你具体要买的东西，如商品、纸张等。
(3) 如果公司有亏损，不能满足我的要求，你可以给我发电报
　　　　　　建议卖出
然后，告诉我一家在欧洲上市的著名美国公司的股票名称等信息。

这种逃避审查的办法是非常聪明的，无须评论。如果发电报的人和收电报的人都不处于监视状态下，电报是不能被禁止的，即使是间谍的电报

就像美国人和中立国家的人进行正常的商业交流一样。

下面几句话格外有意思，因为我们可以看到发出"莫德之信"的人是德国间谍中的杰出人物，他正在策划扩充在美国和南美的间谍活动。

无论如何，我都不许因为一些小的损失而导致我的整个事业走向失败。

所以，我要建立另一个完全独立的新公司，这家新公司不负责现有的业务，与现有的公司没有任何瓜葛，但与我进行直接联络。

德国间谍总部认识到一个危险，对美国和南美的炸弹破坏计划仅由一组人来完成，如果这组人失败和不走运，整个间谍系统就会崩溃。这封信就是要组建一个独立的"公司"预防这种可能的危险。这个"新公司"与"老公司"没有内部和外部的联系，能独立完成任务。

读者可以想象出这封信的内容在美国谍报圈产生的震撼作用。虽然美国的监狱内装满了德国间谍嫌疑人，而且已经花费数百万美元追捕德国间谍，但这封信说德国间谍的主谋显然能自由自在地策划在美国和南美实施爆炸。

我们大家都在问：他是谁？他在哪里？如何找到他？

除了住在96号大街西830号的雨果·葛哈德夫人之外，所有与"莫德之信"有关联的人，都受到我们的调查。经过仔细询问，我们发现葛哈德夫人已经搬走。那封本来是给法罗斯但错误地寄给葛哈德夫人的信，已经被邮局退回给艾利森的住址，女房东把它销毁了。

我们又进行大量细致的调查，发现了葛哈德夫人的新住址。此外，还发现她接收了好几封神秘的信件，而这几封信并不是寄给她的。葛哈德夫人是个寡妇，经济情况不佳，我们都觉得她不会是那个我们正

第5章 追捕美女间谍维多利卡夫人

在全力追捕的间谍头目。许多德国间谍把无辜的美国人的地址当作交接间谍信的地址。间谍信邮寄到之后，再派遣不被人注意的人去把间谍信取回。

我们发现尽管葛哈德夫人有好几个月没有接到神秘来信，但此前有几封她收到的信，曾谈及德·维多利卡这个名字。这绝对是个线索，我们立刻把这一信息用电报告诉英国当局。

英国审查电报的任务非常艰巨，审查方法必须很严格。他们不仅审查所有经手的电报，还审查所有无线台截获的信息。不但要对内容进行仔细分析，而且对电报中涉及的地址、签名、名字都要按照名字、问题、来源加以分类索引。

我们把"莫德之信"的内容和维多利卡这个名字告诉英国人。英国人立刻回电，因为他们从历史记录中发现了德·维多利卡这个名字：

发自：德国
发往：纽约舒米特赫兹公司[1]

1917年2月4日

给维多利卡的律师的口信降低条件不行将尽早给你指令试探所有可能市场情况很坏然而必须尽早得到我们想要的同时债券已经获得许可。

迪斯康图

我们当时不知道这封信。在显影维多利卡的几封密信之后，我们了解了她使用的密码，这才破译了这封信（参见第8章）。这封信要求维多利卡夫人从银行里取出3.5万美元，再把钱存入一个较安全的地方，以防与美国爆发战争。在这封电报的拍发日期之前，美国与德国的关系已经极度

---

[1] 单位名称已经改变。

恶化。

纽约的舒米特赫兹公司告诉我们一个情况，他们与迪斯康图·葛赛卡夫特交流了几封电报后，在1917年2月20日付给维多利卡夫人3.5万美元的现金。此后，维多利卡夫人再也没有与他们联络过。此外，舒米特赫兹公司告诉我们一些重要信息，维多利卡夫人的地址是"高街46号，外国传教士中心[1]"，她当时还向工作人员展示了介绍信和护照作为身份证明。

我们查询了保存在英国柯克沃尔的所有旅客的信息，也查询了美国的移民局信息。根据这些信息，我们知道了维多利卡夫人的大量情况。

维多利卡夫人于1917年1月5日离开柏林，途经瑞典、挪威的克里斯蒂安尼亚和卑尔根，然后从卑尔根乘坐"卑尔根海湾"号于1917年1月21日抵达纽约。她持有阿根廷护照，由阿根廷在克里斯蒂安尼亚的领事馆颁发。

曾经为她服务过的银行说她"是个异常漂亮的金发碧眼的女人，35岁左右"。英国人给我们的电报说：

相信维多利卡是个来自安特卫普的金发碧眼的美丽女人。我们自1914年起就在追捕她。

就在维多利卡夫人抵达美国前，法国人发电报告诉说，他们在蓬塔利耶逮捕了一个名叫曼纽尔·古斯达夫·维多利卡的阿根廷公民。他犯了间谍罪，正等待战争委员会的审判。由于维多利卡夫人持有阿根廷护照，也许这两个人之间有联系。后来，我们才知道这两个人是夫妻。

银行给了我们维多利卡夫人的寄信地址，经过调查发现，这里原来

---

[1] 姓名和地址已经改变。

第5章 追捕美女间谍维多利卡夫人

是外国人常去收取邮件的地方。调查行动很隐秘,因为维多利卡夫人很重要,我们不想让她知道有关调查活动。我们偷偷地拿走几封她的信件。但是,她的线索在这里中断了。

我们的化学家开始显影和破译维多利卡夫人的信件。与此同时,侦探继续追寻她的踪迹。但是,她显然是被美国和德国之间的战争吓唬住了,因为她不再和曾经与她有联系的人交换信件。我们截获的她的信件说明了这一点,那些信件在那个外国人收取信件的地点已经有一年的时间。她肯定是因为害怕而没有去取。

维多利卡夫人的那些信件都没有邮戳,这是很有意思的。我们推测这些信件是被偷运进美国后投递的。

我们打开其中的一封信,信是这样写的:

克里斯蒂安尼亚,1917年2月13日

我亲爱的朋友:

我希望你已经收到我在1月8日和3日发出的信。我也希望你已经收到我寄出的汇款。银行说你还在要钱,我为此有些担忧。我希望一切都顺利。1月4日,我给你的银行发了电报,请银行转告你的律师的口信,我希望银行已经告诉你了。

这应该是指那封要求维多利卡去取3.5万美元的电报。

你的情况如何?市场情况如何?

这应该是在询问间谍活动的进展。

美国黑室 THE AMERICAN BLACK CHAMBER

再见！

你真诚的
费尔斯

这封德文信是用隐显墨水写的，我们只能显影、翻译其中的一部分。这种隐显墨水能很快分解，而这封信是一年前写的。我们使用了一种名为"碘化钾"的显影试剂，但效果不好，所以我们的化学家必须寻找更好的试剂。他们把这封信当作实验品，虽说获得了一种效果更好的试剂，但信件被严重损毁了。不过，我们手上还有几封信供他们实验。

下面是一封时间稍后的信：

1917 年 3 月 7 日

亲爱的维多利卡夫人：

我很高兴地知道你在如此恶劣的环境下仍然有个愉快的旅行。你的消息让我的经理感到高兴。我将通知所有朋友，包括神父。

这封信说明维多利卡已经汇报说她安全抵达美国。信中说经理也感到高兴，这说明维多利卡的工作有较好的进展。

你遇见我那里的朋友了吗？我很忙，有许多工作要做。最重要的是取得成功，但我目前还没有；我热切希望在朋友的帮助下，胜利就在不远的前方。每天都有新问题，但都能被我们解决掉。

这好像是在说维多利卡的上级受到监视而难以躲避。

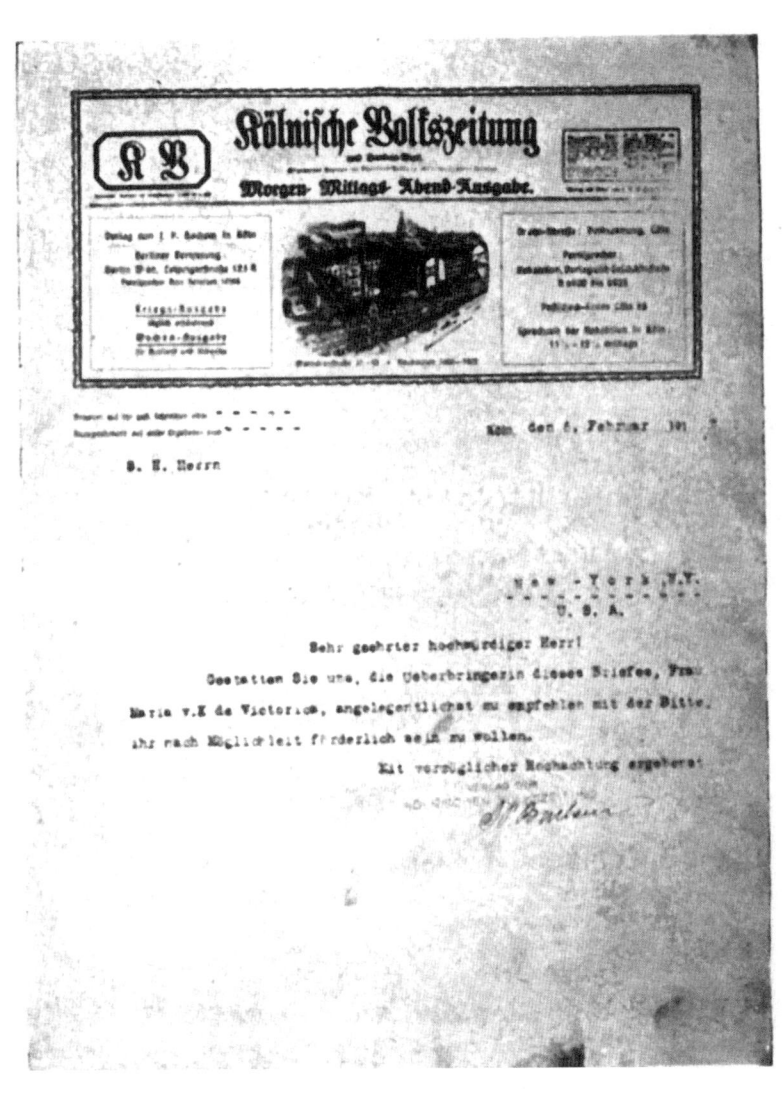

维多利卡夫人给美国神职人员的证明之一。

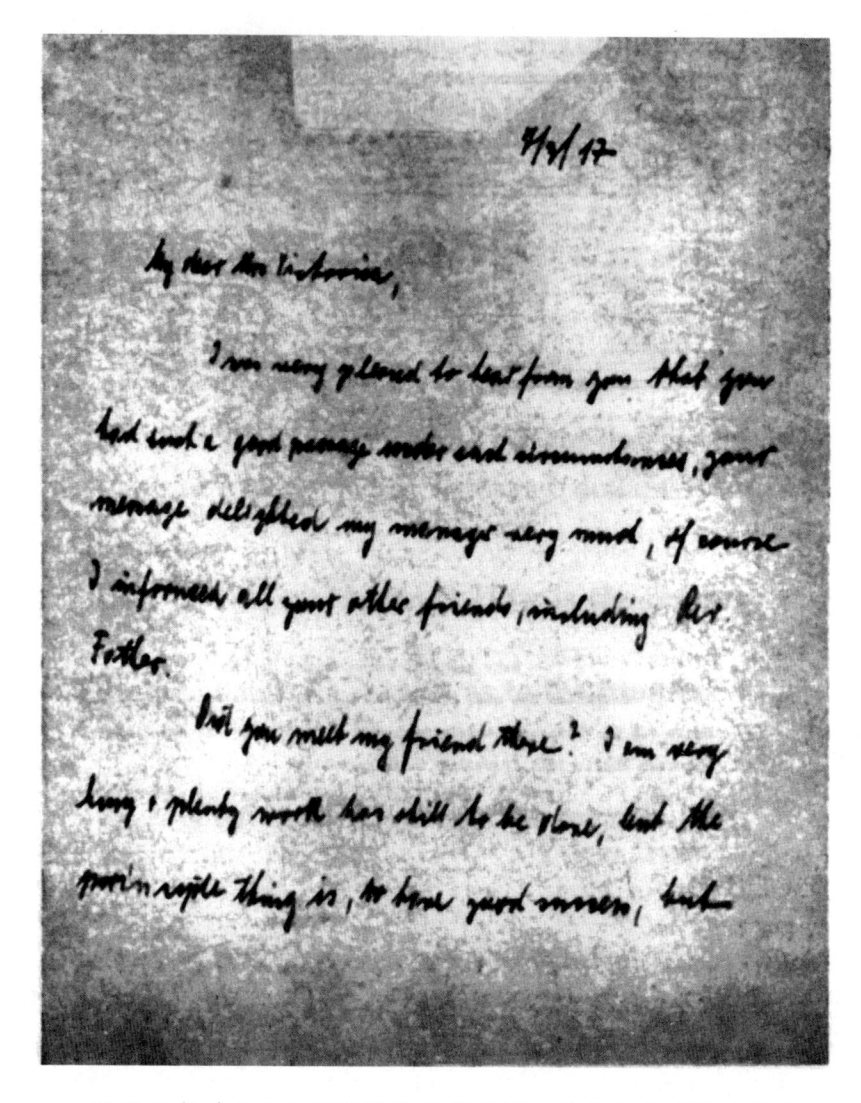

写给维多利卡夫人的间谍信的第1页。信中包含用隐显墨水写的指令,内容是如何用圣像做掩护的奇异密谋。

第5章 追捕美女间谍维多利卡夫人

你的身体如何?

这是在问维多利卡是否受到监视?

我希望你对这次旅行满意,不要介意遇到的困难。你知道你丈夫的下落吗?自从我上次见到他,就一直没有听到过他的消息……

1917年1月10日,法国当局在蓬塔利耶逮捕了她的丈夫。这封信是在之后两个月写的。德国情报部门派她丈夫去阿根廷的布宜诺斯艾利斯,探听开往法国和英国的轮船出港的情况。法国当局在1918年4月25日判处她丈夫终身监禁。维多利卡夫人的上级显然在为她丈夫担忧。

尽快给我写信,我正等着你的报告。如果可能就发电报,信太慢了。再见。我希望这封信能安全到达你的手中。最诚挚的祝愿。

你真诚的
A. 费尔斯

下面一封密信透露了一系列惊人的行动计划。

……为了防止中介倒台,立刻从中介把钱取出,放到一个安全地方。

这暗指从银行取出3.5万美元现金。

电报及时收到。几个可以用的地址如下……

下面是几个在荷兰、瑞典、丹麦的地址。

为你预留的密钥如下：

我们将会在第 8 章介绍维多利卡的新密钥。

立刻告诉我在美国海岸线的何处可以让潜艇停靠或卸下大包物品，也许应该是在纽约和哈特拉斯角之间。那个地方不能有水流……水深应该深于 20 米。能不能在那里卸下一台电报机？我们在西班牙曾在卸货的位置放置一个浮漂，这个办法很成功。发电报告诉我卸货的位置。带几个信任的人去。立刻写信说明行动计划。

这一段非常重要，因为它说明德国计划在大西洋海岸建立一个潜艇基地，最早可能是在 1917 年 2 月 13 日。这个日期是从几封密信中破译出来的，仅是德国宣布展开无限制潜艇战后几天的时间。这个计划很可能会尽快执行，因为海岸线上出现德国潜艇肯定会引发恐慌。此外，这段文字还说明德国在西班牙海岸已经建好了若干潜艇基地。由于有这些基地，德国潜艇才具有大得难以想象的作战半径。

密信的下一段透露了一个极为异想天开的计划，令人难以置信，但随后的调查发现确实存在这样一份计划。在我们找到的维多利卡的信件之中，有一封是给天主教牧师的介绍证明（参见第 71 页）。维多利卡计划通过牧师们把德国生产的高性能炸药包带入美国，去炸毁矿山、码头、船坞、造船所、商船、军舰等。由于所有间谍信都是发三四遍，所以她肯定收到过一封。我们不知道这些牧师是否是上当受骗，或是真的相信了维多利卡。我们在其他的信件中发现，德国人还计划在美国进口的玩具中藏炸弹。

还有一封密信与此事有关，由于显影效果不佳而只能看清几句话，但这几句仍然很有意义：

试着以工人的身份混入英国人的军舰……军舰上的弹药非常敏感，即使一支铅笔也能引发危险。可以承诺大量的奖金。如果能炸毁一艘无畏级战舰，可以奖励100万美元……

用藏着炸药的铅笔引发爆炸是德国人的方法。

让我们把话题还是回到这封信所用的隐显墨水上来。此外，我们还要读一读维多利卡夫人进口炸药的惊人计划。

可以立刻通过向一位可信赖的牧师发电报去下订单：

圣台包含3个圣像，有4个支柱，大约2米高……6米宽，3米高。文艺复兴风格——巴洛克乡村着色方式。

还需要给出接收地址。

这些圣像里藏着德国的新式高爆炸药包！

读者会问，为什么维多利卡夫人必须让一个牧师下订单？为什么要发电报？为了回答这些问题，我需要提醒读者，在第一次世界大战中，英国实施审查电报的制度和货物禁运制度。任何电报和货物必须经过严格审查才能通行。英国人思考的问题是：这是一封普通的商业或社交电报吗？订货的人真的需要这批货吗？有没有德国阴谋牵扯其中？

即使是最警惕的审查人员，当他遇见牧师为建造教堂而购买圣像的情况，也不会产生怀疑。即使是最多疑的审查人员，看见圣像、圣台支柱、栏杆等物品，也肯定不会想到里面藏着炸药。

我曾经说过德国间谍非常精明。但是，眼前这个案例是女性的精明，而不是男性的精明，这一点我从没有想到过。维多利卡夫人的男性上级，并没有想象中的那么精明。他在信中说，他对她的工作十分满意。维多利卡夫人是个天主教徒，她把天主教牧师引入自己的计划之中，确实是很精明的。难道不就是她在要求上级制造那些圣像吗？

下面这封信很长，我只讲解其中的几行，然后再谈论隐显墨水的问题。

1917年3月22日

我亲爱的朋友，

谢谢你2日和3日的信。这两封信是和你叔叔的信一起收到的。信中谈到的所有事情都让我感兴趣……我收到了你在1月25日发出的信，我觉得这封信的内容比2日和3日的信要好。

这是在谈论隐显墨水的事。看来第一封信的显影比第二和第三封要好。

你喜欢"碘化钾"的特点吗？满意吗？

这是一个大失误，因为透露了前几封信的显影试剂。维多利卡夫人的上级想知道她是否能进行正常的显影。

……我的表兄奥斯卡将去南美旅行，他会与你联络，这个消息应该让你高兴。请尽量帮助他。

第5章 追捕美女间谍维多利卡夫人

诚挚的问候。

你的
费尔斯

奥斯卡是一名重要的德国间谍,计划去巴西。他有多个化名,我们后来截取了他的很多信件。

这封密信中还罗列了许多联络站地址,有一些在美国,还有一些在欧洲的中立国。信中再次谈到进口圣像的问题。由于这封信所使用的隐显墨水很难显影,我们只能看到信的部分内容。下面一段是我们能看清的:

……在美军战舰上寻找代理人。如何以及在哪儿能让载货数百吨的货轮在美国卸下秘密物品?如何向巴拿马运河下手?

这段文字很重要,说明德国在宣战前就计划在美军战舰上寻找内线,并且想破坏巴拿马运河!

虽然还有几封信我没有引用,但从日期上看,它们都不是写于这封1917年3月22日的信件和那封引出维多利卡一名的"莫德之信"之间。

这些信件生动详细地描绘出了维多利卡夫人的每项指示:破坏矿山、兵工厂、码头、船坞,招募商人、战地间谍——"如果能破坏无畏级战舰""则可调用上百万的奖金";巴西的间谍计划;在大西洋沿岸建立潜艇基地及物资登陆点;大笔奖金用以招募爱尔兰人破坏美国军舰的计划;破坏巴拿马运河的计划以及最后利用圣像偷运炸药的精心布局。

"莫德之信"使我们准确地了解到,维多利卡是个重要人物,并且相当确切地说明她当时仍然处于绝对的领导地位。因为"莫德之信"命令维多利卡组建一个独立的"公司"去实施行动计划,借以防备她有被捕的可能性。从另一角度看,这个女人一次的酬劳竟然高达3.5万美元。这么多钱,是绝对不会给一个不重要的间谍的。

所以,维多利卡夫人是德国在美国间谍活动的灵魂人物,抓住她便能有效打击她在美国的间谍组织。然而,她在哪里?如何去寻找她呢?

追捕维多利卡夫人的过程可以写成一本书。在追捕过程中,我们犯过许多错误,贻误过许多次机会。在这里,我只是讲一讲我们成功的故事,把失败的故事留给别人去讲。

就在隐显墨水实验室忙着显影这些密信的时候,我们的侦探也在完成着自己的工作。我们不能发出大范围的通缉令,因为我们想抓住她,而不是把她吓跑。所以,我们必须秘密地进行抓捕工作。我们从不进行直接的质询,而总是采取秘密的方式进行调查。

我们所做的一项工作是仔细调查纽约市所有旅馆和豪华住宅。调查发现,维多利卡夫人在1917年1月21日抵达美国,随后住进尼克博克酒店。然而,她在2月3日突然退房走了。

她为什么要离开酒店?在那天,国务卿兰辛把护照递给德国驻美国大使伯恩斯托尔夫,美国和德国的外交关系恶化。是不是因为这个原因她才离开的?她是被吓跑了吗?

我们再次捕获到她的踪迹:她于2月3日住进纽约的华道尔夫饭店,但是,2月21日突然再次消失。两天前,德国的爆炸专家查尔斯·尼古拉斯·瓦恩伯格被捕。是不是这件事触发了她离开?瓦恩伯格被控从事破坏活动。她是不是害怕他告密?

我们在斯宾塞阿姆斯公寓再次发现她的踪迹,她在2月21日要了一套豪华公寓。3月2日,她又突然离开,仅待了9天。不过,她的租金预付到6月20日!她的线索在这里中断了。

她在2月中断了所有与银行的联系,很明显不会再去我们找到她的几

第5章 追捕美女间谍维多利卡夫人

封信的那个地方。她是否在躲避所有知道她是维多利卡的人？她改名字了吗？显然一个聪明到策划用圣像运炸药的女人，并不是容易寻觅的。

然而，所有被追捕的人都会因为疏忽了某件事而被捕，维多利卡也是一样。对她来说，隐显墨水实验室抓住了她的踪迹。她的密信中包含着大量的信息，我们显影了她的信件，获得了这些信息，根据这些信息，她在行动的时候很难不暴露行踪。

她的信中有罗列出她在荷兰、瑞典，甚至美国的联络站地址。我不想在本书中透露这些地址，因为我不想让它们与一个大间谍有关联。

在纽约有两个她的联络站。与这两个联络站相关的人都处于密切监视之下。

我们的侦探几次发现嫌疑犯的表妹，在每周同一天的同一时刻进入宏伟的纽约圣帕特里克大教堂，这座宏伟的建筑占据了第5大道的50和51两个街区。

每周去大教堂做礼拜并非奇怪的事。但是，为什么总是要在黄昏时分去？我们的侦探一直在尾随，监视她的每一个行动。但是，直到1918年4月16日，侦探才发现她与维多利卡夫人之间有联系。

就在那个4月的傍晚，第5大道的路灯刚点亮，大教堂每一刻钟敲一次的钟声刚响起来，一个孱弱的大约16岁的女学生，左臂下夹着一卷报纸，小心翼翼地穿行于繁忙的公共汽车之间，即使小轿车大声按喇叭，她也不抬头理睬，从一堆购物人群中穿过，快速消失在森然的大教堂里。

在大教堂里面，暗淡、荒凉，零星散布着几个跪着祷告的人。

那个孱弱身影在教堂里第30排的靠背长凳处停下脚步，并跪下祷告起来。突然，她站了起来，把报纸留在长凳上自己走了。她很快消失在大门口。

就在她匆忙走过走廊时，她遇到一个衣着得体的男人，那个男人正弯着腰，左臂下也夹着一卷报纸。他在第30排长凳跪下祈祷了一会儿。如果仔细观察，你会发现他交换了自己的报纸和那个女孩留下的报纸。他交换报纸的时候，头还是低着假装祈祷。最后，他也走了，消失在人群之中，那个女孩留下的报纸被他紧紧地夹在手臂下。

如果跟踪他，你会发现他叫了一辆出租车，让出租车带他去宾夕法尼亚火车站，在火车站他坐上了一列去长岛长滩的火车。下了火车，他乘坐出租车去了临海的拿骚饭店。如果此时还跟着他，你会发现他独自一人坐在大厅的长沙发上安静地抽烟。

他就这样坐了半个小时。此后，他做了一件异常奇怪的事。在毫无任何征兆的情况下，他突然站了起来，脸上毫无表情，甚至连左右都不顾盼一下，径直走了。但是，他像那个女孩一样把报纸留了下来。

他刚一站起来，有一名漂亮的金发美女出现了，她令人吃惊地穿着睡袍，坐在那个男人刚才坐过的位置上。她胳膊下夹着几种报刊，她把报纸放在身边，拿起一份杂志阅读起来。她坐在那里有一刻钟的时间，慢慢地翻阅着杂志。

显然，在人来人往的饭店大厅里，她不再引人注目了。最后，她不仅把自己带来的报纸拿起来，还把刚才那个男人留下的报纸拿起来。她优雅地漫步走过大厅，消失在电梯里。

那卷报纸里到底是什么？

是德国驻墨西哥大使海因里希·冯·艾卡从墨西哥边境偷运到美国的2.1万美元的钞票。

那个女人是谁？

玛丽亚·德·维多利卡夫人！来自安特卫普的美丽金发美女。英国人从1914年就在寻找她，但一直没有成功。她住进了时髦的拿骚饭店，称自己叫玛丽·德·芙赛尔。她能从拿骚饭店向外远眺美国运送军用物资和

第5章 追捕美女间谍维多利卡夫人

部队的船只情况。

在此后的第11天,1918年4月27日,经美国总统批准,我们逮捕了维多利卡夫人。在她携带的物品中,我们找到几支圆珠笔和两根美丽的丝绸头巾,头巾中浸染了著名的德国"F"型的隐显墨水。

这位著名的间谍有皇家血统。她的父亲是汉斯·冯·克里施曼男爵,一位普法战争时的将军,曾写过几篇军事科学论文。她的母亲是詹妮·冯·古施泰特女伯爵,来自普鲁士外交官之家。维多利卡夫人熟练掌握几种欧洲语言,有几个大学学位。早在1910年,她就被德国外交大臣比洛亲王看中,邀请她进入德国情报部门。

在漫长的、折磨人的传讯中,维多利卡夫人非常聪明地为自己辩护。

"1917年,局势已经很明显了,美国将会对德国宣战。作为一个德国人,你为什么要在那个时候来到美国?"

"我就是想再找个丈夫。"

"这是个理由吗?难道德国就没有合适的结婚对象吗?你在美国花费了多少钱?"

"大约1.5万美元。"

"你都买了什么东西?"

"付饭店的房费和生活费。我付女佣每月100美元。"

可恨的维多利卡!她来美国就是为了找个新丈夫。她说这话的时候,她对面的检察官早就看到过她写的密信。1.5万美元!检察官也看到过她接受3.5万美元的收据。那可只是一次接受钱的收据。不知道她总共接受过多少笔钱。密信中曾提到过100万美元奖金的事!

检察官当时就是想逗逗她玩,给她一些虚幻的希望。后来,检察官突然把她从事间谍活动的证据摆在她眼前,她竟然虚脱了。看来,她必须多准备点普鲁士的勇气和传统才能面对现实。监狱的守卫不得不把她送到贝尔维医院进行抢救。

　　这个聪明漂亮的女人，多年来一直忍受着被人追捕的危险，她为此付出了巨大代价。就像许多成功的间谍一样，维多利卡夫人已经无法摆脱对毒品的依赖。

　　1918年6月7日，联邦大陪审团认定她在战争期间犯了间谍罪，但她没有被审判。美国当局对她非常照顾，给予她最高级的尊重。但是，监狱生活使她迅速衰老。

　　渐渐地，她变成了一个沮丧的人，样子十分可怜，昔日的美丽和魅力都荡然无存，精神枯竭。1920年8月12日，她去世了，被掩埋在位于纽约肯西科的天国之门公墓。

　　从1914年起，玛丽亚·德·维多利卡夫人就聪明地逃脱追捕。但是，基于偶然的因素，她最终没能逃脱MI–8隐显墨水部门的法眼。虽然悲惨地死去了，但她也许算得上间谍圈中的不朽人物。

第 6 章
截获两封神秘的德国电报

截至 1918 年 1 月,MI–8 负责破译密码的部门逐渐变得野心勃勃。我们不仅要为自己培训密码人才,还要为潘兴将军在法国的密码机构培训人才。这一双重任务严重削弱了我们的实力,因为我们觉得有必要把最有才华的学生派往美国远征军去迎接敌人的密码进攻。很遗憾的是,我们送到法国的学生中,只有两个表现得出色。但是,这不是 MI–8 的错误。

从事密码工作需要一种特殊的思维方式,很难定义清楚。工作性质十分新奇,谁都没有经验。一个人只有努力工作几年之后,外加极高的创新能力和想象能力,才能做好这份工作,也才能称他有"密码大脑"。我不知道如何给出更好的定义。我们曾想设计一种能甄别合格学生的智力测试,但没有成功。那些最成功的学生,往往在做本职工作时表现并不优秀,只是文字能力较强。我曾有机会向英国人、法国人、意大利人学习。我了解到,他们也有类似的看法。如果把英国、法国、意大利、美国从事密码工作的人加起来,足有数千人之多,但其中只有十几个人能称得上有"密码大脑"。

密码电报第1号"G"

```
(A)   49138  27141  51336  02062  49140  41345
(B)   42635  02306  12201  15726  27918  30348
(C)   53825  46020  40429  37112  48001  38219
(D)   50015  43827  50015  04628  01315  55331
(E)   20514  37803  19707  33104  33951  29240
(F)   02062  42749  33951  40252  38608  14913
(G)   33446  16329  55936  24909  27143  01158
(H)   42635  04306  09501  49713  55927  50112
(I)   13747  24255  27143  02803  24909  15742
(J)   49513  22810  16733  41362  24909  17256
(K)   19707  49419  39408  19801  34011  06336
(L)   15726  47239  29901  37013  42635  19707
(M)   42022  30334  06733  04156  39501  03237
(N)   14521  37320  13503  42635  33951  29901
(O)   49117  46633  02062  16636  19707  01426
(P)   11511  42635  11239  04156  02914  12201
(Q)   23145  55331  49423  03455  12201  30205
(R)   33951  38219  50015  04156  43827  06420
(S)   23309  19707  33104  42635  00308  29240
(T)   05732  54628  01355  39338  02914  12201
(U)   06420  11511  24909  27142  33951  49223
(V)   49618  42022  42635  17212  55320  15726
(W)   12201  06420  38219  21060  46633  37406
(X)   43644  33558  22527
```

密码电报第42号"D"

```
(A)  19707 21206 31511 31259 37320 05101
(B)  33045 28223 28709 24211 06738 28223
(C)  51336 28709 42635 42235 13301 33045
(D)  28223 51336 28709 42635 02408 49853
(E)  40324 19707 29240 33104 42635 47239
(F)  03237 38203 41137 20344 21209 24735
(G)  47239 30809 19003 36932 42635 49223
(H)  31416 46027 35749 33045 28223 28709
(I)  44049 02957 03237 55934 14521 21206
(J)  34842 03846 29913 37320 55927 02803
(K)  03455 12201 50015 34004 49542 38055
(L)  01936 50015 31258 21737 24909 32831
(M)  33951 05101 06738 28223 28709 24211
(N)  33045 28223 51336 28709 42635 42235
(O)  13301 06738 28223 51336 28709 42635
(P)  19707 49633 55841 42635 26424 45023
(Q)  09415 22436 36050 06738 28223 49633
(R)  28709 42635 34128 48234 49419 31259
(S)  55142 41111 33158 15636 54403 47239
(T)  01602 21630 02915 42635 28539 50015
(U)  55934 14210 37320 37112 41345 47239
(V)  19801 34011 06336 15726 47239 21060
(W)  46633 37406 43644 04628 33558 23934
```

-085-

如果有机会观察破译密码的实际过程，你也许会较好地理解什么样的人比较合适做破译密码的工作。上面这两段密文注定创造历史，看看如何破译它们，你就能理解真实的破译密码的工作。左侧表示出列的字母，并不是密文的一部分，仅是提供参考作用。

这两封无线电电报是柏林附近德国强大的"POZ"无线电台发出来的，它的天线总长足有1.62万米。两封电报中都没有接收人地址和署名，每天都不断重复发出，其中一封被我们的电报站截获了60多次。

我们觉得，用这么高的强度发送这种既没有接收人地址也没有署名的电报，似乎说明它们有着重大意义。德国人肯定是在给那些身处敌对国家或中立国家、远离柏林的间谍发送电报，因为间谍无法建立强大的电台，但可以安装不容易被发觉的小型设备截收无线电信号。

我们分析，这两封电报可能是为了回应墨西哥境内一个不知名电报站，这个墨西哥电报站每天都以极高的功率发送一些奇怪的电报。下面就是墨西哥电报站发出的奇怪电报：

HSI HSI HSI
DE DE DE
HSI HSI HSI
ATTENTION ATTENTION ATTENTION
WNCSL PYQHN CPDBQ TGCK I?
WNCSL PYQHN CPDBQ TGCK I?
WNCSL PYQHN CPDBQ TGCK I?
PERIOD PERIOD PERIOD
BREAK BREAK BREAK

第6章 截获两封神秘的德国电报

电文中"HSI",是在呼叫另一个电报站,但根本就没有电报站叫这个名字。我们每天晚上都监听这个电报站,发现它每天都发出不同的呼叫电报,从来不自报身份。于是我们加大监听力度。我们发现这个电报站的电报员总是在固定的时间发电报:10点30分、11点、11点30分、12点。后来,我们发现它每天晚上只发送3次较长电文的电报,时间大约在10点35分到12点50分之间。开始的时候,电文都一样,只是每个字重复的次数有差别。几天后,电文有微小的差异。

这个电报站的发射功率非常高,与得州达拉斯电报站的强度差不多,与圣安东尼奥的类似。我们在圣安东尼奥的电报站能听到墨西哥电报站电容反向放电的声音,这说明其功率之大。

但是它发电报的速度很慢、很仔细,总是要重复五六次。它在发出识别呼号后,总是等待至少5分钟再发送正文,有时甚至要等20分钟。

我们觉得,它以如此高的功率发电报,是想发送到非常远的地方。它采取较慢的速度发电文,而且还重复发,这说明它希望对方一字不误地接收。

它不接别人的回电,因为不给别人发回电的机会。它发完自己的电文,总是接着发"等待"。如果它发完那个晚上最后一次电文,便发"结束"出去。这些特征表明,它是按照某种协议在发电报。

无线方向探测器能测量出无线电的方向,在两个不同点上进行测量,两条方向线的交点就是待定位电报站的位置。我们在墨西哥边境多个地点使用无线方向探测器进行了测量,从而确定墨西哥电报站的实际位置。

我们的测量线汇聚到了查普尔特佩克(Chapultepec),那里有墨西哥最大的电报站。难道墨西哥与德国结成同盟了?墨西哥人是不是已经允许德国人使用墨西哥的电报站发送德国的电报给德国的间谍?查普尔特佩克的电报站是不是在转送柏林传来的电报给德国驻墨西哥大使?这些都是可

5位码字瑙恩电报频率表

1 00308	6 12201	1 23934	6 33951
1 01158	2 13301	2 24211	1 34004
1 01315	1 13503	1 24255	2 34011
1 01355	1 13747	1 24735	1 34128
1 01426	1 14210	5 24909	1 34842
1 01602	2 14521	1 26424	1 35749
1 01936	1 14913	1 27141	1 36050
3 02062	1 15636	1 27142	1 36932
1 02306	4 15726	2 27143	1 37013
1 02408	1 15742	1 27918	2 37112
2 02803	1 16329	8 28223	4 37320
2 02914	1 16636	1 28539	2 37406
1 02915	1 16733	8 28709	1 37803
1 02957	1 17212	3 29240	1 38055
3 03237	1 17256	2 29901	1 38203
2 03455	1 19003	1 29913	3 38219
1 03846	8 19707	1 30205	1 38608
3 04156	2 19801	1 30334	1 39338
1 04306	1 20344	1 30348	1 39408
2 04628	1 20514	1 30809	1 39501
2 05101	2 21060	1 31258	1 40252
1 05732	2 21206	2 31259	1 40324
2 06336	1 21209	1 31416	1 40429
3 06420	1 21630	1 31511	1 41111
1 06733	1 21737	1 32831	1 41137
4 06738	1 22436	4 33045	2 41345
1 09415	1 22527	3 33104	1 41362
1 09501	1 22810	1 33158	2 42022
1 11239	1 23145	1 33446	2 42235
2 11511	1 23309	2 33558	16 42635
1 42749	1 48234	1 49618	1 54403
2 43644	1 49117	2 49633	1 54628
2 43827	1 49138	1 49713	1 55142
1 44049	1 49140	1 49853	1 55320
1 45023	2 49223	6 50015	2 55331
1 46020	2 49419	1 50112	1 55841
1 46027	1 49423	4 51336	2 55927
3 46633	1 49513	1 51636	2 55934
6 47239	1 49542	1 53825	1 55936
1 48001			

图1

第6章 截获两封神秘的德国电报

能的。

所以，前面说的那两封电报一定非常机密，我们必须破译。

浏览一下这两封电报，你会发现它们使用相同的密码。两封电报中出现频率比较高的是：42635、19707、47239等。为了进一步分析，我们把它们放在一起统计频率。

图1中可见每个5位数字出现的次数，而且最小的数码组是00308，最大的数码组是55936。这说明编码量大约是60000字，这不算很大，有些大编码量的能达到10万字以上。

经验告诉我们，世界上大多数语言只需要大约10000个字就能表达意思了，当然，人名和地名需要特别处理。

我们正在使用的代码包含大约10000个常用单词，剩下的50000个是各种特殊词汇和句子。最常用的1000个单词，一般给予几个编码组，它们被称为变形编码组。在英文中，像"telegram（电报）""you（你）""your（你的）"这类单词就有多种编码方式。比如，你在编码簿中看到"you"，可以是：

You..49138

You..06439

You..13542

You..57754

You..19327

You..20648

这些变形编码组可以用来迷惑密码破译者。所以，你必须识别这6种不同的"you"。具有这样特点的单词有数百个。此外，还有数百个"空"

单词，即编码表中没有任何意义的预留空位置，它们毫无规则地散布其中，目的就是迷惑密码分析人员。

如果编码簿中有50000个编码用来代表空码、短语、变形编码、句子，那么电文中编码重复的现象就会比较少。相反，如果编码簿中只有单词，电文中编码重复的现象就会比较多。

我们把图1的编码汇编成图2：

编码	出现次数
42635	出现16次
28709	出现8次
28223	出现8次
19707	出现8次
50015	出现6次
47239	出现6次
33951	出现6次
12201	出现6次
24909	出现5次
06738	出现4次
37320	出现4次
33045	出现4次
15726	出现4次
51636	出现4次

图2

两封电报一共有279个单词，其中一个单词竟然重复出现16次。让

第6章 截获两封神秘的德国电报

你写一段有279个单词的文字,你会把哪个单词重复16次之多?随便拿起一份报纸,选一篇文章,阅读279个单词,统计一下结果如何?忽略"a""of""the"等单词,因为电文中很少出现这类单词。

在这个实验中,我发现出现频率最高的是"be",共出现4次。我把这个练习中统计出的其他常用单词的频率与图2的频率进行对比参考:

电报与报纸文章中单词统计频率对比表

2封瑙恩电报中279个单词统计频率		报纸文章中279个单词统计频率	
42635	16次	be	4次
28709	8次	in	4次
28223	8次	to	3次
19707	8次	with	2次
50015	6次	will	2次
47239	6次	by	2次
33951	6次	is	2次
12201	6次	has	2次
24909	5次	at	2次
06738	4次	this	1次
37320	4次	for	1次
33045	4次	which	1次
15726	4次	that	1次
51636	4次	they	1次

图3

报纸上出现次数最多的单词是"be",重复出现4次;密码电报中出现次数最多的单词是"42635",重复出现16次。4比1的关系。怎样解释这种差异?密码电报为什么会产生如此高的频率?

我们不应该忘记,这两封电报发自德国的瑙恩(Nauen)高功率的无线电台,目的地可能是墨西哥。读者应该记得,当年美国总统把耸人听闻的齐默曼－卡兰萨(Zimmrmann-Carranza)外交照会读给议员们听,德国外交大臣齐默曼答应如果墨西哥向美国宣战,墨西哥就能获得德国的经济援助,并分得美国的新墨西哥州、得克萨斯州、亚利桑那州。这份外交照会是由英国密码局在1917年破译的,那时美国还没有参战。德国人意识到德国和墨西哥之间的密码被破译了,于是急于建立一条新的秘密通信渠道。如何才能实现呢?德国无法把一本密码本交给德国驻墨西哥大使,因为密码本通常很厚,肯定难以逃避审查。尽管如此,我们知道德国人正在使用一种新的密码。这是怎样的新密码呢?

在进行细致的讨论前,我们先要明确所使用的语言。我们推断最有可能是德语或西班牙语,如果不对,再试试英语。囿于篇幅所限,我忽略对德语和西班牙语的分析——因为它们都走进了死胡同,直接讨论英语。

德国的密码很科学,尽量避免我们曾提及的重复问题。我们觉得新密码仍然是基于字母表的,换句话说,电文中的单词可以按照字母顺序排列。

我们注意到图1中有几个编码非常接近:

02914　21206　31258　49138　55934
02915　21209　31259　49140　55936

图4

第6章 截获两封神秘的德国电报

这并非偶然现象。这些编码对应的单词在英语中应该有相似的意思，比如：

02914	arrive	21206	go	31258	mail
02915	arrived	21209	gone	31259	mailed

如果密码本是按字母顺序安排的，我们就发现密码的次序与英语字典里英语单词的次序是相当类似的。

我们先假定两封电报中最小的数码组"00308"代表以"a"开头的单词；最大的数码组"55936"代表以"y"或"z"开头的单词。

我们注意到图1中最后3个数码组是：55927、55934、55936。它们都以559开头，应该位于字母表的最后，是相近的单词。以"z"开头的单词很少见，我们加以忽略。它们应该是"y"开头的单词。请注意，55927和55934出现了两次，这两个单词应该是以"y"开头的最常见的单词。

我眼前只有一本《阿普尔顿新西班牙语字典》。于是我打开字典，翻到"y"开头的单词处。非常精彩，这里有许多"y"开头的单词。我随手抄录了几个：

you	younker
young	your
younger	yours
youngish	yourself
youngling	youth
youngster	youthful

如果我们假定55927是"you"，55934至55936的数码组有可能是：

55927 you	55932	youngster
55928 young	55933	younker
55929 younger	55934	your
55930 youngish	55935	yours
55931 youngling	55936	yourself

显然，这些数码组与我的字典配合得很好。所以，我们有了：

55927　you

55934　your

55936　yourself

至此，我们识别出3个单词："you、your、yourself。"

这些电报会不会是按照一本英文字典编码的，前3位数字是字典的页号，而后2位是行号？这似乎不可能，但我们的发现并非巧合。

让我们再次研究图1中的那两封电报。数码前3位的范围是从003到559。我们把后两位制作成图5，看看是否能有新想法？

后2位数字组成表

01	09	17	25	33	41	49	56
02	10	18	26	34	42	50	57
03	11	19	27	35	43	51	58
04	12	20	28	36	44	52	59
05	13	21	29	37	45	53	60
06	14	22	30	38	46	55	62
07	15	23	31	39	47		
08	16	24	32	40	48		

图5

第6章　截获两封神秘的德国电报

这些数字范围是从 01 到 62。电报共有 279 个单词，为什么这个表中的最大数字才是 62 呢？为什么 63 到 99 不见了呢？

我们可以找到一个解释。如果前 3 位数字代表字典中的页号，后 2 位数字是该页中的行号，那么行号的数字不可能太大，因为字典每页上的单词量很少有超过 60 个的。这就是不见 63 到 99 的原因。

为什么没有"00"这个数字？密码本按常规总是有 00 的。如今没有 00，说明字典里每页的第一个单词被称为 01 号单词，所以没有 00。

对电报进行频率分析发现重复现象多，这也说明使用了字典，因为一个单词出现一次就会被统计一次。

至此，我们基本肯定德国人是在利用字典做密码本。为了通知对方，德国间谍肯定是偷偷地告诉德国驻墨西哥大使用字典做密码本的事。

我们没花多少力气就识别出了"you""your""yourself"。虽说要完整破译电文并非易事，但也算有了重要的发现。我们只用几个小时就在智力上打败了德国密码专家。可是我们能不能破译整个电文呢？

让我们再仔细分析一下那个出现频率最高的数码组"42635"。图 6 把数码组"42635"出现位置之前和之后的数码组罗列出来，并给出位置信息。例如，第一行表示：42635 的前面是 01158；其后面是 04306；出现在电报 1 中，行号是 H。

前缀	后缀	参考
42635		
01158	04306	1..H
02915	28539	42.T
11511	11239	1..P
13503	33951	1..N
28709	02408	42.D
28709	19707	42.O
28709	34128	42.R
28709	42235	42.C
28709	42235	42.N
33104	00308	1..S
33104	47239	42.E
36932	49223	42.G
37013	19707	1..L
42022	17212	1..V
41345	02306	1..B
55841	26424	42.P

图 6

　　从图 6 中，我们发现 42635 的前面，经常有相同的单词，但其后总是跟着不同的单词，这说明它是什么东西的结尾。这个结尾很特别，因为 279 个单词里有 16 个这样的结尾。

　　在查阅《阿普尔顿新西班牙语字典》之后，我们判断 42635 这个单词可能是以"r"或"s"做开头的。我们知道它是结尾。可是什么样的结尾呢？

　　在英文里，名词复数以"s"结尾。"42635"这个数码组是不是代表复数结尾？从出现的频率看，这个猜测很可能是对的。

　　让我们试着破译电文。可以试一试电报第 42 号"D"的开头。

　　这封电报的开头是"19707 21206 31511 31259"。数码组"19707"重复了 8 次（参见图 2），显然是个常见单词。我们手头要是有正确的字典，这个词应该在第 197 页第 7 行或第 7 个词。随便找一本 600 多页的

第6章 截获两封神秘的德国电报

字典，我试着翻到 197 页，以此为基础，向前翻阅 10 页，再向后翻阅 10 页，为的是找到一个合适的常见单词。

接着，我找到一个最常见的单词——"for"，它出现在 203 页的第 11 行，用数码组表示就是"20311"。这意味着我找到的与原来的有 6 页的差异——从 19707 到 20311。

因此，我调整了第二个数码组，把 21206 改变成 21806。然后，我开始在 218 页寻找第二个常见单词。我在 217 页的第 20 行找到"German"这个单词。至此，我们有了两个单词——"For German"。这是很有意思的结果。

现在，我们就可以开始猜测第 3 个单词"31511"了。在"31511"上增加 6 页，我们得到"32111"。字典告诉我这个单词的起始字母是"m"。那又是什么单词呢？

不用猜了，肯定是"Minister"，因此我们破译出来就是"For German Minister"。

第 4 个单词是"31259"，它在第 3 个单词前面 3 页，而且应该处于"let"和"mic"之间。那应该是什么呢？应该是"Mexico"。

整句是："For German Minister Mexico！"

根据这个破译结果，我们推断出德国已经和墨西哥建立了无线通信联系，而且墨西哥的官方在查普尔特佩克的无线通信站竟然参与其中。这还证实了我们的推测，墨西哥已经与德国结盟！

那么两封电报到底说什么呢？一定是很重要的，因为它们既没有接收人地址，也不署名。如果不重要，德国人是不会天天都向墨西哥发送的。

有两种办法破译完整的电报。一种是花费几天的辛苦劳动，将两封电报破译。另一种是去国会图书馆，在所有收藏的字典之中找到正确的字典，当然这还需要有好运气。

读者可以认真仔细地搜索，肯定能找到《克利夫顿新英法字典》，德国外交部就是用这本字典对两份历史文件进行电报编码的。

电报第42号"D"：

给德国驻墨西哥大使。布莱克罗德随时可以参加谈判。目前德国无法汇款。不过，存入德国在马德里的银行1000万西班牙银币供你使用。你有权以布莱克罗德的名义把这笔钱给墨西哥政府，3年内有效，利息6%，佣金0.5%，条件是墨西哥在战争期间保持中立。你可以根据自己的判断做出安排。请回复。外交部巴歇办公室。德国总参谋部政治处柏林100号。

就在美国及其盟友努力迫使南美洲向共同的敌人宣战的时候，墨西哥却接受德国的贿赂，从而保持中立。

让我们阅读另一封谈及德国和墨西哥诡计的电报。

电报第1号"G"：

1月份的两封电报收到。安东尼·戴尔玛通过西班牙转来的报告也已收到。请劝墨西哥总统派遣一位有实权的代表来柏林谈判有关贷款和原材料销售问题。不要纠缠于日本问题，因为这需要你做中间人，太困难了。如果日本人有兴趣，他们在欧洲有许多代表，可以解决这个问题。外交部巴歇办公室。生产步枪的机会可以付诸行动。我们可以同墨西哥总统派来的有实权的代表谈判详细的生产设备贷款需求、技术员的需求、飞机制造工程师的需求。我们同样让卡夫在日本购买总统先生希望的10万支步枪。总参谋部政治处。

这两封电报被破译后，华盛顿感到异常高兴，因为他们不仅得知德国

第 6 章 截获两封神秘的德国电报

的诡计，也明确墨西哥和日本的倾向。未来还将破译什么样的电报呢？有 100 多部仪器对准了瑙恩的高功率的无线电台，争取破获德国人的下一封机密电报。

可是瑙恩的无线电台突然变得沉默起来。为什么？因为德国人知道了我们的成功。如何证明此种猜测呢？后来，瑙恩的无线电台又工作了，但彻底改变了编码方式。这暗示一个惊人的结论，尽管 MI–8 挑选工作人员非常小心，但我们内部有德国间谍。于是我们开始逐一排查每一名密码分析员。

第7章
瓦贝斯基：被判死刑的德国间谍

1918年2月初，范德曼上校打电话让我立刻去他的办公室。

他让我坐在他身旁，一句话没说便递给我一张纸，纸上写着一些字母：

```
                                             15-1-18
seofnatupk      asiheihbbn      uersdausnn
lrseggiesn      nkleznsimn      ehneshmppb
asueasriht      hteurmvnsm      eaincouasi
insnrnvegd      esnbtnnrcn      dtdrzbemuk
kolselzdnn      auebfkbpsa      tasecisdgt
ihuktnaeie      tiebaeuera      thnoieaeen
hsdaeaiakn      ethnnneecd      ckdkonesdu
eszadehpea      bbilsesooe      etnouzkdml
neuiiurmrn      zwhneegvcr      eodhicsiac
niusnrdnso      drgsurriec      egrcsuassp
eatgrsheho      etruseelca      umtpaatlee
cicxrnprga      awsutemair      nasnutedea
errreoheim      eahktmuhdt      cokdtgceio
eefighihre      litfiueunl      eelserunma
znai
```

第7章 瓦贝斯基：被判死刑的德国间谍

这张纸上没有地址、署名，仅是一堆混乱的字母，日期是1918年1月15日。

我已经在战争部工作了大约8个月，曾看到过数千封密信和隐显墨水写的信。但是，看到这张写满混乱字母的纸，我仍然对其中的奥秘感到一种新奇感。如今，范德曼上校让我看这张纸，我知道他一定有什么重要的事让我去做。

我相信这张纸上是密码，但不知道就是这张纸引发了美国历史上一个极为特别的案件，一名大胆的德国间谍因为这张纸而被判处死刑。

"你觉得这是什么？"范德曼问我。

"应该是密码，不是编码，"我回答，"在第2行中'shmppb'这个词重辅音很长，在第4行中'snbtnnrcndtdrzb'这个词的重辅音更长。编码的辅音和原音通常是搭配着的。我感觉这些是密码。你能告诉我它们的来源吗？"

"你听说过巴勃罗·瓦贝斯基吗？"他问道。

"我只知道他是个德国间谍，出没于墨西哥边境，非常危险，行动肆无忌惮。"

"不错，我们几天前在边境逮捕了他。在他身上没有发现什么，除了这张纸。他拥有俄国护照。所以，尽管我们知道他是德国间谍，但也不能拘留他太长时间。如果这张纸是间谍的证据，我们就有办法了。"范德曼停了一下，盯着我，"雅德利，我希望你能破译这些密码。我如今只能依靠MI-8的聪明才智了。破译不了，就别来见我。"他心神不宁地让我离开了。

范德曼是个镇定的人，这是我第一次看到他为一封密码信而如此不安。几个月前，他给我一份间谍文件，要求我连夜破译。在花费一夜的时间利用科学方法进行分析之后，我告诉他那份文件不是密码，是假的。范德曼对我的报告很不耐烦。面对他的批评，我坚持说那份文件里的内容是什么人在打字机前随便打出的混乱文字。

范德曼的私人助理不喜欢我和我的报告。不过，我强烈要求请两位专家进行审查。审查的结果表明那份文件确实是恶意之作，目的是诽谤第三者。相关的嫌疑人从监狱中被放了出来，从此MI–8提交的报告就不受别人质疑了。

然而，这样就形成一种习惯性思维，MI–8能破译任何密码，这使得我们受到不必要的关注。我离开范德曼的办公室，心里却不停地在想如何才能破译瓦贝斯基的密码。

我快速跑过走廊，来到照相室，复制了6份拷贝，跑上楼梯回到自己的办公室，手中底片上的化学药水还没有干，湿漉漉的。我大概知道密码的类型，所以把6份拷贝交给手下的工作人员，让他们按照我的指令进行一些初步研究。

有经验的密码专家能看出，这是份德文写的文件，但经过了移位密码处理。初学者可以经过下述的分析获得相应的结论。

第一步是统计字母在密文中出现的次数，统计结果见下图1。

由于密文是一个德国人从墨西哥带进美国的，所以似乎可以假定原文是西班牙文，或是英文，又或是德文。从统计的字母频率看，这是一种很正常的语言，因为a、e、i、n、r、s、t出现频率次序是相当稳定的，西班牙文是这个次序，英文也是这个次序，德文还是这个次序。

密文似乎是移位密码：原文先用西班牙文（或英文，或德文）写成，然后利用事前预定的算法重新安排位置。

我们可以排除西班牙文，因为西班牙文没有"k"，频率表中却有12个。此外，西班牙文用"q"的机会多，频率表中却没有。

那么是不是英文呢？英文中"z"和"k"出现的机会不多，而频率表中却高达7次和12次。所以，英文也可排除。

A 𝍪 𝍪 𝍪 𝍪 𝍪 𝍪 𝍪 III
B 𝍪 𝍪
C 𝍪 𝍪 𝍪
D 𝍪 𝍪 𝍪 III
E 𝍪 𝍪 𝍪 𝍪 𝍪 𝍪 𝍪 𝍪 𝍪 𝍪 𝍪 IIII
F IIII
G 𝍪 𝍪 I
H 𝍪 𝍪 𝍪
I 𝍪 𝍪 𝍪 𝍪 𝍪
J
K 𝍪 𝍪 II
L 𝍪 𝍪 I
M 𝍪 𝍪 II
N 𝍪 𝍪 𝍪 𝍪 𝍪 𝍪 𝍪 I
O 𝍪 𝍪 IIII
P 𝍪 III
Q
R 𝍪 𝍪 𝍪 𝍪 I
S 𝍪 𝍪 𝍪 𝍪 𝍪
T 𝍪 𝍪 𝍪 𝍪 II
U 𝍪 𝍪 𝍪 𝍪
V III
W II
X I
Y
Z 𝍪 II

图 1 巴勃罗·瓦贝斯基密码频率表

```
A***************
 ..........
B****
 ....
C****
 ...
D********
 ..........
E*****************************
 ............................
F**
 ...
G****
 ......
H*******
 ........
I**************
 ...............
J
K*****
 ..
L******
 .....
M*****
 .....
N******************
 ...............
O*******
 ......
P****
 .
Q
R************
 .............
S******************
 .............
T**********
 ..........
U**********
 ..........
V*
 ..
W*
 ...
X
Y
Z***
 ...
```

图2　两种频率比较

(＊代表瓦贝斯基密码的频率，·代表一般德文的频率)

第7章 瓦贝斯基：被判死刑的德国间谍

于是推定原文使用的是德文。为了比较科学地比较瓦贝斯基密文和普通德文的区别，我们把瓦贝斯基密文取出 200 个单词进行频率统计。另一方面，我们从一段有 1 万个单词的普通德文截取 200 个单词，统计出另一种频率表。然后，我们把这两种频率表进行比较，从而比较容易地看出两者之间的区别（参见图 2）。

我们可以注意到这两个频率表很相似，这说明原密文就是德文移位密码。

如何破译移位密码呢？1918 年春天，即便走遍全世界的图书馆，你也找不到一本讲解破译移位密码的书籍。即使是美军的编码和密码培训教材也不能提供任何线索。我曾经说过，密码分析员必须自己能发现新的破译密码的方法。想要破译移位密码，必须自己找出路。

在德文中，"c" 字母之后经常跟着 "h" 和 "k"，有一些例外的情况，但非常少见。如果你写一段德文，然后按照某个算法打乱字母，但 "ch" 和 "ck" 被打乱的方式是一致的。如果你能找到一种方法把 "c" 之后跟着的 "h" 和 "k" 找到，你就离破译原文不远了。

MI–8 破译这类问题有一套科学的方法，首先是要通过制表的办法把分隔 "c" 和 "h"（或 "k"）的字母找出来。所以，我们让工作人员对密文中的字母进行统计并制成图表。德国密码专家发现这种方法了吗？我看没有。因为瓦贝斯基密文显然是使用了移位密码。也许是双移位密码！不管如何，统计制表能帮助解决问题。

就在统计制表这项基本工作正在进行的时候，我去找负责南方事务的官员，因为我希望多了解一下瓦贝斯基。多了解密文被截获时的情况，对破译密文有帮助。

这位官员交给我一份档案。我告诉他，我们正在努力破译瓦贝斯基密文。他听后十分兴奋，因为密文虽然不长，但有机会读懂它是非常好的。

要想理解为什么美国的官员非常看重瓦贝斯基的密信，你需要理解美国总统威尔逊与墨西哥总统卡兰萨之间源远流长的怨恨：1916 年，美国为了惩罚墨西哥而发动入侵战争；在齐默曼－卡兰萨外交照会事件中，德国外交大臣承诺，只要墨西哥对美国宣战，美国的新墨西哥、得克萨斯、亚利桑那州就归墨西哥所有。所以，墨西哥人恨美国人，墨西哥成了德国间谍的天堂。

墨西哥公开支持德国。我们派到墨西哥的间谍报告说，数百德国预备役军人在美国宣战后潜入墨西哥，现正在招兵买马，为墨西哥培训军队。许多德国的高官都对墨西哥非常友好，比如，德国情报部的头目杨尼克、德国驻墨西哥大使和总领事冯·艾卡都公开与墨西哥总统卡兰萨交往。

我们的密探报告说，德国间谍的计划异常凶猛，他们打算炸毁坦皮科的油田，建立一个强大的无线电通信站让卡兰萨直接与柏林交流（这违反了中立条约——参见第 6 章）、利用美国的工会组织罢工、鼓动美国南方的黑人造反、炸毁美国的军工厂、进行多种多样的间谍战。

所有墨西哥政府发的密码电报，我们当然都加以破译，所以我们基本上掌握了卡兰萨对待美国的态度。

我们的间谍并没有夸大事实，把发自德国瑙恩的电报汇集在一起就能验证这一点（参见第 6 章）。

德国情报部的头目杨尼克、德国驻墨西哥大使和总领事冯·艾卡，不但野心勃勃，而且冷酷无情，这从 MI–8 破译的一封德国密电中便可窥见一斑。这封电报是德国驻墨西哥大使发给所有德国领事的，其副本是我们在墨西哥电报局的间谍发回来的。我当初刚到军事学院的时候，就派遣他去墨西哥，任务是偷偷搜集存放在墨西哥电报局的德国的外交编码电报和密码电报。

破译的密码电报如下：

第7章 瓦贝斯基：被判死刑的德国间谍

德意志使团

电报第 143/19 号

墨西哥，1919 年 1 月 10 日

nogaaaimue	saeesntraa	seienewwei
heuamaoeid	zcdkeftedt	edgeigunri
eceutnninb	mhbebanais	iteaarukss
tdscmoorob	aeuoermotd	hzzzdibgtt
fceumlreri	eeoemffcea	iqeirenuef
drisrrbnle	enznuhbtpf	kgtineenel
anvescalrr	adngdceoeu	tiailuiorl
bkrnnoeeqe	hhananvsdf	niemineiee
eetreegdmp	eilsbihlnu	hodciageef
sttheetdbe	ugmuaudnuu	dnsfnenenn
umtralgtnu	rehnemenbe	mntngefsae
kltzedrkii	rhficnvaks	onbtguhewn
thitzmsrmd	lghireicsc	enpneiette
nhvdnvhbvn	nrsnecnemn	ngepniceuh
eortsgesie	eneonfiend	wnpkcevemd
isrhwlften	amucnosazr	ahelnehiln
crseamilnb	eutceszrth	rsaeoszclx
mneouhslcu	nmenenefae	eckerglnra
bgfireubli	roznnsseuz	csthpusica
ufohunnbdn	betfmmcirt	unfrnsrbna
dsukouiust	bmgdreninu	lusneadash
scecfaonen	ehsmnrgoot	erzruierne
incneinfee	etkstnbika	zeugdednkr
ibhideeree	aeuneinzet	dendaoerea
ighueuoanu	uzasruoddi	eeemcutiee
teanchchdd	igrrrrrnso	esiereerde
emiehdeade	nhdthmnosm	elolmeennd
rhktendend	uockehaete	eresfjhouk
fhbmkttemn	ledsetuehl	enimliaern
ehzeuesesg	snmeuhaimd	rrensshikh
rahdhennjh	osesedfhin	meerneaseh
udzsgifmri	uoisoehsna	deitfeebsa
ekamhceant	eaoabeunou	flrnneizua
nfpbhmnfon	gusdiporth	fhrsmdndrl
tmaurrwini	ulnezsknts	hdrsdbbnip
osedlsuctb	ctidafsaue	ttunwirhbr
ngnedumiis	veurakklne	enrcmtdtea
nsinleimgr	iehnlemnlg	gkhegdatee
eaaeegtero	arusrelari	graenuinbi
eeikdnspni	ribhhpkuze	tkfseshdne
haravntsee	ipreicseuu	emozusmudh
ipitnndark	nalccssgle	ursttrlecp
irbdnsaend	recoeteian	mdtnnheamt
ntzeomtier	nukwmttcke	ucebdihtnf
eswgowgeen	notzreasnu	caahnbgeil
ceernsnrta	lgghcue[1]	

---

[1] 读完了瓦贝斯基的文件，读者有可能想试着破译密电。破译和翻译后的德国电报如下。

电报翻译如下：

【给所有德国驻墨西哥领事】

　　请立刻小心翼翼地烧毁手中所有关于战争的文件，灰烬也要毁掉，保存这些文件已经没有必要，那些有关情报部的文件和总参谋部、海军部的文件要特别加以注意（严格保守秘密，无论现在、将来还是在战争结束后都绝不提这些机构的代表人员），因为我们的敌人很乐于知道这些文件和人员。

　　同时还要销毁各种名单、注册单、账单、收据、账簿。与大使馆的信件、电报也要销毁。

　　正在使用的密码本、编码本、密钥、指导书可以暂时保留，但必须保证其绝对安全。

　　在销毁手中的文件后，请把命令的执行情况用明码信息汇报。然后再把这份命令销毁。请你们务必用心记住这份命令。

【德国总领事署名】

　　在这封电报收到的时候，丘吉尔将军是美军情报部主任，他对我们成功破译这份重要的文件感到高兴。他给 MI-8 写了封评价很高的表扬信，信中说 MI-8 在破译敌人情报方面保持着极高的标准。他要求我给每位参与破译工作的人员一份表扬信的复印件。

　　这封德国密电，十分坦白露骨，这样的间谍电报我还是第一次见到，也许只有第 13 章的苏联间谍文件可以与之媲美。每当我看到外交官在密码电报中大胆表意，我就感到异常快活，因为他们不知道自己的密码早已被别人破译。本书后面还有更多的故事告诉你，外交官都像孩子一样天真。

　　现在回想起来，我理解了为什么上司是那么关心在巴勃罗·瓦贝斯基身上发现的密件，因为墨西哥有许多间谍，他们能跨过边境进入美国，所

第7章 瓦贝斯基:被判死刑的德国间谍

以说,巴勃罗·瓦贝斯基是个最危险的人。英国人甚至出过一份报告说,巴勃罗·瓦贝斯基是1916年7月纽约港"黑汤姆岛大爆炸[1]"的幕后黑手。

按照报告里的说法,巴勃罗·瓦贝斯基于1918年2月1日从亚利桑那州的诺加利斯进入美国境内,他持有一本俄国护照。由于他不知道我们在墨西哥的密探报告了他的活动,所以,当在边境被逮捕时,他感到十分吃惊。

他立刻被带到第35步兵团的军事情报官那里。对他搜身没有发现什么,只有一张写满乱七八糟字母的纸。但是,由于军方知道他的底细,于是拘留了他。

我心事重重地回到MI–8,因为我深知瓦贝斯基密件的分量。范德曼郑重地把破译任务交到MI–8手中。我们能打败德国密码专家完成任务吗?我们的能力比得上他们吗?

回来后我发现工作有了很大进展。所有必不可少的统计数据都出来了,在曼利上尉的领导下,几个密码专家正在分析密件。

瓦贝斯基密件被重新打字,每个字母都被改写成数字:

s e o f n a t u p k……
1 2 3 4 5 6 7 8 9 10

我们制作的频率表告诉我们,密件中有15个"c",20个"h"。所有的"c"用红色标识,所有的"h"用蓝色标识,这样我们能很容易识别它们。然后,我们把它们写在另外一张纸上,并附上它们的字母和数字。

H　H　H　H　H　H　H　H　H　H
14　17　52　56　69　71　152　172　181　193
H　H　H　H　H　H　H　H　H　H

---

[1] 黑汤姆岛大爆炸:1916年7月30日凌晨,德国特工引爆纽约港黑汤姆岛军火库,据估计爆炸威力相当于里氏5—5.5级地震。

```
217  253  264  307  309  367  373   378  396  398
C    C    C    C    C    C    C     C    C    C
85   109  145  199  201  259  266   270  290
C    C    C    C    C    C
294  319  331  333  381  387
```

我们提到过，努力的目标是发现德国人打乱原文的数学公式。由于德文中"c"总是在"h"或"k"的前面（重点是"ch"配对，"ck"配对并不重要），如果我们把所有"h"的数字减去"c"的数字，只要没有使用双重移位密码，就应该得到一个常数。

因此，让我们试一试。我们可以用直观的表格方法进行计算，把所有"h"对应的数字放在表格的列方向。然后，把列减去行，就获得了两者之间的距离。如果"h"的数字小于"c"的数字，需要在原"h"的数字上加上 424，这个数字是原密文的字母数字。比如，H-14 加上 424，等于 H-438，把这个减去 C-85，得到 353。

上述破译过程参见图 3。

```
        H    H    H    H    H    H    H    H    H    H    H    H    H    H    H    H    H    H    H    H
        14   17   52   56   69   71   152  172  181  193  217  253  264  307  309  367  373  378  396  398
C  85  353  356  391  395  408  410   67   87   96  108  132  168  179  222  224  282  288  293  311  313
C 109  329  332  367  371  384  386   43   63   72   84  108  144  155  198  200  258  264  269  287  289
C 145  293  296  331  335  348  350    7   27   36   48   72  108  119  162  164  222  228  233  251  253
C 199  239  242  277  281  294  296  377  397  406  418   18   54   65  108
C 201
C 259                                                                      108
C 266                                                                      108
C 270                                                                           108
C 290                                                                                108
C 294                                                                                     108
C 319
C 331
C 333   108
C 381
C 387                       108
```

图 3

仔细研究运算结果发现 108 是共同的距离，只是第 5 行不符合。这绝对不是巧合，但为什么呢？这意味着德国人故意将"c"与"h"的距离调整为 108 个字母。

我们把图 3 压缩得小一些，让我们轻松地看出"c"和"h"之间的距离：

C	H	字母距离
85	193	108
109	217	108
145	253	108
199	307	108
201	309	108
259	367	108
266	?	?
270	378	108
290	398	108
294	?	?
319	?	?
331	?	?
333	17	108
381	?	?
387	71	108

图 4

图 4 以更直观的形式说明，除了 5 个例外，其余"c"和 20 个"h"中的某个"h"之间相差 108 个字母。

现在，我们可以重新把原文改写一遍，共有 108 个字母组成的列（参见图 5），看看何时能出现"ch"。由于原文有 424 个字母，所以最后一列只有 100 个字母。为参考起见，我们给每一行一个顺序行号。

	1st column	2nd column	3rd column	4th column
1	s	c	h	a
2	e	n	p	a
3	o	d	e	t
4	f	t	a	l
5	n	d	b	e
6	a	r	b	e
7	t	z	i	c
8	u	b	l	i
9	p	e	s	c
10	k	m	e	x
11	a	u	s	r
12	s	k	o	n
13	i	k	o	p
14	h	o	e	r
15	e	l	e	g
16	i	s	t	a
17	h	e	n	a
18	b	l	o	w
19	b	z	u	s
20	n	d	z	u
21	u	n	k	t
22	e	n	d	e
23	r	a	m	m
24	s	u	l	a
25	d	e	n	i
26	a	b	e	r
27	u	f	u	n
28	s	k	i	a
29	n	b	i	s
30	n	p	u	n
31	l	s	r	u
32	r	a	m	t
33	s	t	r	e
34	e	a	n	d
35	g	s	z	e
36	g	e	w	a
37	i	c	h	e
38	e	i	n	r
39	s	s	e	r
40	n	d	e	r
41	n	g	g	e
42	k	t	v	o
43	l	i	c	h
44	e	h	r	e
45	z	u	e	i
46	n	k	o	m
47	s	t	d	e
48	i	n	h	a
49	m	a	i	h
50	n	e	c	k
51	e	i	s	t
52	h	e	i	m
53	n	t	a	u
54	e	i	c	h
55	s	e	n	d
56	h	b	i	t
57	m	a	u	c
58	p	e	s	o
59	p	u	n	k
60	b	e	r	d
61	a	r	d	t
62	s	a	n	g
63	u	t	s	c
64	e	h	o	e
65	a	n	d	i
66	s	o	r	o
67	r	i	g	e
68	i	e	s	e
69	h	a	u	f
70	t	e	r	i
71	h	e	r	g
72	t	n	i	h
73	e	h	e	i
74	u	s	c	h
75	r	d	e	r
76	m	a	g	e
77	v	e	r	l
78	n	a	c	i
79	s	i	s	t
80	m	a	u	f
81	e	k	a	i
82	a	n	s	u
83	i	e	s	e
84	n	t	p	u
85	c	h	e	n
86	o	n	a	l
87	u	n	t	e
88	a	n	g	e
89	s	e	r	l
90	i	e	s	s
91	i	c	h	e
92	n	d	e	r
93	s	c	h	u
94	n	k	o	n
95	r	d	e	m
96	n	k	t	a
97	v	o	r	z
98	e	n	u	n
99	g	e	s	a
100	d	s	e	i
101	e	d	e	n
102	s	u	l	a
103	n	e	c	k
104	b	s	a	u
105	t	z	u	m
106	n	a	m	a
107	n	d	t	e
108	r	e	p	r

图 5

第7章　瓦贝斯基：被判死刑的德国间谍

图 5 告诉我们几种"ch"组合：

第 1 行	scha
第 37 行	iche
第 43 行	lich
第 54 行	eich
第 74 行	usch
第 85 行	chen
第 91 行	iche
第 93 行	schu

对原密文进行重新组合，仅这一个操作，就使我们为 15 个"c"之中的 8 个找到关联。这样的结果超乎我们的想象。此外，我们在图 5 中还发现多个常见的德文音节，它们有可能是单词，也有可能是单词的一部分。

请对第 58 行的"peso"给予特别注意。这份密件是在墨西哥边境发现的，所以它很有可能就是西班牙文中的那个"peso"。无论是否熟悉德文，大家都能认出许多语言共同的音节。如果再次看看原文那些混乱的字母组合，你会感到经过处理后的文字更像是人话了。

我们显然走上了正轨。有一点令人难以置信，但确实是真的，我们比德国密码专家更聪明。德国密码专家肯定不知道有人能破译他们发明的移位密码，否则他们绝对不会使用。不过，我想为德国密码专家说一句公道话。德国官方与美国官方，其实都一样，他们根本就不认真听取密码专家的意见。

至此，我们已经给 8 个"c"配上了对，那么剩下的 7 个"c"呢？

第 50 行的"c"跟着"k"，而"ck"是德文中典型的配对。

第 78 行的"c"跟着"i",它属于"naci"这组字母。在标准德文中,"i"绝对不会跟着"c"。难道我们犯了错误?是打字员打错了字?是德国密码专家的错误?如果都不是,我们就是遇见一个外文单词了。我们已经看到有"peso"这个西班牙文单词。也许"naci"是西班牙文单词"nacional"(相当于英文的"national")的开始。这似乎是正确的,因为我们在第 86 行找到了剩下的"onal"。

第 103 行的"c-319",是"nec"这一组字母的最后一个,其后什么都没有。"nec"不是单词,我们暂时放一放。

第 7 行的"c-331"和第 57 行的"c-381"也有疑问。一种可能性是它们之后本来没有"h"跟着,另一种情况是德国人在加密时故意把它们调整到其他位置上。

剩下的"ch"配对是:"c-333"配"h-17";"c-387"配"h-71"。如果这两个配对正确,我们就得到了"peschena"和"utscherg"。

我们已经找到所有"ch"配对,在完整破译密件的道路上前进了一步。我们发现了一些单词,还发现了某些单词的一部分,于是希望把这些只言片语拼凑出完整的句子。然而,我们此时更应该小心谨慎才对。我们破译的这份密件,是用来指控间谍嫌疑犯巴勃罗·瓦贝斯基的,必须用数学方法证明我们的结论。此外,如果能发现加密体系,破译工作才是安全的,也必然能加快破译速度。发现加密体系之后,所有被搞乱的字母位置立刻就能恢复原状。

我们现在要研究一下"utscherg"这个单词。这是个德文单词吗?如果在它前面加上"de",我们就得到"Deutscher"这个单词,翻译成英文是"德国"的意思。让我们回到图 5 中去寻找"de"。我们在第 47 行的"stde"中找到了"de"。

把这 4 个字母加到那 8 个字母上,我们得到"st.Deutscher.g."。这是个新单词吗？这条路恐怕走到了尽头。我们需要另辟蹊径。

我们再次回到图 5 上，希望能找到一个熟悉的单词。你看见了什么单词？第 10 行是"kmex"。你有何感觉？结尾的"x"看上去在任何语种中都很少见。哪一行可与它相配？巴勃罗·瓦贝斯基在墨西哥边境被捕。"Mex"使我们想到墨西哥在德文中是"Mexiko"。让我们试一试能不能找到合适的组合。第 13 行是"ikop"。于是我们找到了"k.Mexiko.p"。

这是个新单词吗？什么单词以"k"结尾，但又可以放在"Mexiko"之前呢？是不是"Republik Mexiko"呢？让我们继续试一试。

我们在第 8 行找到"ubli"，在第 108 行找到"rep"。把这些片段加在一起，我们就获得了"Republik Mexiko.p."。最后出现的"p"是另外一个单词吗？如果不是，我们必须从头开始。

在继续搜索之前，我们总结一下目前的结果，看看能不能找到一个规律。为此，我们记录下行号和行之间的距离。

行	单词	行间距
78-86	nacional	8
9-17	peschena	8
63-71	utscherg	8
47-63-71	st.Deutscher.g	16–8
10-13	k.Mexiko.p	3
108-8-10-13	Republik Mexiko.p	8–2–3

图 6

为了进一步分析，我们首先要明确什么是"行间距"。比如，我们在第 78 行找到"naci"，在第 86 行找到"onal"。第 78 行和第 86 行之间相差

8行。再比如，我们在第108行找到"rep"，在第8行找到"ubli"，在第10行找到"kmex"，在第13行找到"ikop"。从第108行至第8行，行间距是8；从第8行至第10行，行间距是2；从第10行至第13行，行间距是3。所以，我们把行间距写成8–2–3。

图6提供的信息不多。不过，我们从中可以看到，"st.Deutscher.g."的行间距是16–8，"Republik Mexiko.p"的行间距是8–2–3。这两组给出两个序列16–8和8–2–3。

我们把这两组合并起来，就得到行间距序列16–8–2–3。

因此，我们把"st.Deutscher.g"（其行间距为16–8），与行间距是2–3的行合并起来。

"st.Deutscher.g"的最后4个字母在第71行，我们向前数2行，找到第73行的"ehei"。下一行间距是3，也就是第76行，在那里，我们找到"mage"。合并这些片段后是："st.Deutscher.geheim.age."。

看看这些：Geheim!（Secret!） Deutscher geheim!（German secret!）German secret what! 如果"age"是"agent"，最后的结果就应该是"German secret agent"——德国秘密特务。

我们最后在第84行找到了：

st. Deutscher.	Geheim	agent.pu.
German	secret	agent

显然，这是一份间谍文件，而且文中提及"特务"。谁？

是巴勃罗·瓦贝斯基吗？

MI–8需要花费整夜的时间才能回答这个问题，每一个步骤都必须有严格记录。不许有错误。推测，是允许的。但是，所有推测都必须获得证实。

#	col1	#	col2	#	col3	#	col4	#	col5	#	col6	#	col7	#	col8	#	col9	#	col10	#	col11
1	scha	10	kmex	19	bzus	28	skia	37	iche	46	nkom	55	send	64	ehoe	73	ehei	82	ansu	91	iche	100	dsei
2	enpa	11	ausr	20	ndzu	29	nbis	38	einr	47	stde	56	hbit	65	andi	74	usch	83	iese	92	nder	101	ede
3	odet	12	skon	21	unkt	30	npun	39	sser	48	inha	57	mauc	66	soro	75	rder	84	ntpu	93	schu	102	sul
4	ftal	13	ikop	22	ende	31	lsru	40	nder	49	maih	58	peso	67	rige	76	mage	85	chen	94	nkon	103	nec
5	ndbe	14	hoer	23	ramm	32	ramt	41	ngge	50	neck	59	punk	68	iese	77	verl	86	onal	95	rdem	104	bsa
6	arbe	15	eleg	24	sula	33	stre	42	ktvo	51	eist	60	berd	69	hauf	78	naci	87	unte	96	nkta	105	tzu
7	tzic	16	ista	25	deni	34	eand	43	lich	52	heim	61	ardt	70	teri	79	sist	88	ange	97	vorz	106	nam
8	ubli	17	hena	26	aber	35	gsze	44	ehre	53	ntau	62	sang	71	herg	80	mauf	89	serl	98	enun	107	ndt
9	pesc	18	blow	27	ufun	36	gewa	45	zuei	54	eich	63	utsc	72	tnih	81	ekai	90	iess	99	gesa	108	rep

图7

Column:	5	3	8	9	4	6	7	1	10	11	2	12
Line 2	2 enpa	11 ausr	20 ndzu	29 nbis	38 eisr	47 stde	56 hbit	65 andi	74 usch	83 iese	92 nder	101 ede
Line 9	9 pesc	18 blow	27 ufun	36 gewa	45 zuei	54 eich	63 utse	72 tnih	81 ekei	90 iess	99 gesa	108 rep
Line 8	8 ubli	17 heha	26 aber	35 gsze	44 ehre	53 ntau	62 sang	71 hesg	80 mauf	89 serl	98 entn	107 ndt
Line 1	10 scha	13 kmex	19 bzus	28 skia	37 iche	46 nkom	55 send	64 ehoe	53 ehei	82 arsu	91 iche	100 dsei
Line 4	4 ftal	13 ikop	22 erde	31 lstu	40 ncer	49 nkom	58 send	67 ehoe	76 ehei	85 arsu	94 iche	103 dsei
Line 3	3 odet	12 skon	21 unlkt	30 npaun	39 sser	48 inka	57 mauc	66 rige	75 mage	64 chen	93 nkon	102 nec
Line 6	6 arbe	15 eleg	24 sula	33 stke	42 ktvo	51 eist	60 besd	69 soto	78 rder	87 ntsu	96 sceu	105 stul
Line 5	5 ndee	14 hoer	23 rahm	32 raat	41 ngse	50 nesk	59 besd	68 hauf	77 nzei	86 onal	95 nksa	104 tzu
Line 7	7 tzic	16 ista	25 deni	34 eand	43 lich	52 helm	61 ardt	70 teri	79 vesl	98 ange	97 vorz	106 nam

图 8

第7章 瓦贝斯基：被判死刑的德国间谍

COLUMN

	65	81	89	91	94	102	6	14	25
1	andi	ekai	serl	iche	nkon	sul	arbe	hoer	deni
	92	108	8	10	13	21	33	41	52
2	nder	rep	ubli	kmex	ikop	unkt	stre	ngge	heim
	11	27	35	37	40	48	60	68	79
3	ausr	ufun	gsze	iche	nder	inha	berd	iese	sist
	38	54	62	64	67	75	87	95	106
4	einr	eich	sang	ehoe	rige	rder	unte	rdem	nam
	2	18	26	28	31	39	51	59	70
5	enpa	blow	aber	skia	lsru	sser	eist	punk	teri
	47	63	71	73	76	84	96	104	7
6	stde	utsc	herg	ehei	mage	ntpu	nkta	bsa	tzic
	56	72	80	82	85	93	105	5	16
7	hbit	tnih	mauf	ansu	chen	schu	tzu	ndbe	ista
	20	36	44	46	49	57	69	77	88
8	ndzu	gewa	ehre	nkom	maih	mauc	hauf	verl	ange
	29	45	53	55	58	66	78	86	97
9	nbis	zuei	ntau	send	peso	soro	naci	onal	vorz
	74	90	98	100	103	3	15	23	34
10	usch	iess	enun	dsei	nec	odet	eleg	ramm	eand
	83	99	107	1	4	12	24	32	43
11	iese	gesa	ndt	scha	ftal	skon	sula	ramt	lich
	101	9	17	19	22	30	42	50	61
12	ede	pesc	hena	bzus	ende	npun	ktvo	neck	ardt

图 9

在找到"agent"这个单词后，我们继续沿着其指出的方向前进，终于拼凑出完整的序列：16–8–2–3–8–12–8–11。此后，这个序列开始不断重复。

现在，8个间距组成的序列代表着9组字母，图5中有这9组字母的定义。图9很重要，因为它把我们要处理的108组字母都包括了。9×12是108。

为了求解，我们把108组字母放入9×12的矩阵之中。这显然也是原密文加密的方式。

然后，我们把图7的行进行位移，使图7中的第2行变成图8中的第1行，第9行变成第2行，第8行变成第3行，第1行变成第4行，第4行变成

布朗·布鲁斯 摄

拉兹·维特科，化名巴勃罗·瓦贝斯基，是第一次世界大战期间唯一一被处死的德国间谍。

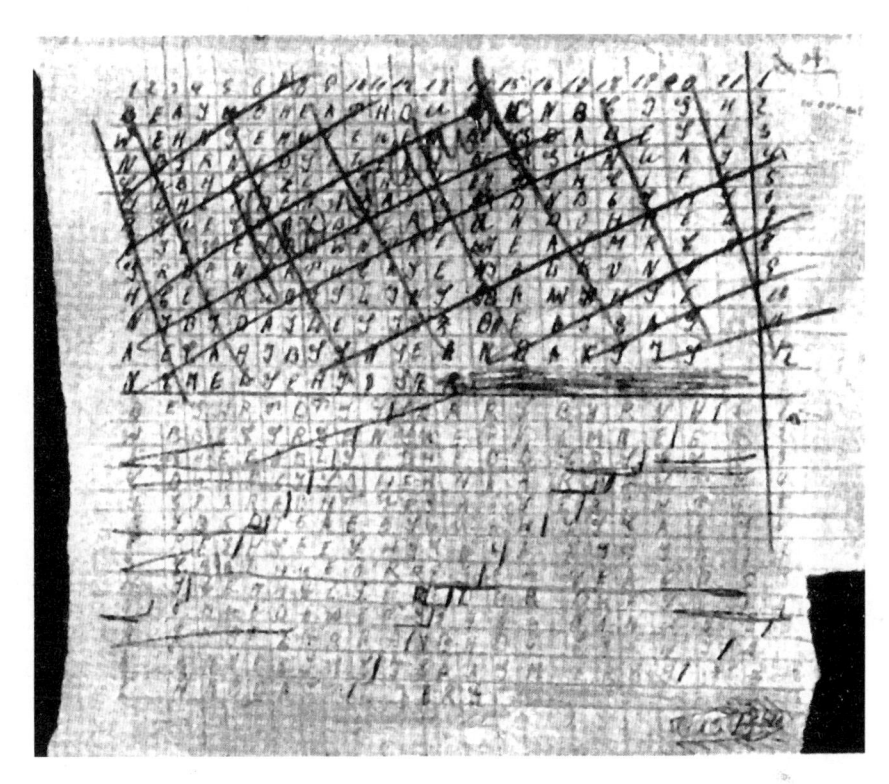

巴勃罗·瓦贝斯基在等待判决期间写的密码信。该信内容是请求德国在墨西哥的间谍总部提供帮助。

第5行，第3行变成第6行，第6行变成第7行，第5行变成第8行，第7行变成第9行。在这张新图中，我们通过追踪"16–8–2–3–8–12–8–11"这个序列，终于读懂了原密件。

请注意，"16–8–2–3–8–12–8–11"这个序列是从第1列开始，方向是沿着对角线。然后，是第2列、第3列……

把图9翻译成德文，我们破译了密件并把德文翻译成了英文。完成这些工作，天已经大亮。给范德曼打电话已经太迟。我不愿打电话告诉他密件被破译的消息。由于是星期天，他需要等到10点钟才来办公室。破译了密件，我异常兴奋，睡不着觉，没有别的什么事可做，我只是等着范德曼的到来。

范德曼上校走进了办公室，我努力地保持平静。他看见我在等他，感到有些吃惊。

"雅德利，你在这里干什么？"他边问我，边坐在书桌前。

我用略带颤抖的声音说："我有一份重要的文件要给你。我不愿打电话说，因为文件内容非常重要，不适合在电话里说。"

他什么话都没有说。我把瓦贝斯基密件的翻译件交给了他。那份密件写着：

致驻墨西哥共和国的皇家使节

极度机密！

携带这份文件的人是帝国的子民，他拿着俄国护照旅行，护照名字是巴勃罗·瓦贝斯基。他是个德国特工。

请为他提供所需的保护和协助，并且预支他1000比索的墨西哥金币。把他的密码电报作为外交电报提交给本大使馆。

冯·艾卡

范德曼一连读了好几遍这份文件。

第7章　瓦贝斯基：被判死刑的德国间谍

"这是瓦贝斯基密件的翻译件，"我向他解释，"它被发给德国在墨西哥的所有领事，署名是德国驻墨西哥大使冯·艾卡。"

范德曼仰靠在椅子上。

"这是一份异常令人吃惊的文件，"他说，"应该吊死瓦贝斯基。"他停了一下接着说，"他们用了什么样的密码？"

"这是德文原件，"我告诉范德曼，"用的是移位密码。地址、署名、内容是用德文写的，然后放入一个预先设置好的图表里把字母次序打乱。我们的任务是找到打乱字母的方法。"

"你们发现德国人的密码图表了吗？"

"发现了。"

"请代我向MI-8的所有工作人员表示祝贺。"范德曼说，"破译这份密件，充分证明了你们部门的价值。"

在接下来的一个多小时中，我们不仅讨论了破译瓦贝斯基密件的过程，还讨论了更重要的一件事。由于破译了瓦贝斯基密件，我们了解了德国人介绍德国间谍的方法，于是可以派自己的特务假装成德国间谍进入敌人内部。这个办法是可行的。

2月16日，巴勃罗·瓦贝斯基被戴上手铐，在严密的监视下坐着火车来到圣安东尼奥，又被送到萨姆·休斯敦堡的军事监狱。在等待判决前，他受到严密监视，处于被监禁状态，但他竟然写了一封密信（参见第121页），企图送出监狱。这封密信被截获后，送到MI-8进行破译。

密信是写给一位名叫唐纳克的墨西哥人，信的内容是：

我需要留在帕格拉克先生保险柜中的笔记本。非常需要。请寄到如下地址：圣安东尼奥，681邮箱，吉纳斯·安朱达先生。这个地址绝对安全。此人能秘密地把东西交给我。我忘记了几个人的名字和地址，他们能帮助我向这里的人证明我是无辜的。我需要钱。

此时,瓦贝斯基才意识到自己毫无希望。

为了截获回信,我们寄出了这封密码信,但没有回音。

1918年8月,巴勃罗·瓦贝斯基在军事法庭受审,他的真实名字是拉兹·维特科,被指控是德国间谍。审判持续了两天。最终他被判有罪,处以绞刑。

巴勃罗·瓦贝斯基失败了,这完全是因为MI-8的能力。许多德国间谍都与巴勃罗·瓦贝斯基一样被MI-8打败了。随着能力的提高,我们不仅能影响个人的命运,还将影响各国政府的政策。

第 8 章
潜入大使馆偷取密码本

一天早晨,我在国务院的联络员给我打电话,要我立刻去一趟。美国国务院此时被几个外交界的精英控制着,而这位联络员被认为是其中最有才气的头目。他是 MI-8 的坚定支持者,并且能直接向国务卿汇报。

我与美国政府打了 16 年的交道,他无疑是我见过的最神秘的人。我虽与他交往几年,可是我对他的了解就如同刚见到他时一样多。他沉默寡言,说话的声音十分低,不使劲听根本听不清他说什么。

他见到我后,什么都没有说,只是递给我一支烟,然后他自己也点燃一支。一分钟过去了,他竟然什么都没有说。我对他的这套规矩早就习惯了,所以我总是等着他打破沉默。他这次几分钟后才开始说话。

"西班牙密码怎么样?"他就像在耳语似的。

他是在问我们能不能破译西班牙的外交密码电报。我们在缅因州强大的无线电台能截获数百封西班牙驻柏林大使馆和西班牙马德里外交部之间的外交密码电报。这些电报往来于德国在瑙恩的"POZ"无线电台和西班牙的"EGC"无线电台之间。除了这些电报外,我们还能截获西班牙驻华盛顿大使收发的电报。

"有10个人正在处理西班牙的电报，"我回答，"我们的进展比较缓慢。目前只能识别几个码字，数目不多。不过，我们在不久之后就能读懂和西班牙大使一样多的电报。但这需要多长时间，我暂且不知道。西班牙人使用几套密码，但性质都一样。只要能破译一种，破译其余的就容易了。"

在接下来的几分钟里，我俩谁都没有说话，但他死盯着我的眼睛。我把视线移开，掐灭了手中的烟。我心里想，这家伙到底在想什么。

"你能不能多承担点责任？"

"我正在努力。"

又是一阵沉默。

"你说的是真的吗？"

我不是太理解他为什么要这么问，但我假装知道。

"我一定尽力。"我回答。之后，我们的谈话就此结束了。

我从其他渠道得知西班牙被怀疑正在帮助德国进行间谍活动。这就是MI-8经常被人们询问的原因。一天前，上司也在问我："你破译西班牙密码了吗？"看来我必须采取紧急措施了。

看到每个人都急于有所进展，我决心为密码专家提供点信息，比如一份机密文件或一封译码后的电报。为什么不能偷一本西班牙密码本，并将其内容拍照留存？

在离开国务院前，我拷贝了西班牙大使馆所有人员的个人档案。我还需要在回去的路上拜会一位重要的上尉。

一个好的情报部门应该雇用许多怪才。我们部门里最奇怪的莫过于布朗上尉。以我的判断力看，他被雇用的唯一原因是他有一种特殊的本领，当我们需要一个女特务去勾引一个倒霉的男人让他透露秘密的时候，布朗

第8章 潜入大使馆偷取密码本

上尉马上就能找到一个合格的女人。无论老少，无论胖瘦，无论美丑，无论金发或黑发，他总是能成功应付。

他的工作一点都不辛苦。我找到他的时候，他正在抽烟。他也许可以做点侦探的工作。

"请坐！"他向我打招呼。

"工作进展如何，上尉？"我问他。

"不错。"他微笑着说。

"那个被你送去与领事先生在迈阿密温暖的沙滩上睡觉的金发美女近况如何？"

他把脚从桌子上拿下来，拉开一个抽屉。"看看这个是什么？"他把照片递给我。"今天早晨刚送到的。领事就在她身旁。他穿着泳衣真英俊，不过是头野兽。他俩看上去像不像情人？"

他俩坐在沙滩上，头上有一把大遮阳伞。她的右手被他握着，左手抓着细沙向自己苗条的细腿上撒。她的头向后仰，微笑着，露出美丽的洁白的牙齿。

"她真美！"我把照片还给他。

"真美！她是我的杰作！"他大声叫道。

"那领事手里的秘密保不了多长时间。她每天都向我们报告。为什么？领事勾引她两周之后，她才开始理他。领事因此失控。如今领事陷入情网，疯狂爱她。下周，领事就会对她透露他与德国情报部门的关系。"

一周之后，她成了领事的情妇。当然，这是计划之中的事。但是，我们遇到了大麻烦，她竟然真的爱上了那个帅气的领事，从此不向我们提供报告了。恋爱中的女特务几乎没有什么价值，什么事都有可能发生。

"我有一个任务给你，上尉，我……"

"什么目的？"

"我会告诉你目的。我需要一个华盛顿地区的社交女孩,她……"

"我不与社交女孩打交道。"

"你必须与她们打交道。这个女孩说西班牙语要跟西班牙人一样。她不仅要有文化素养、美丽的外表,还要非常聪明。她必须是个健谈的人,最好有军人或外交家的家庭背景,年龄30岁左右。她应该多么漂亮,由你决定。但是,我想明天下午见到她。"

上尉犹豫了一会儿,然后开口说:"如果你能告诉我你想干什么,事情可能会容易一些。"

"无可奉告。"

"好吧。我去见见布莱柯丽夫人[1],她手里有一本华盛顿地区社交女孩花名册。找到之后,我会打电话叫你。"

范德曼接受新任命去海外工作了。情报部来了一位新主任,就是丘吉尔将军。他与总参谋长关系密切,所以他比范德曼拥有更大的自主权。虽然我已经同新主任开过几次会,但我对他仍然存有疑虑。于是我走进他的办公室。他对 MI–8 的表现似乎还算满意,但我不知道他是否会同意我的新冒险行动。

我前面还有几个军官正等着见新主任。我是部门的头儿,所以没等多久。

我走进他的办公室,只有他一个人,正用一条专用电话线与司法部通话。与范德曼不同,他光彩照人,把自己打扮成一个前线指挥官的样子。他的眼睛是灰色的,具有穿透力。下巴给人坚定的感觉,嘴唇紧抿成一条直线,偶尔微笑一下。尽管他给人一种军人的印象,但他对待下属并不严厉。我们大家都乐于向这位新主任敞开心扉。不久,我们发现指导我们工

---

[1] 显然此处不能给出真实的姓名。

第8章 潜入大使馆偷取密码本

作的新主任是一位在大战中成长起来的伟大管理家。

他终于挂了电话，请我坐下。

"什么事，雅德利？"

"今天早晨国务院叫我。他们对西班牙的电报感到不安。"

"大家都感到不安。"

他来 MI-8 工作已经几个小时了，大略知道这里的人正在努力破译密码。

"丘吉尔将军，"我对他说，"西班牙密码最终会被破译。何时才能破译，我不知道。我们需要外部帮助。密码局要想成功，需要有特务去获取敌人的密码信息。我不想过多描述细节浪费你的时间。总体上讲，密码种类是无穷的。要想破译密码，首先要知道密码类型。即使有充足的设备、人力，往往也需要数月时间才能确定密码类型。只需要花费较少的时间就可以完成分析，最后破译密码。我们不应该闭门进行破译工作，而应该有自己的情报部门，展开灵活的情报工作。"

"我同意。你有什么建议吗？"

接着我汇报了计划让布朗上尉做的事。

"执行吧，"他对我说，"就这些吗？"

我心里琢磨，该不该把我的计划都告诉他？这应该是个好机会。

我说："不是全部。这只是个开头。简单地说，我想派一个特务去南美，获得西班牙的密码副本。"

"你想送谁去完成这个任务？"他问。

"你应该听说过博伊德[1]这个人。"

"是的。"

"我想用他。"

---

[1] 显然此处不能给出真实的姓名。

"但是，他是我们在南美最好的特工！"丘吉尔表示反对。

"我知道。"我回答。

将军看着我，一言不发皱着眉。过了一会儿，他说："就这件事与博伊德谈谈。制订一个计划，做一下预算，然后你们两个一起来见我。"

我打听到，此时博伊德不在市里，明天才能回来。于是约他回来后立刻在我的办公室见面。

第二天下午，布朗上尉打电话让我下楼一趟。他听起来情绪特别好。

"找到合适的女人了吗？"我急迫地问。

"你自己下来看看吧！"他像母鸡一样咯咯地笑道，"谢谢你给我的小建议。"

我走进他的办公室，眼前看到的证明了一点，布朗上尉审美很好。他过去找的姑娘都是金发的，这次却是个黑发的。她穿着优雅的黑色礼服，戴着一顶小帽子，棕色的眼睛很大。布朗上尉把我介绍给她，她鲜红的嘴唇微微张开微笑，非常招人喜爱。此时上尉眉开眼笑，显然对自己的发现非常得意。我进屋的时候，他俩似乎很亲热，就像老朋友一样。介绍完毕，布朗上尉交给我三四页打印纸，然后离开了。

我慢慢看完这个姑娘的履历档案，思考着如何跟她谈工作。这样的活，我可从来没有干过。

"阿博特小姐[1]，上尉对你说了些什么？"我开始提问。

"他只是讲了个令人快乐的故事。"她说。

看过她的履历档案，我比较失望。我曾听说许多女特务失败的案例，所以很难信任她。当然，成功的希望还是有的。即使她最后泄露了我们的行动，她也只能说美国政府正试图破译西班牙的密码。西班牙

---

[1] 显然此处不能给出真实的姓名。

人只会改变密码。我们已经取得了一些进展，我需要打动阿博特小姐为我们工作。

"你难道不知道我们为什么让你来这里？"我再次开始提问。

"不知道。布莱柯丽夫人打电话来，说这里有需要，没有说理由，她是个很神秘的人。"

"你认识西班牙大使？"

"是。"

"你认识多少西班牙大使馆的工作人员？"

"有几个。"

我觉得，不告诉她太多东西比较好，这样可以先考验她是否可靠。

"你能跟他们搞得更亲热一些吗？"

她微笑着说："一定尽力。"

她一定很好奇，军事情报部门竟然问她这些问题。但她没有提出任何问题，我也不清楚这是好是坏。总之，她很美，也很聪明。

"我们想知道哪位外交秘书掌管密码本。搞到他的名字就行。你能为我办到这件事吗？做这件事，不能张扬，不要引起别人的注意。"

她有信心地回答："没问题。这件事不困难。"

"很好。搞到手后，就来见我。如果你喜欢做这类事，我们还有其他的机会。"

"我很感兴趣。不过，我要先明确你的要求。你要密码负责人的名字，但又不能让大使馆的人怀疑有人想偷他们的密码。"

"完全正确。"

她可能把我看成了个生手，出门的时候微笑着对我说："我明天就告诉你。"

我回到楼上，博伊德已经在我的办公室等着了。他身材魁梧，浓黑的头发，有一种引人注目的机敏劲儿。他非常聪明、可靠。我们立刻开始讨论眼前的问题，他也表现出极高的兴趣。

博伊德是个非常成功的特工，名望很高。他说西班牙语就跟西班牙人一样。他是纽约银行家在南美的代表，全部生活重心都放在南美。他与当地有地位的人都保持着良好的关系。

"你能不能拿到密码副本？"我问他。

"这个问题不公平。"他回答道，"如果你给我一定量的拨款，我就能帮你搞来一本密码本副本，并提供一笔费用清单。究竟是不是需要贿赂官员，或雇用开锁专家，或抢劫信使，你应该允许我自己去做决定。"

我笑了，"有道理。你需要多少钱？"

他思考了一小会儿。

"大约两万美元吧。"

"我会给你安排这笔钱。"我说。

博伊德默默地在屋里踱步。我没有打断他。他最后说："困难是会很多的。我先去巴拿马运河一带看看有没有机会。如果不行，我需要去哥伦比亚和智利。我在这两个地方有比较好的关系。但是，我不想与美国在巴拿马的情报部门打交道，不想与美国在南美的情报部门打交道。我要独立工作。"

"这似乎是个好计划。"我同意他的观点。

"如果需要与我们在当地的联络员建立联系，我需要有核实对方身份的办法。"

"我们可以按照通常的规矩办。"

"可以。不过，我们需要与华盛顿建立电报通信。我也许需要帮助，也许要汇报进展。这些如何做到呢？"

第8章　潜入大使馆偷取密码本

"你应该可以利用我们的联络员传递电报。"我回答,"但是,你的身份就暴露了。你也许知道,你是不能用自己的密码发电报的,但如果你是我们的联络员就可以,如果你身处某个中立国家也可以。电报必须用明文。如果想发密码电报,你需要用标准的商业密码。商业密码电报将受到审查,审查结果发现有隐瞒的信息,电报是不会发出的。"

"我不能让别人审查我的电报。"他说。

"是不应该。我们可以让你像德国特务那样发送电报。如果你身在中美洲国家,想发送电报到华盛顿,你可以把电报先发送到华盛顿一个不被人怀疑的代收转寄地址上。"

博伊德说:"代收转寄地址应该是能满足我们的需要的。但是,我们需要钻审查空子。电报看上去是一封普通电报,但实际上却是绝密电报。"

我说:"我正准备谈谈这一点。我们需要骗过审查人员。这不难。今晚我要写一些指令。明天你要认真读一读,并牢记我写的指令。然后,我把你移交给隐显墨水实验室。我们也许需要使用邮件。你应该有隐显墨水,并且学会如何用隐显墨水写信,如何显影我们寄给你的密信。"

博伊德点头称是。他接着问我:"你们用什么办法绕过和骗过审查?"

"我们只要对德国人的方法略加修改即可。几个月前,我们逮捕了德国著名的女间谍维多利卡夫人,截获了许多寄给她的信,其中大部分做显影处理。有一封信中谈到如何能绕过英国人的审查,虽说其方法异常简单,但仍然能逃过有经验的密码专家的眼睛。既然我们谈到这个问题,就展示给你看看她的办法。"

我打开保险柜,拿出一个文件夹。博伊德目不转睛看着我。

"在美国参战前夕,维多利卡夫人收到一封极为普通的德国电报。"说着，我把电报展示给博伊德看。电报的内容是：

发自：德国
发往：纽约舒米特赫兹公司

　　给维多利卡的律师的口信降低条件不行将尽早给你指令试探所有可能市场情况很坏然而必须尽早得到我们想要的同时债券已经获得许可。

迪斯康图

　　"这封电报从表面看非常普通没有恶意，"我说，"好像是有关一个法律案件和一桩买卖的，英国审查机构当时并不知道维多利卡夫人是谁，所以没有予以注意。"

　　我又拿出另一份文件。"请看这里，"我说，"这是一封信的照片，这封信包含了译码指令。我们实验室显影了原来的密信。

　　"电文中每个字的第一个辅音代表一个数字。在本例中：

```
1 = d   t
2 = y   n   z   y
3 = m   w
4 = q   r
5 = s   sh
6 = b   p
7 = v   f   ph
8 = h   ch  j
9 = g   k   x
0 = l   c
```

第8章　潜入大使馆偷取密码本

"如果我们把这些数字带入电文中，就将得到：

0 = lower	3 = market
1 = terms	3 = will
*[1]=impossible	4 = quote
3 = will	8 = however
9 = give	5 = soonest
7 = further	* our
* instructions	1 = terms
* earliest	3 = want
* and	3 = meanwhile
0 = leave	6 = bond
2 = nothing	8 = have
* untried	* already
7 = very	* obtained
6 = poor	0 = license

"把这些数字，5 位一组分开，得到'01397 02763 34851 33680'。按照指令，要按相反的次序看。于是有'33680 34851 02763 01397'。

"最常用的电报编码是 ABC 编码，所有电报室都有。德国人的指令是将这些 5 位一组的数字应用于 ABC 编码。于是有：

33680 = 汇款今天寄出

34851 = 已经确保安全

---

[1]　元音打头的单词这里不考虑。

02763＝你必须马上取出，否则会变得无效

01397＝应对政治变局"

"非常精巧，"博伊德评论道，"非常安全。"

"好。我要修改一下原来德国人的指令。明天早晨见。"

次日早晨，我刚到办公室，就发现阿博特小姐已经在接待室等着我了。她看上去很兴奋，眼睛里闪着光芒。

"什么？你已经取得了进展？"我大叫道。

"你要的人名是戈麦斯[1]。"她微笑着说。

"这么快你是如何办到的？"

"昨晚我偶然遇到大使馆的工作人员。聊天中，我告诉对方我很想推销爱国公债。美国国内和国外都在增加销售人员。我不会打字，也不会做笔录，但可以管理文件，或许还可以译电码。译电码的工作极度困难吗？在我连续追问下，对方终于说出了戈麦斯这个名字，并说此人与密码本有密切关联。"

"你说'偶然'。不会是故意下圈套吧？"

她什么都没有说，只是笑了笑。

"你认识戈麦斯吗？"我问。

"不认识，但是我……"

"你想继续吗？"

"当然。我愿意。"

在我的办公室里，只有我和她的时候，我向她展示了几封西班牙外交电报。

---

[1] 显然此处不能给出真实的姓名。

第8章 潜入大使馆偷取密码本

```
                                        W U
4-8-18                               Govt Code
Dato Ministre Affaires Etrangeres G Madrid
Ambassadeur Espagne Washn
30116 2379 1626 6350 0675 7747 4396 4327
 2424 4338 0803 3883 1214 0571 1638 1215
 1899 3369 1214 1703 5156 1214 5180 1703
 1093 7276 7632 0414 7987 2413 8330 7096
 6815 0733 1214 1126 8676 5686 6815 0673
 3780 8373
   Dato Ministre Affaires Etrangeres (stop)
```

西班牙密码电报实例

"我们有个大问题，就是要破译西班牙的外交密码，"我向她解释道，"这些数字可能是字母，也可能是音节，还有可能是单词和短语，甚至还可能是整个句子。我们必须分析出这些数字的含义。我们掌握了一些有关西班牙密码的信息，但很不够，还需要更多的信息。你从戈麦斯先生那里获得的信息能节省我们大量的时间。

"比如，我们想知道西班牙密码的长度、密码是否按照字母顺序排列、由几个部分组成。虽然我不能把美国的密码拿给你看，但我可以拿德国的密码做例子（参见第138页）。

"德国的密码本包含1200组密码，分两卷公布，上卷是编码，下卷是解码。我们称德国密码是分散型密码。德文单词是按字母次序，但编码后次序就被分散了。这页上第一个德文单词是'wache'，它被编码成为'uwl'。该页下一个德文单词是'waffe'，它的编码并不是按字母顺序，变成'uw'跟着的什么，而是成了'rjw'。你可以看到，编码的次序是散乱的。

"最底下一行中罗列的3个字母组成的字母串'sxk''kio''urm''ayo''rbi'是空串，意思是什么都不是。这些空串散布在电文中，目的是迷惑破译者，因为

```
Wache ................uwl        *weisse Leuchtkugeln ..rbl
Waffe ................rjw        weit .................ksi
*Wagen ...............apl           *zu weit ..........sqr
während ..............sjk        weiter ...............rsq
wahrscheinlich .......ktf        weitergeben ..........aov
Wald .................apw        welcher ..............sfi
wann .................rqv        *Welle ...............kvx
*war .................upx        wenig ................aex
*waren ...............rvp           *zu wenig .........ung
warm .................kkv        wenn .................acd
warten ...............rej        werden ...............kdo
warum ................uxw           *wird .............uoz
was ..................rrd        werfen ...............rtw
Wasser ...............kud           *geworfen .........uqk
*Wasser, destilliertes           Westen ...............rle
    .............rzl, sga        westlich .............spd
Wechsel ..............aqs        Wetter ...............uke
*Wechselstrom-                   Wetterwarte ..........anj
    maschine .........rlf        wichtig ..............umx
weder ................ubm        Widerstand ...........smj
Weg ..................rkx        *wie .................rfe
*weg .................aiv        wieder ...............uvd
Wegegabel ............ryx        wiederholen ..........sip
Wegekreuz ............klj        wiederholt ...........kcr
wegen ................sse        wiedernehmen .........adv
weichen ..............uuh        Wiese ................ulf
weiss ................kvw        wieviel ..............ajf

Blinde Signale..................sxk, kio, urm, ayo, rbi
```

破译者很难确定一个字母串是否是空串。

"我们怀疑西班牙人在电报中也插入了空串。如果能探听到这类消息，你就帮了我们一个大忙。"

这时我停止了说话，因为她开始仔细端详德国的密码。

"我理解你说的了。"她最后说。

"如果你理解了，"我回答说，"你就肯定能发现对我们的破译专家具有极大价值的信息。"

我当然不打算把博伊德的事告诉她。即使博伊德能获得成功，这个姑

第8章 潜入大使馆偷取密码本

娘对我们也有极高的价值。

"我们对西班牙的密码电报进行了分析,发现西班牙人一共使用了10种密码,"我说,"我担心其中有鬼。我相信其实只有一两种密码,其余的应该是衍生出的密码。我们称之为密码衍生法,就是不颁布新密码,而只是重新组织旧密码。我不寄希望于你能掌握西班牙人的密码衍生法。但是,我希望你探听到他们是否在使用密码衍生法,这一信息对我们有极大的帮助。"

如果博伊德能获得一本西班牙密码本,这位姑娘能搞清楚是否存在衍生的密码本,我们只需找到西班牙人的加密体系就行了。所以,知道到底有没有衍生的密码本,对我们来说就很重要。有时,否定的信息与肯定的信息一样有价值。

"我想学习密码学。"她说。

"好。我给你一本讲解密码学的入门书籍。但是,别把你的脑袋搞乱了。一个密码专家只能做一份密码破译工作。如果能发现密码的秘密,你就有了更高的价值。但愿你能与戈麦斯先生搞好关系,如果你成功了,你就是我们最好的破译专家。"

"让我试一试吧。"她说。

你只要看看她那可人的样子,就知道她肯定会成功。说句实话,我心里挺可怜戈麦斯先生。

姑娘要离开了,我看着她。

"如果了解到一些情况,请立刻与我联系。我应该告诫你谨慎行事之类什么的。不过,我认为没有必要。"

"是的。"她直截了当地说。然后,她对我微笑了一下,离开了。

几天后,博伊德离开华盛顿去了巴拿马运河区。不久,他要求我寄给他几封西班牙人的外交电报。我询问进展情况，他只是简短地说进展令人满意。

此后，我收到电报，要求我立刻在加拿大皇家银行存入一笔钱。可是，过了一段时间，博伊德好像对他拿到的密码本表示怀疑，他不敢确定那本就是我们想要的。

实际情况是，博伊德于夜里钻进领事馆，打开钢制的保险柜，拿到了外交密码本，但他无法利用密码本破译我们寄给他的电报。因此，他开始怀疑自己偷到的密码本是否是真的。博伊德说，由于环境所迫他每天晚上只能拍到几页密码本，因而他要我们有耐心。

博伊德发现利用偷到的密码本无法破译在西班牙、美国、德国之间传递的电报，我们对此并不感到吃惊。从阿博特小姐提供的一些情况看，西班牙密码中藏着密码。

根据阿博特小姐的报告，西班牙政府使用25种密码。我们的密码分析也证实了这一说法。每封电报前面有一个"指示编号"，这是个特别的数字，说明具体使用的密码类型。根据我们目前掌握的情报，指示编号依赖发电报的地点城市，完整的列表如下：

指示编号	城　市
9	圣胡安
32	圣多明各
74	巴拿马
101	柏林、波哥大、哈瓦那、华盛顿、利马、伦敦、维也纳
123	墨西哥
129	布宜诺斯艾利斯
131	加拉加斯、纽约
132	墨西哥

(续表)

指示编号	城　市
133	墨西哥
141	利马、基多、布宜诺斯艾利斯、墨西哥
143	哈瓦那、伦敦
149	蒙得维的亚、布宜诺斯艾利斯
153	华盛顿
155	波哥大、哈瓦那
159	维也纳
167	柏林
181	哥斯达黎加、危地马拉、萨尔瓦多
187	墨西哥
209	萨尔瓦多、哥斯达黎加
215	索非亚、维也纳
229	哈瓦那、伦敦
249	华盛顿
253	柏林
301	华盛顿、柏林、哈瓦那、墨西哥、布宜诺斯艾利斯、巴黎、波哥大、利马、巴拿马
303	柏林

虽然阿博特小姐提供了其结构特点的片段信息，但分析和成功攻破25种密码是非常困难的任务。她提供的最重要信息是：这25种密码可分为9种类别，每种类别有细微的差异。这9种类别是：

1：9–32–74

2：131–132–133–123–153–143–141

3：153–155–159

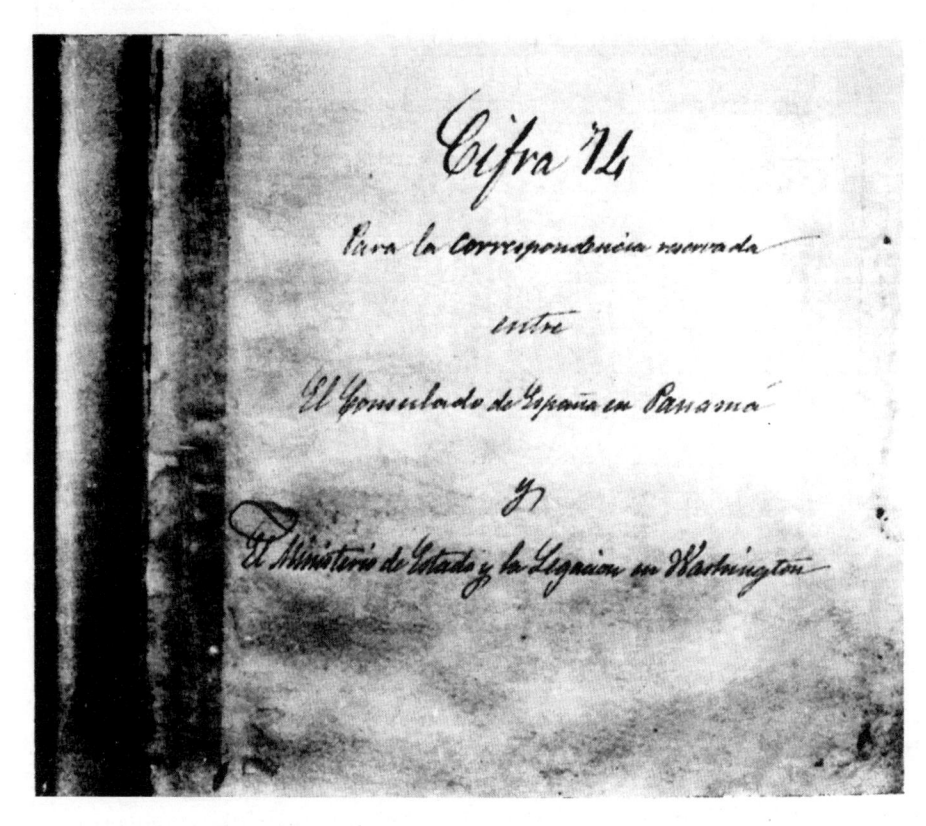

西班牙密码本的封皮，被我们的特工拍摄下来。

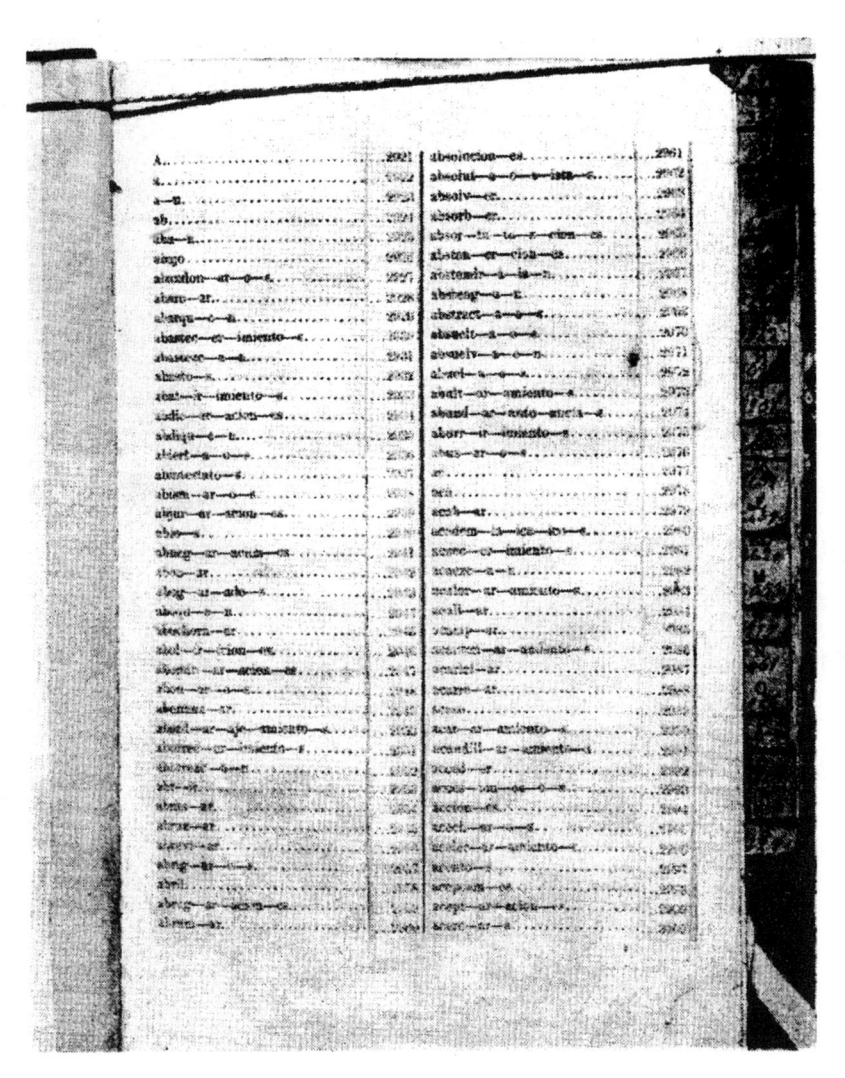

西班牙密码本中的一页。注意照片中的绳子是拍照时用来固定密码本的。

4：153–253

5：167–187

6: 181–141–101

7: 209–229–249–129–149–159

8: 215

9: 301–303–101

在博伊德给我们发出进一步消息的前几天，西班牙外交部从马德里发出一个电报通知，接收地包括华盛顿、哥斯达黎加、巴拿马、圣多明各、利马。我们知道这是个电报通知，因为每封电报都有相同的指示编号，电文也一模一样，但发送的方式则不同。给华盛顿和哥斯达黎加的电报用了301号密码，给利马的用了141号密码，给圣多明各的用了32号密码，给巴拿马的用了74号密码。我们期待这样的电报已经很长时间了！同一封电报用不同的密码发送出来！博伊德向我们提供了第74号密码。

有了第74号密码，我们就可以破译截获的电报通知，方法是对发送到华盛顿、利马、圣多明各的电报实施相应的解码处理。在破译几个单词后，所有密码都迎刃而解。

得知这个消息后，MI–8下属的西班牙部门非常兴奋。我们要求博伊德尽快拍下密码本，用袋子包装后寄给我们。

在本书的第142页上有这本密码本的封皮。我还从来没有见过这样有趣的密码本。密码本上有一根绳子，那是博伊德为了拍照用绳子把密码本绑住。我们仔细研究这本密码本，发现了西班牙政府稍微改变密码本的方法。这本密码本是衍生密码。西班牙文单词的后面跟着的密码数，已经不是原来的密码数，而是用糨糊粘上的新密码数，新密码数印在后面的活页纸上，书边标目是用钢笔加上去的。

第 8 章 潜入大使馆偷取密码本

每个密码数有多种含义。例如,"acept–ar–acion–es"对应着几种可能性。负责解码的人,根据实际电报的内容,选择最合适的单词形式。

有了密码本,我们开始破译西班牙的 9 个类别、25 种密码衍生法,进展虽然缓慢,但一步一个脚印很踏实。

博伊德请示我们如何处理拍照密码本后剩下的玻璃底片,我们让他用普通的碱液洗干净就行了,还让他销毁所有关于这件事的往来通信。

我们很想获得西班牙其他几种密码,所以告诉博伊德去哥伦比亚的波哥大寻找。他回答说,他将乘坐下一班船去波哥大:"如果那里有就把它拿到。"

阿博特小姐的任务完成了,但她渴望继续与外国的外交人员周旋。我们成功破译了智利的外交密码,解读他们的电报有几个月的时间了。但是,他们最近突然改换了外交密码。一开始,我们没有感到有什么不舒服,因为新密码只是与旧密码有微弱的差异。后来,阿博特小姐交给我一张智利新密码衍生法的照片,我们才不敢怠慢(参见第 164 页上的信)。

从这封信可以看出,智利政府突然决定加大通信的难度,他们先对电报进行编码,然后再进行加密。为此,他们使用了密码表把编码变成密码,比如,"0000"会变成"coco";而"0001"会变成"coeb"……

我也不知道阿博特小姐是如何得到这些密码衍生法的。她守口如瓶,也从来不要钱。 或许她很机敏,可以在不计报酬的条件下获得密码。或许她是花费自己的钱买的。究竟如何,我无从知晓。

第9章
受命出国工作

我还没有提到过，美国邮政审查机构曾请MI-8破译数百封密信。其中只有极少数包含军事信息，大部分写这类信的人都是为了掩盖私情。有个猎人给他的心肝宝贝写的密信就很好玩。我破译了一下：

我最亲爱的：

　　收到你的情书，没问题。爱情的话语让我无比高兴。哎哟，我这个野人，要与你共度周六和周日的良宵。你不会感到寂寞，也不会想家。你甚至会请求他下个周末还要一起共度。他会同意的，而且会带给你许多东西。给你一顶复活节的帽子。明天肯定是个好天气，希望快点过。

　　不过，我亲爱的，我的运气不好，只抓获了32只老鼠，大约能卖35美元。

　　我想为你花8美元，如何？我挺好，我要去钓鱼了，马上要跟爸爸上路。

　　你需要我的时候，我一定来帮助你。

第9章 受命出国工作

想清楚，为了上帝，再别跟那人出去了。

如果你真去了，那等于杀了我。

上次我就快死了。

噢，我的爱人，我希望你能来这里与我一起钓鱼、捕猎。我认为你来看我是有理由的，因为你喜欢我夸你、喜欢跟我一起睡觉。不管怎么说，我真想见到你，快想疯了，没有什么比我心目中的你更重要。这不是疾病，而是爱。亲爱的，我祈求不要再有人去向你求爱。妈妈的胃又疼了。你知道，她正在呕吐，因为胃疼得厉害。希望能尽快听到你的声音。你将得到一枚新邮票。再见，我的爱人。吻你，吻我。

除了没上过什么学的人喜欢用密码求爱外，受过良好教育的人也喜欢用密码表达爱情。但是，大多数求爱信都太露骨，不适合公开出版。这类密码信都很容易破解，我很担忧那些男男女女，竟然相信如此不安全的通信方式。

我们的无线电台曾截获另一封有趣的电报。收电报的人是一名驻扎在皮德拉内格拉（Piedras Negras）的军官，发电报的人是墨西哥的一名将军，所用的密码是墨西哥军方的密码盘。

No. 674 Clave Circulo A. 26 49 56 91 sirvase decir al 15 49 73 31 04 36 75 95 alistar dos 07 27 68 92 17 49 74 de las 12 27 65 70 17 27 74 hoy llegare esa.

破译的西班牙文密电是：

```
Clave 26 49 56 91
Sirvase decir al 15 49 73 31 04 36 75 95
                     p a r i e n t e
alistar dos 07 27 68 92 17 49 74    de las
                h e m b r a s
12 27 65 70 17 27 74 hoy llegare esa
m e j o r e s
```

翻译后的电文是：

密钥　26 49 56 91
请姑妈为我准备好两名绝佳女子。我今天抵达你们的城市。

为了确保密电肯定能被正确解码，这位将军甚至把密钥写进电文中。

如果这位对女孩有特殊爱好的将军与德国间谍有瓜葛，我肯定会请布朗上尉为他找两个"绝佳"的女孩，布朗上尉曾声称他可以找到各种类型的女人。我要向这位将军敬礼！

MI–8 不仅为邮政局提供密码分析服务，还为诸如司法部、国务院、战争部、海军部等单位提供服务。1918 年 7 月，海军部突然遣散了自己密码局的工作人员，把所有的隐显墨水设备捐献给我们的实验室，并派遣了一名联络官常驻 MI–8。这一变化是十分惊人的。

第9章 受命出国工作

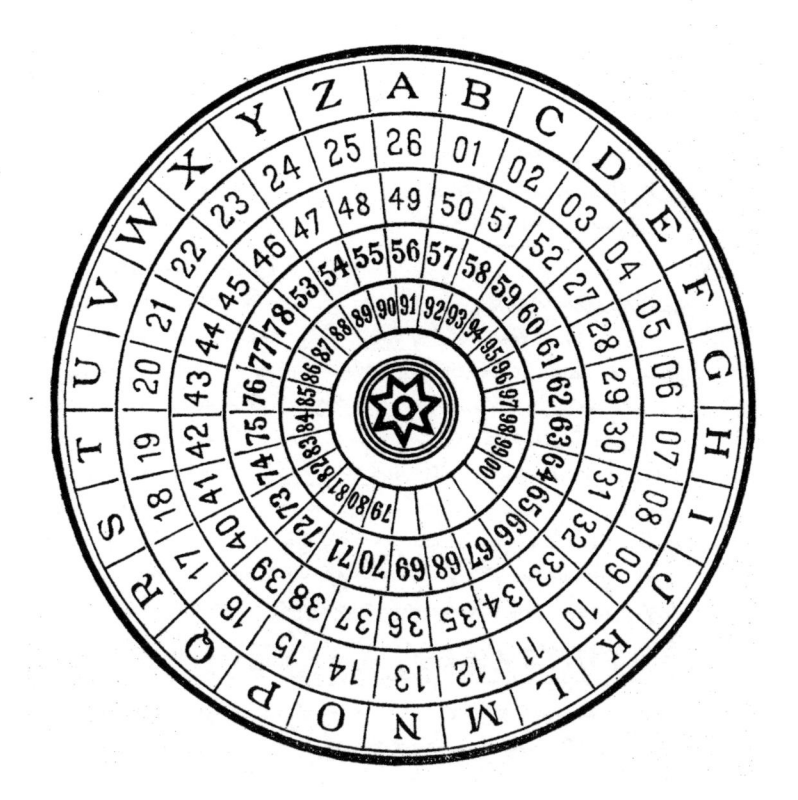

墨西哥军队中的临时密码盘，密匙被设置为：26、49、56、91，可以用来破译第148页的密电。

7月初，丘吉尔将军的副官考克斯上校带着海军情报部的埃尔金斯海军上尉来到我的办公室，要求我向埃尔金斯上尉介绍情况。我对此不是太高兴，因为这需要我们把秘密告诉他。为了使读者理解我的态度，我需要先谈点题外话。

MI–8一直都与海军通信兵关系良好，因为他们主管海军的密码。事实上，他们曾经把几封加密的作战电报给我们，让我们看看加密方法是否安全。第一封电报给了我，他们以嘲讽的口气说，希望我运气好，因为他们可能觉得我总是依靠运气。

From Capt: C A Luttetter Ahcroft
Brit Prisoner of War.
Afron Kiri Ahicar

F1560

Afron Kara Ahisar
Sunday – 14th July 1918.

My dearest Dorothy,

My dear, what a treat this really is to get one letter, or more, from you about once a week regularly with fairly news – I think your solution of the Keddies problem excellent. Half your trouble should disappear now – Excuse pencil as the ink pot has just upset. Milk with half water usually is a good remedy in a case of bad indigestion. If you boil it to make a decoction of camomile tea, you should just drop the herb in, tied up in a shirt of muselin, till flavoured sufficiently. On Thursday I bathed till half past six. It's topping being immersed in cold water this weather, then returning for pre-dinner cocktail – '?' till time to remove ourselves to our respective homes and pass the evening as best we can. Am writing this week to Portal. The news of his engagement should appear soon in the papers – Must finish later – suppose you've heard this little bit – "There was a young lady of fashion whose swain over came her with passion – She woke up at seven. And remarked – 'Thank Heaven' – There's one thing hard — can't ration" I got your letter of 27th Feb and one you forwarded of Mum on 5th Mar just a few days ago. All the back ones seem to be coming through now but I have no recent ones of you. – The lower camp are great on collecting animals these days. So far the collection is limited to an eagle owl which clicks at you, a huge hawk, about 4 magpies which nearly swallow ones fingers & try to commit suicide down the well, a young wolf and several other domesticated animals! The wolf is a fine little beast of the name of "Snaps". He'll have to be respected when he gets older –
Best love as ever – yours in all

F1560

这是一名英国军官从土耳其战俘营里寄给伦敦一名女孩的信件的照片。信中显示了怎样欺骗英国审查部门。原信件中当然没有下划线。

第9章　受命出国工作

美国舰队和英国舰队之间关系紧密，因为作战时需要交流情报。美国海军部把加密方法提交给英国密码专家，英国专家说那密码无法破译。就因为此，我急于证明我们破译密码的实力。

美国海军的密码体系很完备，很难破译，确实好像我必须依靠比较大的运气才能成功破译。但是，我们的工作人员在汇集了1300页、包括65万条记录的完备统计资料后，我们轻而易举地破译了海军的密文。经过这么大量的研究，我们证明美国海军的密码体系仍然很业余！

因为这件事，美国海军对密码体系做了微小的改动，但他们不精通密码术，不知道所做的微小改动对保守秘密毫无价值。有一件事能说明真相。在我参加巴黎和会期间，海军用他们的办法对总统的言论和国务院的言论进行了加密，他们很高兴把自己的加密说成是不可解密的，而我则打赌说我在华盛顿使用的办法仍然可以破译他们的密件，后来他们不得不私下承认我说的是正确的。事实上，只要按常规加密，根本没有不可破译的密码。

海军密码局（不是海军通信部）拒绝与MI–8进行任何形式的合作。在我看来，如果海军密码局有真本事，那么海军通信部来找我们征求意见就是一件非常奇怪的事。我曾经多次与他们交流，但均没有成功。由于他们十分封闭，我觉得让一名海军军官了解我们的详情是一件很奇怪的事，所以我不想透露我们的秘密。

"如果你不介意，上尉，"我说，"你能告诉我你想知道什么吗？"

"我没有什么特别要求。坦白说，我不喜欢来这里。我不懂密码术和隐显墨水。我不是海军密码局的人，是海军情报部的主任派遣我来的。他让我调查海军密码局和MI–8，然后提交评价报告。他对海军密码局很不满。虽然海军密码局已经成立一年，有许多工作人员，而且有一个很不错的隐显墨水实验室，但是，我发现他们至今还没有破译一封密码电报，也交给 MI-8 的个人密码信件。读者可以试着破译一下。

第9章 受命出国工作

没有显影一封密写信件。"

这个消息令人感到异常吃惊。难怪海军密码局总是那么封闭，原来是他们没有什么成果可以展示。我听到这个消息后特别高兴，因为他们一年前拒绝跟着其他部门把MI-8当作破译密码的中心。

我把为海军情报部主任准备的一份MI-8简史材料展示给上尉看。这份材料的制作日期是1918年7月，简略总结了自从我1917年6月到达陆军军事学院后我们所取得的成绩。

在创建MI-8之初，只有我和两名员工，如今已经迅速发展成为一个近200人的大机构。

密码部门彻底改革了战争部使用密码的方法，制定了几套密码体系。通信部门（管理密码通信的部门）每周要处理5万多字的密文。速记部门能识别世界上30种速记方法。隐显墨水部门每周要处理2000封信件，能显影50多种间谍使用的隐显墨水。

密码分析部门不仅破译军事和间谍电报，还破译了1万封外交电报，分别来自阿根廷、巴西、智利、哥斯达黎加、古巴、德国、墨西哥、西班牙、巴拿马等。美国政府要求我们破译其他中美洲、南美洲国家的密码电报，我们正在努力研究破译方法。

我写的材料还简述了我们在培训法国密码分析人员方面的职责。此外，我们还为美国政府的其他部门评判密码的可靠性。民间提交的新加密方法也在我们这里评估。

上尉仔细读完我写的材料之后，把材料还给我。"海军情报部主任让我来此调研，我一点都不奇怪。"他说。

我带着上尉到各个部门走了走，然后领他走进一间密室，那里存放着我们破译的一些非常重要的隐显墨水和密码文件。

在这次拜访之后，海军密码局被关闭，他们的高级隐显墨水实验设备被转给我们的实验室，海军派遣了一位联络官常驻 MI–8。

后来，我受命到海外工作，海军情报部主任为我向美国海军驻伦敦的武官写了一封推荐信，信中有下面一段话：

他的机构取代了海军密码局的全部破译敌人密码的工作，海军派遣了一名联络官常驻他的机构以便照顾海军的利益。

骄傲的美国海军部，第一次承认自己的失败。

密码术使人难过。我曾要求几名下属辞职，因为他们的精神崩溃了。我也感到十分疲惫，坚持了几周时间不敢说出来。到 7 月，我知道再不采取行动，我的精神也会崩溃，所以提出辞职的请求。

丘吉尔将军表示同情，但不同意我的辞职。不仅如此，他还命令我为西伯利亚远征军的密码机构制订一个计划，要求我带领若干人员去西伯利亚的命令书也草拟好了。就在这个时候，潘兴将军发来电报，要求我去法国。

潘兴将军请我去法国，这让我感到骄傲。但是，我的身体很不舒服，无法做成大事。关于我未来的工作，我无法干预。不过，领导在进行了几轮电报交换意见后，决定让我临时去海外工作一段时间，任务是建立起协约国和美国密码局之间的正常联络关系，并且负责了解协约国使用密码的情况。

我知道丘吉尔将军正在思考未来。他急于让我了解协约国的加密方法。这不仅有利于 MI–8 和美军在法国的密码局，还可为战后的美国密码局做准备。丘吉尔将军和其他官员相信，即使战争结束，美国同样需要了解其他国家的目标、计划、态度，所以必须有一个强大的机构破译外交密

第9章 受命出国工作

码。世界上的强国都有这样的密码局，美国为了自身利益也需要有一个类似的机构。

丘吉尔将军在看过美国国务院、海军部、法国最高指挥部给我的推荐信之后，草拟了一份给美国驻伦敦、巴黎、罗马大使馆的信，信中有两段是这样写的：

这封信向你们推荐雅德利上尉，他是 MI-8 的负责人，将赴法国完成一项短期任务。他需要向诺兰上校咨询，了解密码的情况。

由于有了雅德利上尉的技能和主动精神，我们才有了如今 MI-8 的优秀表现。我认为你们这些驻外武官一定感受到过 MI-8 的高效工作。今后，我希望你们能尽可能谦恭地对待 MI-8 的领导。

国务院给美国驻伦敦大使佩吉和驻法国大使夏普的信使我很高兴，要知道我离开国务院才几个月，而我在国务院时只是个译电室的工作人员：

持有这封信的雅德利上尉，是美军总参谋部军事情报处密码部门的负责人。他担任新职位后，可以说他也代表国务院。因此，我希望你们能尽全力帮助他了解英国政府拥有的各种信息，借以破译敌人的密码。

我在军事情报部工作了 14 个月，这段经历让我终生难忘。我交了许多朋友，上级也信任我。我认识了范德曼和丘吉尔，这不是一件任何人都能做得到的事。

我去军事学院的时候，充满了信心，是因为曼利上尉能为我分担工作，令我心中颇感安慰。如今，我只身一人没有了信心。我在海外工作能成功吗？我适合这份工作吗？

我乘坐为商船护航横渡大西洋的战舰去英国，旅程花费了两周的时间才到达利物浦。旅途中，我远离MI-8的各种难题，精神从崩溃的边缘恢复了过来。

带着几封推荐信，我开始从事性质非常不固定的军事观察员的工作。

第10章
英国密码局里的意外收获

我是在1918年8月下旬抵达伦敦的,随即拜会了美国驻英国武官斯洛克姆上校,向他展示了多封介绍信。我向他说明此行的目的,他安排我与英国陆军部的弗伦奇上校、美国驻伦敦大使佩吉、美国海军驻伦敦武官见面。

美国驻哥本哈根的武官托柏特上校,因有特殊任务在身,来到伦敦,我俩顺便见了一面,谈了一个多小时。由于斯洛克姆上校有事,我便与托柏特上校一起吃午饭。美国驻外武官都知道我的名字,因为所有发自华盛顿的密件上都有我的签名。托柏特上校对MI–8颁布的密码感到满意,斯洛克姆上校似乎也有类似的判断。谈话中,我询问托柏特上校美国哥本哈根大使馆的情况,我想知道大使馆都采取何种措施以确保无线电通信的安全。

他说大使馆里都是美国公民,忠诚度都严格审查过,MI–8制定的机密条令都被严格执行。他深知通信中面临各种危险,微笑着告诉我,英国人曾几次试图在他的大使馆里安插特务。现在看来,范德曼是很有眼光的，从他派到哥本哈根的这位武官身上能看到这一点，哥本哈根临近德国，到处都是阴谋诡计。

吃完午饭，回到大使馆。我要求用一下密码本，因为我需要向华盛顿报告我已经抵达伦敦的消息。我被领到一个消瘦的黑发年轻人面前，从他的口音能听出他是英国人。他打开保险柜，拿出密码本给我，这让我瞠目结舌。这本密码本耗费了我们几个月的搜集信息和制作时间，美国政府为此支付了数千美元。说实话，我当时无话可说。我几乎不敢相信托柏特上校说英国人试图在他的大使馆安插特务。如今，在伦敦美国大使馆里，我面前站着的下属就是一个英国人！

次日早晨，我见到了英国陆军部的弗伦奇上校。下午，我见到美国大使馆的一等秘书爱德华·贝尔。贝尔告诉我，我将很难在伦敦找到密码相关的信息，因为他的线人透露了一个消息。英国情报部在华盛顿的联络官已经警告弗伦奇上校我去伦敦另有目的，要求尽可能地给我制造障碍。

我在伦敦待了几天，去英国陆军部喝了不少茶、威士忌、苏打水，除此之外，没有任何进展。英国人对我很友善，邀请我去他们的俱乐部。但是，我一无所获。

我的处境很困难，因为我不敢发电报给华盛顿，英国人能读懂我发的每一个字。我没有预见到一个英国人会为我们保存密码本，所以我没有从美国带来备用的发密码电报的办法。

我一边在英国陆军部里消磨时间，一边秘密调查大使馆武官的详情。最后，终于找到机会向华盛顿发了一封密码电报，这种加密办法我相信英国人无法破译。我认为它非常值得一提。

就在墨西哥政府正式改变密码体系前的几个月，MI-8 的几个密码专家发现他们无法破译一种新的密码。虽然他们掌握了这种新加密方法的特

第10章　英国密码局里的意外收获

征,但仍然无法进行成功的破译。

我逐渐意识到这些密码专家迷失了方向,于是我把他们的统计数据带回家里,希望在没有干扰的情况下进行研究。经过分析,我发现这些密文用混合的字母表进行加密,密钥是由 5 个字母组成的单字。我花费数个小时进行各种测试,最后发现这些密文为什么无法破译。

墨西哥的密码专家犯了错误。由于疏忽,他们忽略了字母"w",但重复使用了"j"。我发现他们的基本字母表是:

$jilgueroabcdfhjkmnpqstvxyz$

如果不犯错误,字母表应该是:

$jilgueroabcdfhkmnpqstvwxyz$

这两者的差别似乎微小,却能产生截然不同的密文,使破译者感到困惑。

我心里一直琢磨着如何才能以保密的方式与华盛顿联络。有一天,我突然想到可以先用武官的密码本加密我的电报,然后再利用华盛顿能恢复的方法破译密文中的字母,这样我的电报肯定是安全的。

我动手写电报,在电报的开始,我声称这封电报将使用军事情报密码,接着对密文再进行一次加密处理,我把辅音字母表相对于元音字母表进行移位操作,这种加密办法墨西哥政府曾用过,我将其破译了。

我在电报中给出的描述很专业,但我把希望都寄托在天才的曼利身上,他当时是 MI-8 的领导,理解我说的意思。如果计划顺利,只有 MI-8 能读懂我的电报,其他人都看不懂。即使英国人对我们的密码本进行拍照,他们也看不懂。

电报中描述了我看到的美国驻外武官的实际情况。写这样的电报,我心里还是有点害怕的。虽然丘吉尔将军让我报告任何令人感兴趣的东西,但这超出了去伦敦的使命。如果托柏特上校没有告诉我英国人不断试图在哥本哈根美国大使馆里安插英国特务的事，我是不会写这样的电报的。

尽管我有些害怕，但我仍然有充分的理由相信我必须写报告，如果我们允许英国人接近军事通信的机密，只要英国人不蠢，他们肯定会去破译全世界美国武官的电报。第一次世界大战早晚都将结束，各强国之间将会为战利品而争吵。如果我们的通信不安全，我们就将处于劣势。

为了保住自己的颜面，我在电报中建议上级下令范德曼进行调查。我毕竟只有上尉军衔。

我的报告震惊了华盛顿，华盛顿意识到美国大使馆在伦敦的武官办公室充斥着英国人。不过，我成功地置身这次外交丑闻之外。世界各地的美国大使馆都受到调查，受雇的外国人都被辞退，换上了在华盛顿经过培训的美国人。

后来，丘吉尔将军对我表示感谢，但我知道这次事件并非我的真正任务。由于英国人拒绝我的所有请求，我感到异常失望，发电报要求去法国巴黎展开工作。这件事被提交给国务院处理，他们建议我不要对英国人施加压力，要使英国人信任我，方法是保持沉默，行动慎重，建立令人愉快的私人关系。他们告诉我，英国人非常谨慎，除非你值得信赖，有良好的判断力，否则他们是不会信任你的。

建议虽好，但于事无补。我与英国人的关系已经足够愉快。他们每天晚上给我灌大量的威士忌，让我晕乎乎的。也许我是太能喝酒了，英国人觉得我还没有喝够。

最后，英国陆军部的布鲁克-汉特上尉交给我一种替代移位密码供我审阅。英国陆军决定在西线使用这种密码传递电报。这些电报都包含非常重要的信息，比如部队位置、各战场的进攻时间，所以密码必须不能被敌人破译。德国的无线电台能截获这些电报，然后交给德军总部的密码局进行破译。年龄大一些的读者也许还记得陆军部发布

第10章 英国密码局里的意外收获

的简短消息：

> 我们的部队在×××战场发动进攻，但被强大的敌人击退。

绝对令人震惊！但是，更有可能的是敌人截获了我们的电报，破译后知道了我们进攻的时间、地点、兵力。有多少我们的士兵死于这个原因，没有人真正知道。

如果我能破译这种英国人即将采用的密码，那就证明了在前线使用这样的密码等于自杀，英国陆军部与我的恩怨将一笔勾销。这样的成绩是建立在职业基础上的，是不容否定的。在这一目标驱使下，我向武官办公室要了一个独立的办公室，以便集中精力研究，不受外界干扰。在这间办公室里，我花费几天的时间研究布鲁克-汉特上尉给我的样本电报，努力寻找破译的方法。突然，电报的结构在我眼前浮现，我手里抓着破译结果，冲向英国陆军部。

英国陆军部终于向我打开了大门，我得到了所有我想要的。那天晚上，我给华盛顿发电报说我与英国陆军部的关系极佳，原因是我破译了他们准备在前线使用的一种替换移位密码。

此后，我把大部分时间花费在英国军事密码局，研究他们的加密方法和破译方法，并把研究成果写成研究报告。没有多年的经验和研究，研究密码的人绝对不可能获得这样的待遇。我觉得自己的学业已经完成。

在美国大使馆一等秘书贝尔和大使佩吉的帮助下，我与英国海军部密码局进行了接触。我发现英国的密码专家并不比美国的高明，然而英国高官却认为密码局有非凡的重要性，所以任命一位海军上将担任其头目，此人就是海军上将霍尔。由于他手中掌管着大量重要的电报，他的权力仅次于首相劳合·乔治。英国外交部十分嫉妒霍尔，因为他们依赖霍尔提供的信息才能了解敌人的动向和中立国的秘密。

例如，读者肯定还记得齐默曼－卡兰萨外交照会的事。德国给予墨西哥一个大承诺，只要墨西哥向美国宣战，墨西哥就能得到美国的新墨西哥州、得克萨斯州、亚利桑那州。美国总统威尔逊听到这个消息后异常愤怒，召集美国的众议院和参议院开会，会上宣布美国将参加第一次世界大战。在会上，威尔逊引用了齐默曼发给卡兰萨的电报。这封电报是由海军上将霍尔交给爱德华·贝尔的，贝尔发电报告诉国务卿，最后由国务卿交给美国总统。按照外交礼仪，这样重大的情报应该由英国外交部交给美国大使佩吉，但海军上将霍尔为所欲为。这就是英国外交部害怕海军上将霍尔的原因。

爱德华·贝尔和海军上将霍尔的关系非常好。我在英国取得的小胜利完全离不开贝尔的关照。弗伦奇上校告诉海军上将霍尔我来伦敦的任务是偷情报，所以必须尽可能少地给我信息。弗伦奇上校说他绝对不愿和美国政府打交道，他坚决要求只与我进行私人交往。他曾坚决不允许给我在柏林和马德里之间交换的德国外交密电。不过，他后来同意给我一些中立国的电报，还把德国海军长达两卷的密码本以个人的名义交给我。

英国答应给我德国海军密码，但条件非常神秘。弗伦奇上校允许我把密码本带到华盛顿，但不许交给美国政府。他说等我回到华盛顿，就会有人亲手把德国密码本交给我。我听说，这本德国密码本是一位潜伏在德国海军部的英国间谍偷拍出来的。

通过不同的渠道，我搜集了大量有关英国海军部密码局的信息。我毫不怀疑英国是个世界大国，因为英国确实在窥视英国通信线路上传递的每一封电报。

直到1921年的时候，邮政电报公司的主席克拉伦斯·麦凯在参议员举行的电报落地许可证制度听证会上说："自从审查停止后，英国政府要

119

00 Binnenlandsee (Japan)	50 Blaavands Huk
01 bino	51 black
02 Bintang I.	52 Black Deep F.-Sch.
03 Binz (Rügen)	53 Black Head
04 bio	54 Black Isle
05 biqu	55 Blackeney Overfalls U.tf.
06 bique	56 Blackpool
07 bir	57 Black River
08 Bird Id.	58 Black Rock
09 Bird Key	59 Blacksod B.
10 biri	60 Blackwater B
11 biria	61 Blackwater Bnk.
12 Birkenhead	62 Blackwell I.
13 Birma	63 Blair, Port —
14 Birmingham	64 Blairhafen (Malacca)
15 Biscaya Golf	65 blan
16 Bisceglie (Ital. O.-Küste)	66 blanc
17 bisch	67 Blanc, Port
18 bise	68 blanca
19 Bisé (Frkr.)	69 Blanca I.
20 Bishop Id.	70 blanche
21 Bishop Rock	71 Blanche
22 Bishop Auckland	72 Blanche B. (Neu-Pommern)
23 Bishop, North-	73 Blanc Nez K. (Frkr.)
24 Bishop, South-	74 bianco
25 Bishop u. Clerks Bnk.	75 Blanco K.
26 Bismarck	76 blank
27 Bismarck Archip.	77 Blankenberghe
28 Bismarck-Berg Ft. (Tsingtao)	78 Blanquilla I.
29 Bismarckburg	79 blas
30 Bissagos In	80 Blas, San-
31 Bissao	81 Blasket I.
32 bit	82 blat
33 Bittersee, Gr.	83 Blauort Sd.
34 Bittersee, Kl.	84 Blavet
35 bitz	85 Blaye
36 biv	86 ble
37 bix	87 blec
38 Bizerte	88 blem
39 bj	89 blen
40 Björkö (Rußl.)	90 Blenheim
41 Björkö Sund	91 bler
42 Björn I.	92 bles
43 Björneborg (Finnland)	93 bless
44 Björnnabben (Storgrund)	94 blet
45 Björnö	95
46 Björnsund	96
47 Bjuröklubb	97
48 bl	98
49 bla	99

德国公海舰队密码本中的一页，由一名潜伏在德国海军部的间谍偷拍出来。

阿博特小姐用神秘方法得到的智利人加密用的密码表以及一封智利外交部的官方信件。

第10章 英国密码局里的意外收获

求我们在 10 天内提交所有发送和接收的电报。他们宣称这是他们的权利，因为所有电报公司都必须获得电报落地许可证。"

英国认识到监视电报的好处，所以才控制绝大部分的电缆。为了控制电缆，英国以提供大量的补贴和保障做诱饵。

战争不是组建英国海军密码局的原因，这一点与华盛顿的 MI-8 不同。英国海军密码局有着悠久而黑暗的历史，其存在的基础是无情的间谍活动。这个具有传统和充满了阴谋的机构刺激了我的想象力。华盛顿的 MI-8 不应该因为战争结束而解散。

英国陆军部希望我尽快访问英军驻法国总部下的密码局，所以他们愿意为我提供一架飞机去那里。我很想见一见希金斯上尉。据希金斯的上级说，希金斯能抵得上 4 个师的兵力。但是，范德曼不同意我去，他认为我去那里什么都学不到，他更希望我去巴黎的法国密码局看看。

第二天，范德曼上校就要与战争部的秘书贝克先生离开伦敦。虽然我不愿过早结束我在英国陆军部和英国海军部的工作，但我觉得范德曼在巴黎能给予我大力帮助。所以，我决定跟随范德曼一起去巴黎。

第 11 章
无法进入法国黑室

在巴黎我没有遇到类似在伦敦时的困难。然而，我很快发现著名的"法国黑室"对我大门紧闭。我带来一封由法国驻华盛顿最高使节团写的推荐信（参见第167页），这个机构具有很大的影响力，至少对军事密码局来说应该如此。信的内容是：

法兰西共和国最高使节团
致法美战争事务最高委员会

丘吉尔上校是美国战争部军事情报部主任，他特意向我推荐了雅德利上尉。雅德利上尉被派往法国学习各种电报密码。

我有责任要求你协助雅德利上尉，帮助他与陆军部密码部门的负责人卡蒂亚上校取得联系。外交部的密码局也应该包括在内。

我向卡蒂亚上校解释了此行的任务，他立刻把乔治斯·潘万（Georges Painvin）上尉叫来。此人是法国最有才华的密码专家，几周来，我一直渴

ALL COMMUNICATIONS TO BE SENT
TO THE HIGH COMMISSIONER

TELEPHONE
NORTH 521

HAUT COMMISSARIAT DE LA REPUBLIQUE FRANCAISE
1954 COLUMBIA ROAD N.W.
WASHINGTON, D. C.

IN REPLY REFER TO OUR

N° 27638

B/.
6 Août, 1918.

Le Délégué Général,
   à M. le Commissaire Général
   Aux Affaires de Guerre Franco-Américaines.

      Le Colonel Churchill, Chef du Military Intelligence Branch, du War Department, m'a recommandé tout particulièrement le Capitaine H.O. Yardley, qui est envoyé en France pour étudier les différents codes et chiffres employés dans la transmission des câbles.

      Je vous serais particulièrement obligé de bien vouloir faciliter la mission du Capitaine Yardley, et le mettre en relations avec le Colonel Cartier, Chargé de la Section du Chiffre, au Cabinet du Ministre de la Guerre, et avec le Bureau du Chiffre au Département des Affaires Etrangères.

法国驻华盛顿最高使节团向法国当局推荐本书作者的推荐信。

望见到他，人们都说他是协约国中最有能力的密码专家。我所听到过的对一位密码专家最高的赞赏是美军总部参谋官弗兰克·穆尔门上校说的：

乔治斯·潘万上尉是法国首席密码专家，具有最高明的分析能力，是一位破译密码的奇才……他利用一条信息，制定出一整套新密码。虽说这种新密码无法决定战争的胜负，但它肯定使许多德国人丧命，拯救了许多协约国士兵的生命。

为了真实还原历史，我必须告诉你他的最大成就。虽然大病初愈（许多密码专家都有病在身），但他成功破译了极难的 ADFGVX 密码，这种密码是德国在 1918 年 3 月的攻势前突然展示给协约国的密码专家的。

之所以叫 ADFGVX 密码，是因为密文中只有这几个字母。德国人在加密时，先把每个字母加密成两个字母。加密完成后，密文比原文要多出一倍的字母。接着，德国人按照预定的一个密钥将密文字母进行混合。这个密钥每天都变，所以这个密码体系包括：一是替代，二是分割，三是移位。这种密码十分难破译，许多过去发现密码破译原则的密码专家都感到迷惑不解。

潘万上尉走进房间，卡蒂亚上校正在打电话，于是我有机会仔细端详这位身材瘦弱却长着一双冰冷眼睛的年轻人。他安静地等待他的上司打电话。

卡蒂亚上校向他介绍我和我来法国的任务，潘万黑黝黝的脸上毫无表情。他似乎对有个美国人跑到巴黎学习法国人的密码术感到厌烦。然而，我俩很快成了朋友，因为他发现我能很快地学习高难度的破译方法。他变得热情起来。后来，我晚上常去他家里做客，听他就密码术发表高谈阔论。

潘万在他的办公室里给我安排了一张工作桌并向我开放了他的档案资

第11章　无法进入法国黑室

料，他给予我很多指导和鼓励，我充分利用这个机会向他学习。后来，我在1919—1929年利用潘万教给我的知识，带领一组密码专家破译了大量外国政府的密码电报。

但是，我与法国人的交往历程远非如此简单顺利。华盛顿急迫地给我发电报，催促我尽快得到柏林和马德里之间外交电报的密码。几乎每封电报都问同样的问题："你的进展如何？"

我一有机会就去找卡蒂亚上校谈密码的事，但我又不愿去得太频繁，免得他习以为常。有一天，我发现他心情特别好，于是终于下定决心走到他面前，请求他允许我去破译外交密码的部门。我觉得卡蒂亚上校早就料到我会提出这个请求。他毫不犹豫地告诉我，他的部门只负责截获外交电报，但不管破译的事。据他说，他把截获的电报交给法国外交部。实际上，我曾经在他的桌子上看到过几封密码电报，他与破译密码外交电报的事无关并不成立。

我有理由质疑他的说法。可是我又别无选择，只能去询问法国外交部。说实话，我很嫉妒那些为自己破译别国外交电报保守秘密的政府。

休·吉布森当时是美国驻法国大使馆的秘书（如今是驻比利时大使）。我在国务院的时候就认识他，他那时还是个年轻的外交官。我去找他，他咧着大嘴对我笑。

我交给他一封爱德华·贝尔的信，并向他展示了一封华盛顿发来的电报，请求他给予我帮助。我解释了面前的困难，请他帮助我见一见法国外交部部长碧尚（M. Pichon）。他建议我请美国驻法国大使安排一次见面。

我把国务院的介绍信给美国驻法国大使夏普看，他立刻发电报安排我与碧尚第二天见面，并且愿意作陪，这真是好极了。

我向碧尚解释我来法国的目的，并告诉他我和卡蒂亚上校已经见面。卡蒂亚说法国陆军部只破译军事电报，而把外交电报交给外交部去破译。

碧尚毫不犹豫地回答说，情况并非如此，柏林和马德里之间的外交电报是由卡蒂亚破译后，再交给外交部，外交部没有密码局。

　　我和夏普大使都觉得碧尚好像是在搪塞我们，又或者他根本不知道破译外交密码的密码局在何处。政府部长们都不愿意知道有关其他政府的机密信息是从何处来的。

　　我又去找卡蒂亚，告诉他碧尚的说法。卡蒂亚评论说，碧尚可能确实不知道外交部的密码局，它非常神秘，法国只有几个人知道，实际上也就是法国的"黑室"。卡蒂亚对碧尚如此损害他的名誉表示气愤。当然，他也许只是做给我们看的。

　　我和美国驻法国武官沃伯顿少校、范德曼上校开了一个会，并决定给赫谢耳（Herscher）上校写信说明情况，他是法国总理克里孟梭（Clemenceau）的秘书。赫谢耳把信转给了莫尔达克（Mordacq）将军，他是当时的内阁首脑、陆军部部长。这位将军拼命逃避回答问题，他说柏林和马德里之间的密码有好多种，总是在改变，破译工作只能分组完成……不过，他同意法国应该通过法国驻华盛顿大使把与美国有关的电报复制后提供给美国国务院。这说明法国陆军部控制着法国密码局。但是，我们用放大镜仔细研究了莫尔达克的信，发现这封信实际上出自卡蒂亚之手！这个法国人似乎觉得我们美国人天生幼稚。

　　我觉得卡蒂亚没有意识到，他不让我进入"法国黑室"将会面临多么大的压力。第二天，我见到了卡蒂亚，但我没有提这封信的事。他却不断问我何时离开巴黎。

　　几天后，我见到莫尔达克将军。他告诉我一个消息，陆军部搜集的军事密码向我公开，但外交密码从来没有给过其他人。他顺便指出，如果我们掌握了外交密码，就可以破译法国的外交密码。他还说，由于美国拯救了法国，美国的要求是不能随便拒绝的。但是，他希望美国武官再次把要

第11章 无法进入法国黑室

求写一遍，详细解释美国到底想要什么，以便他好与克里孟梭的秘书提及此事。

这显然是狡猾的逃避手段，我们不打算再次写下相关要求。我和沃伯顿少校直接去找了赫谢耳上校，向他解释了情况。沃伯顿要求与克里孟梭面谈。几天后，法方接受了这一要求。

我没能参加沃伯顿与克里孟梭的会面，但会面肯定很有趣，我感到很遗憾。后来，沃伯顿少校告诉我，他要求克里孟梭做出明确的抉择，要么明确拒绝我的要求，要么允许我进入法国黑室。沃伯顿说，克里孟梭当时大发雷霆，最后他把怒火发泄到赫谢耳上校身上，指示赫谢耳命令莫尔达克将军和卡蒂亚上校第二天上午10点钟来见他。

我们不知道他们到底谈了什么，但能根据克里孟梭的性格进行猜测。克里孟梭很可能大骂了莫尔达克将军和卡蒂亚上校，因为他觉得法国不应该承认破译了柏林和马德里之间的电报。克里孟梭肯定会要求他俩体面地摆脱争论，但无论如何都不能让我进入法国黑室。碧尚肯定也感觉到被人称为"老虎"的克里孟梭发火的威力，因为他矢口否定了他曾对我和夏普大使说过的话。

第二天，卡蒂亚给沃伯顿打电话，要求立刻见面，但不能让我参加。

卡蒂亚告诉沃伯顿，克里孟梭要求他交出外交密码。但是，卡蒂亚说他没有，而且从来没有过，他只是用无线电台截获外交电报。卡蒂亚说，碧尚已经否定了他曾对我和夏普大使说过的话，那就是法国外交部收到的电报都是被破译过的。卡蒂亚当时情绪极为激动，因为他需要否定莫尔达克将军所说的话。莫尔达克将军曾亲口说外交电报被法国破译。不仅如此，卡蒂亚还需要否定现实，因为法国驻华盛顿大使已经向美国国务院提交了破译的外交电报。

两天前，华盛顿方面问我，如果请豪斯上校介入，是否会有帮助。我回答说，沃伯顿已经与克里孟梭和卡蒂亚会面。华盛顿方面立刻意识到豪斯的影响力于事无补，因为实际情况是法国甚至不愿让我看一眼他们的密码局。本书后文有一些我们自己的黑室破译的外交电报，那时读者就会比较清楚我当时为什么无法进入外国的密码局。但是，我的工作并非毫无意义，因为我向美国政府证明，即使在和平时期，美国也需要保留"美国黑室"，借此挫败其他国家的阴谋。

我从丘吉尔将军的频繁来信中感到华盛顿方面正在计划未来。丘吉尔将军告诉我，他相信，MI–8在密码学方面是无人可比的。他说我此次出国可谓丰富了密码学的知识。

第 12 章
巴黎和会的阴谋诡计

就在我们与法国总理克里孟梭见面的那一天，德国与协约国宣布停战。我发电报提交了自己的简历，说明我与法国政府和法国密码局的交往经历。此后，我去了盟军在肖蒙的总部，向诺兰将军报到。丘吉尔将军给我写了一封推荐信：

我向你推荐 MI-8 的主任雅德利上尉，他几天后去法国，以回应你前几天发出的电报。

我知道范德曼已经向你介绍了雅德利及其出色的工作。我想补充一小点，我们认为雅德利是最优秀的军官，很高兴能让他代表情报部去你那里。请记住，他只是在完成一项临时任务，请你不要使坏，别从他那里偷东西。

诺兰将军把我介绍给他领导的密码局。读者应该记得，这个密码局里的工作人员是在华盛顿接受培训的。由于篇幅问题，我不打算在这里描述他们取得的破译密码的成就。不过，我希望有人能写出一部真正的第一次世界大战的历史，首先肯定美国远征军在赢得战争胜利中的作用，然后再给予这个小密码局以恰当的荣誉。

到了肖蒙之后，我收到华盛顿的命令，要我向布利斯将军报到，"为巴黎和会完成特别任务"。我发电报询问更详细的指令，回电让我组织构建巴黎和会与华盛顿之间密码电报的通信渠道。我还被告知从我向布利斯将军报告开始，我就不再是军事观察员，津贴也将随即被取消。不过，在丘吉尔将军来巴黎后，他从另一个特殊基金中为我支付了津贴。

我立刻去凡尔赛，向布利斯将军报到。布利斯将军给我一封信，让我交给范德曼上校，这封信任命范德曼为巴黎和会情报部主任，授权他在巴黎建立一个密码局。随后，范德曼把这一权力和任务交给了我。

我立刻给盟军总部发电报，要求派遣几名军官和工作人员，并要求在巴黎和会所在地巴黎协和广场安排两间办公室。我的要求很快得到满足。由于很难预计具体任务，我组建了一个通信部和一个密码部。最终，我们的任务包括以下几项：为战争和军事情报秘书布利斯将军处理电报往来；解码协约国间的电报往来；为豪斯的外交使团设计密码，这个使团与协约国进行交流，然后向美国总统提供机密报告。

豪斯的使节团要求我提供一种特殊的密码供他们的特务使用，我马上给华盛顿发电报要求提供指令。经历7个不眠之夜后，华盛顿的MI–8制作出了一套新密码，这是从来没有人能取得的成就。在发电报3周后，我手中就有了能使用的密码。

为了完成豪斯使节团的任务，我的部门被搞翻了天，因为他们的要求特别高，不但每个特务需要特别的通信方式，而且每封电报都需要不同的密钥。

所以，出现了一个现象，一大堆特务排着长队等着进入我的办公室，

第12章 巴黎和会的阴谋诡计

接受特殊的指令,然后奔向欧洲的各个方向。他们肩负着重要使命,这使得他们热血沸腾。难道美国总统不正是依靠他们提供的报告才了解到欧洲受苦受难的人们的期待,从而做出重大决策的吗?这些特务确实是这样想的。但是,他们实际上生活在幻觉之中。据我了解,他们写的报告没有一封被送到美国总统手中。

几个月后,我在罗马遇到一名特务,他充满希望,浑身都是勇气。他把我从睡梦中叫醒,迫使我为他工作一整夜,而他在一旁忍受着痛苦写出了一封长电报。他告诉我,我们的盟友塞尔维亚为了吞并黑山,准备进行公民投票,他的任务是去调查这次投票的真实情况。根据他的说法,塞尔维亚派遣军队冲进黑山,把火炮架在街上,用机关枪射击任何胆敢出家门进行投票的黑山人。黑山的领导人跑进了深山。这位特务在经历极度艰苦的旅程后发现了黑山的领导人,从而获得一个真实的故事。黑山的敌人曾两次试图刺杀他。

这位特务在我面前几乎哭出来。他一遍又一遍地把这个故事用电报发出去,但至今还没有收到任何响应。

"雅德利,我该怎么做呢?"他祈求我的帮助。

我觉得他已经做得足够多了。

"但是,你能不能利用你对丘吉尔将军的影响力?"他恳求道,"你能把我的故事发给丘吉尔将军吗?"

"那能有什么作用呢?"我问道,"你的电报已经被送到巴黎。不要把自己的任务看得太伟大了。美国总统和其余四巨头对小事不感兴趣。况且黑山并没有什么潜在价值。"

"那么,他们为什么要我冒着生命危险去做呢?"他狂暴地大叫道。

这实在是个很难回答的问题。我建议他去问一问豪斯使节团。对我来说,我想上床睡觉。如果美国总统对黑山的可怕遭遇不担忧,我觉得别人不该为此事不睡觉。

虽然这些特务的工作很快被人忘记，但我们为他们付出了大量艰苦的劳动。整个美国使团都在为一个目标服务，那就是为总统的战争目标工作。而他本人也在来巴黎的路上。

当然，工作中也有一些令人感到愉快的时刻。有一些极为重要的间谍电报是用我个人的私人密码传给我的，我必须私下破译这些电报。这类电报的数量很多，因为巴黎充满了各国的间谍。世界四巨头将重新划分世界的版图，成千上万人的命运将受到影响。局势非常关键，各方都在琢磨出什么好牌。

我知道这样的和平谈判中肯定有人做手脚，我见过太多的间谍密电，所以我自己也变成了铁石心肠的间谍。但是，有一封我正在慢慢破译的密电几乎让我的心脏都停止了跳动。这封电报是关于一个女人的，一位美国谈判代表在结婚前曾与她有交往，她去过英格兰，英国政府付给她2.5万英镑，她答应为英国政府服务到和平谈判结束。这封电报说，如果这位美国代表的态度不能让英国政府满意，英国政府就打算用这个女人去羞辱这位代表。

这封电报使我震惊，但我很快就恢复了平静。另有一份报告说，有个女人，我们暂且称她X夫人，受雇于我们的协约国也来到了巴黎，目的是影响美国另一位和平谈判代表的决策。

范德曼上校希望找到这位夫人的踪迹，但找了24小时仍然踪迹渺茫。罗伯特·戈莱特上尉听说了这件事，悄悄地溜了出去。他30分钟后回来了，手里拿着这位夫人的地址。

范德曼上校年长于戈莱特上尉10岁，此时担任巴黎和会的情报部主任，他皱着眉吃惊地问戈莱特是如何找到的。戈莱特谦虚地微笑着，平静地讲了他的故事，这是个绝顶聪明的间谍故事。

戈莱特在巴黎众所周知，因为他不仅有钱，也很有社会地位。他判

本书作者在巴黎和会上的通行证。

ач, ная	баю	бес	бог (бож)		А, Б	1
аэропдан, ов	бе, г	би (бй)	бок, ов	бр, а	В, Г	4
аэродром	бед (бѣг)	бир, ек	бол, от	бре	Д, Е	0
аю, тся	беж (бѣж)	бит	боль, н	бригад, а	Ж,З,И,І,Й,К	2
аюш, ій	без	бл, а	болѣ, е	бро, н	Л, М, Н	5
ая (ах)	безъ перемѣнъ	близ, и	бож, б	брос (брош)	О	7
Б.	беи (беп)	блинд, прован	бон	бря	П, Р	1
ба, я	бензин, у	би, о	бор, а	бу, дут	С, Т	6
бат, аліон	бер, ег	бо, и	бот, у	буд, ьте	У,Ф,Ц,Ч	9
батаре, я	бере, ж	бой	бота, яте	буе (буую)	Ы,Ь	3
						8

俄国密码本中的一页。

第12章　巴黎和会的阴谋诡计

断，X夫人是如此的美丽，定有许多巴黎的男人都认识她，肯定会给她送花。他走进一家时尚的花店，叫出他认识的店主，请店主帮助他挑选花束送给X夫人。

"哈，哈，X夫人！"那个爱说话的巴黎男人大叫起来。年轻的戈莱特知道他找对了人。

店主为戈莱特选择花束，并亲自捆绑，戈莱特站在一旁与店主聊天。然后，店主开始在花束的包裹上毫不迟疑地写地址。戈莱特缓缓靠近包裹，看着范德曼想要但找不到的地址一字一字慢慢被拼写出来！

在和平谈判中发动女人去影响美国的谈判代表，这个办法确实令我吃惊，这可能是我心里没有准备的原因（如果发生在战争期间或争夺战利品时出现这等事，我是不会感到吃惊的）。但是，当我看到一个协约成员国竟然计划刺杀美国总统威尔逊，方法是用慢性毒药，或者在冰块中加入流行性感冒病毒，这样的计划给我带来的吃惊程度，读者们是可以想象的。我们非常信任提供这条消息的人，他要求有关方面看在上帝的分上赶紧向总统预警。

我无法判断这条消息的真伪。如果真有这样的计划，我也不敢肯定一定能成功。但是，不可否定的事实是：威尔逊总统在巴黎的时候开始有最初的症状，不久病重而亡。

威尔逊总统到达巴黎后，人们的兴奋渐渐平息下去，我们没有什么大事可做。实际上，整个巴黎和会变成一个大鸡尾酒会，只有几个办事员需要加班工作。每位使团成员都收到一大沓茶会和酒会的邀请函。按照美国人的习俗，如果法国主人不提供香槟酒，美国人便会抵制。难怪法国人讨厌美国人！

一些有关MI–8前景的消息不时从华盛顿传来。我们梦想建立一个在和平时期仍能保持强大阵容的密码局。3月底，MI–8出现一些分裂的迹象。丘吉尔将军命令我去罗马，看看是否有什么有关密码的消息可供搜集，然后迅速返回华盛顿参加制订和平时期组织机构的计划。

我在罗马没有搜集到任何信息。有人说意大利人很精通密码术。但是，我发现他们无法与英国人和法国人相匹敌。

就在从热那亚出发返回美国的那一天，我收到一封转发的来自海牙的电报。电报中说，虽然我没能从英国人和法国人那里搞到德国的外交密码，但在海牙有一个德国人出价6000美元出售该密码。实际上，驻海牙的美国武官向巴黎发电报找我的时候，我已经离开了巴黎，电报要求我去海牙接收德国外交密码，为的是利用我的密码学知识。但是，这样做会拖延我回到华盛顿的日期，上级决定我继续回程，让另外一个人去检验那些密码。

第 13 章
令人震惊的苏联[1]间谍文件

1919年4月，我回到华盛顿。此时MI-8的状况十分糟糕，已经没有足够的经费从民间招募密码专家，而许多军官却急于退伍去过平民生活。

然而，美国政府决心即使不打仗也要继续运作密码局，因为各部门官员都认为没有更好的办法能够让美国知道其他国家的真实想法和意图。世界强国都设有密码局，如果美国想成为世界强国，就必须提供资金雇用一批有能力的密码专家。

国务院、战争部、海军部的高官开了几次会，最终做出决定：取消速写部门；取消隐显墨水部门；将编制密码的部门转移到通信兵部队（军队要求通信兵编制密码）；将军事情报通信的任务还给指挥官的副官。

MI-8只剩下密码分析部门，我估计维持其正常运作每年需要10万美元的经费。国务院希望军事情报部分担4万美元的费用。海军的贡献被排

---

[1] 原文如此。

除在外，因为有些决策人不愿与海军分享机密情报。所以，出现了6万美元的资金缺口。军事情报部最终说服美国国会，弥补了资金缺口。我从国务院听到有关这笔经费的一个笑话：这笔钱不能在哥伦比亚特区内消费，否则就被认为是违法行为。

由于我们不能在哥伦比亚特区内滞留，我受上级委托到纽约寻找一个合适的地点，以便不让外国政府发现著名的"美国黑室"的所在。

埃德加·爱伦·坡的《失窃的信》说明一个道理，最习以为常的地方是最安全的。我在纽约第30大街东面选了一栋4层的红砖楼，离纽约的中心第5大道非常近。

我回到华盛顿后，立刻着手从MI-8现有人员中挑选出一组最高效的职员和最有能力的密码专家。为组建一个成功的密码局，我准备带走一些最重要的资料——语言统计数据、字典、地图、参考书、名人录、反映当前时政的报纸剪报。

在战争期间，我与许多有责任心的商人成为朋友，有几个甚至愿意给我提供非常好的工作机会，但我热爱破译密码的工作而没有接受。所以当美国政府给了我一份工作，年薪7500美元，而且保证我长期从事破译密码的工作时，我立即同意了，开始管理新成立的密码局。

华盛顿的机构解散后（我被提升为少校军衔），我带着这一小队人马来到纽约市中心的红楼，开始组建"美国黑室"。

实际上，我们与美国政府的所有联系都被中断了。所有员工，包括我在内，如今都是平民，但我们的活动经费是由一个秘密基金负担。诸如租金、电话费、水电费、办公用品等费用都有人在暗中支付，所以没有人能找到我们与政府的联系。

我们的任务就是破译外国政府的外交密码电报。如果我们被人抓住，只能算我们倒霉！

第13章 令人震惊的苏联间谍文件

我们雇用了门卫,把所有的门锁都换成新的,准备开始秘密的工作。但是,我们手中没有一封有待破译的电报。电报的审查制度已经被中止,监督权被交还给电报公司。我们需要得到电报的副本。怎么办呢?

我不想直接回答这个问题,换一个角度谈一下。在我处理过的文件中有一份是关于苏联政府间谍的。你看完后,就能总结出美国政府是如何获得外国政府的密码电报了。

就在我们搬进新红楼后不久,我在华盛顿的一个联络员来找我,这让我有些吃惊,因为我们之间不常联系。

"你喜欢我们的新工作地点吗?"我问他。

"有那么多的门锁,这让我毛骨悚然。"

许多来过我们这里的人都有这种感觉。我问他来纽约有何贵干。他拿出一捆纸递给我。是7封密码信。

"你从哪里弄来的?"我问。

"是国务院转来的,"他告诉我,"我们逼迫一架飞往苏联的德国飞机在拉脱维亚降落,从飞机上找到这些密码信。"

下面是其中的3封:

Fortsetzung 4.		27001.	enere	donea	zneie
stuna	ittft	velds	henrs	304.	ptlzz
tnadm	nsdti	uikgt	vrpit	eschs	agert
levwi	otnis	edsai	ahnao	tdoiu	ngctn
reros	anmrc	heeeg	nennn	etkkv	iucit
osbic	eiren	keaof	iehtg	ungsr	omtre
rnpie	esoek	eruhu	nlben	tdlkk	lotte
eoiae	lrasn	eeson	rerlh	rdtrs	rrbra
hhrpn	knlnr	zdmhe	tisri	drdes	ieebl
tanta	sehge	enare	uiish	gkdrh	gamio
rlhha	ebrac	gnaei	baikl	eces.	

Fortsetzung 5.		27003.	intnt	eroci	tthhl
mtprn	rarde	ehsnb	eosnt	nhgzi	loioi
herar	easme	uantr	340.	eseec	keeij
elrtn	naece	ronsl	tvirg	bkhos	ncaei
zanta	rnrmn	esoha	ilaki	tirct	wanwv
lsgeh	egimn	obshd	nshro	pngfm	ecieu
sbrsp	irger	wirui	eelah	eekos	perwt
duthm	cegdu	ebabu	dasie	eavef	dierm
tsaai	rgoss	ohbne	eraet	omhti	dttni
brarm	rnnfs	zsnur	dsrda	bekiv	crelw
tlobe	athnl	onheu	scans	fhhbi	viubr
laeir	aioaj	ruigk	cafcc	tmntf	laatj

第13章 令人震惊的苏联间谍文件

27003.	ksffr	remib	tuane	sgneo	eiscc
ebhee	etnee	ntize	940	apnze	eipic
dohua	elzun	ghgnr	mreri	etfeg	oiati
esetr	etndu	tedin	rnthh	nudek	laakw
vzgnk	llems	heser	rnncw	enehe	encne
eregu	rttrg	iotae	eaeee	oipmr	redsa
gkhlg	aleet	ntlat	uahke	tehad	lllse
gtesz	ihree	ginei	aeimi	eamlh	ecldu
srnkr	gthov	baies	raoei	iudrn	gwdsm
ssner	ntssu	gihsu	nnhii	eehlo	euatu
deedn	nagej	zdtre	abebh	etrml	uimre
lireo	aabrc	iggie	gbeut	nclel	ucrpo
rugac	oreto	zuams	oleso	dlcoi	ottri
nonvu	iikid	wxten	aeruo	onwgr	gneen
meiil	hegkl	toscz	isuua	esdbi	dcbne
oeiie	nrgen	geeta	rdeai	tense	errhd
tctim	wbrzr	iilem	ithhf	tflon	skzum
eorle	eposi	ztmrc	efebh	eieki	cckia
dglrd	ietka	aefht	goeca	bssee	ifwte
cfleu	iihir	rvwxv	ghnhe	egrru	reucd
aeest	iihak	uarne	nricr	litef	deeen
braes	theim	garlh	sehin	ugnie	vunai
rkvhe	bssmb	inuau	ewdrn	ntaer	uibdv
nrone	ugile	uwbtb	eesdm	dtnif	etaec
ianse	ndiyp	fmvre	nhbac	srnti	nnnub
nrnri	vauer	oerog	hnsnc	kaarn	ieees
gsemi	fnrui	rnths	ngtno	aeviu	lheru
nitte	agnhu	icggh	nraar	hddgr	tnuev
thort	aencl	oylms	maera	nnnke	efnre
rlgmf	hleln	hkonw	nslhl	snedu	ntatt
gltmh	ihmln	gukra	hciea	tgeut	tseal
nwttb	neent	iatri	eane		

"我收到指令让我告诉你,国务院希望尽快破译。"他说。

"你怎么知道我们能破译这样混乱的信呢?"

"我不知道,"他承认道,"我只知道传达命令。"

"你们这些华盛顿人总是急迫地想看到密码信的内容。我们将尽力破译。但是,不要给他们一种错误的印象,我们睡梦中都能破译密码。"

我带他看一下我的新办公室,然后让他走了。我也是急于想看到密码信的内容。

我后来听人说,拉脱维亚政府想自己破译这些密码信,但没有成功。于是他们请驻里加的美国领事馆把密码信拿到美国,看看美国密码专家是否能破译。

利用当时分析瓦贝斯基文件所用的方法分析这几页密码信,我们发现这些信使用了移位密码,语言是德文。我不打算详细讲解破译过程,因为不是所有读者都对破译细节感兴趣。然而,对于那些对细节感兴趣的读者来说,我建议可以采取前面谈到过的分析瓦贝斯基文件的方法。

需要提醒业余密码爱好者的是,这些信中的密码很难破译。我们的分析表明许多密码列都不是等长的,需要极具独创性才能把不同的列放在正确的位置上。不过,我还是给出破译结果,也许业余爱好者最终能成功破译它们。

这几封信是苏联间谍写的,地点可能是在柏林,他打算把信发给其苏联上司,因为那架飞机是飞往苏联的。信中的名字好像都是化名。例如,第二封信的结尾是"我现在的名字是托马斯。致意,詹姆斯。"此人显然是苏联全球间谍活动的指挥者。注意信的最后说,"**古塔斯基**到了,他带着钱前往美国"。德国密信译文如下:着重号是我加的。

1919 年 12 月 23 日

快送钱来。意大利和法国急需钱。大珍珠在这里很好卖;蓝宝石在

第13章 令人震惊的苏联间谍文件

英国好卖。秘书处急需材料。在会议开始前,钱应该分配好,分钱需要通过这个中心点。11月,**保罗·莱维和布鲁斯基·翟克因尼史**被选为秘书。秘书与荷兰有联系。共产主义资料已经在这里发行,我还将出版俄文资料。

维也纳建立了分支机构。至今没有**卡罗**的新消息;他工作得很好。**阿布日安诺维奇**,他在巴黎。从那里建立起与世界各国的联系。进展不错。议会将在1月和2月开会。**日阿戴克**将做详细报告。这里绝对需要**日阿戴克或巴采瑞恩**。请寄更多的钱来。**考普**实在不能来。我现在的名字是**托马斯**。致意,**詹姆斯**。

荷兰的会议是一次彻底失败,原因是参与人不小心。**克拉热和萨维亚**被捕了。荷兰媒体谈到卖钻石的收入是2000万。警察明显增加了针对秘书处的活动。不知什么原因,**布鲁斯基**的照片落入警察手里。我们怀疑是与你在一起的波兰人。**莱维和亚历山大**最近被捕了。建议你使用斯陶兹-施睿或加比斯伯格速写法,我也将用速写法。我把你看作医疗队成员,或是移民代表团成员。请告知是否合你意。无线电台终于建成了。雇用了专家。下周我们准备接收。我们急需钱支付给保加利亚人、塞尔维亚人、法国人。代表团在此处等待。从意大利的里斯特来的同事带着钱。他在维也纳曾被逮捕过。钱不久之后会送到意大利。**古塔斯基**到了,他带着钱前往美国。德国政府同意交换记者。《法兰克福报》正在趁机发展。急需人才。

这些电报让华盛顿的官员处于骚动之中,因为他们手中第一次有了证明苏联国际间谍活动的真正文件。

MI-8还收到电报说列宁派遣库恩·贝拉去匈牙利搞"白色革命"。但是，电报太长无法在这里公布。

然而，有一份苏联文件，我必须向读者展示。我常常为自己没能被像苏联这样的政府雇用成为间谍感到遗憾，因为苏联政府懂得如何以既无情又聪明的方式搞间谍活动。

下面这份文件十分独特。虽然世界强国的间谍活动都有共同特点，但像这份间谍文件是极为少见的，因为它以如此清晰和坦白的方式指导间谍的活动。

如何在外国公使馆中雇用间谍的指令

在日本、英国、美国的公使馆中雇用中国人的时候要注意以下几点：

a. 必须是对我们有用的人，才能被我们雇用，即他们有机会接近公使馆中掌管重要信息的人或从事机密工作的人（公使馆的领导、武官、秘书等）。如果他是翻译人员、打字员，他也可以受雇于我们。我们还可以雇用住在公使馆中的小孩。

b. 你必须肯定受雇的人不会叛变，他的报告必须是可信的。

c. 不要让他知道他在为俄国人工作。你要让他相信他是在为中国国内的一个政党服务。

d. 受雇的人必须告诉我们重要的中国人和外国要人拜访公使馆的消息，还要打听到谁经常来访、拜访的目的，与哪些公使馆里的重要人物进行了谈话。

他必须能找到公使馆中掌管秘密间谍活动的负责人，还必须找到被公使馆雇用的中国间谍和外国间谍。

他还要找到存放机密文件的地方，并找到偷窃、拷贝这些文件的办法。记住，如果他能完成任务，我们会除了工资之外再多付额外的费用给他。

第13章 令人震惊的苏联间谍文件

这份文件很令人震惊,因为苏联间谍的计划很好,外围的小间谍不知道他们在为苏联服务!

莫斯科的苏联官员一定会否认这份文件的真实性,但他们肯定认识这份文件。只要他们能认出来,他们就知道我手中还有更多具有轰动效果的文件。例如,苏联人曾计划如何对其他民族的人进行处理。这只不过是众多例子中的一个而已[1]。

---

[1] 苏联间谍,请注意。我确实拷贝了这些文件,我不怕遭割喉刺杀。但是,我不打算公布这些文件。别紧张,我已经把这些文件销毁了。

第 14 章
最难破译的日本密码

1919年7月之后,我们躲在有门闩的大门后面,舒舒服服地努力工作,目的就是让美国政府离不开我们。我把密码专家分成几个小组,每个小组负责处理几个国家的密码电报,而我自己选择了破译日本政府密码的最艰巨任务。

读者也许还记得,1919年左右,全世界有一股反日的浪潮。由于日本人在巴黎和会期间提出人种平等问题,美国人开始对日本予以特别关注。当日本拒绝交出原被德国占领的中国山东省,所有美国报纸都在头条新闻中对日本进行反击。此外,我们也担忧英国和日本的联盟关系仍然有效。事实上,我们怀疑所有国家。记得吗,当我们向德国宣战的时候,报纸上每天都能读到我们从未听说过的协约国之间的秘密协定?

这就是为什么我的上级特别关心日本人的密码。他们要求我尽全力破译日本的密码。我当时热血沸腾,向他们做出承诺,如果一年内不能破译日本密码,我就辞职。

第14章 最难破译的日本密码

我手中有 100 多封从世界各地搜集来的日本外交密码电报，其中有一封从日本东京的外务省发给日本驻华盛顿大使：

From Tokio
To Koshi, Washington.　　　　　　　　Sept. 15.

60427	pkxpm	berimacaem	puupemceda
yotomatoma	naugdyikna	detogoisuf	kemaettoik
ovajneisuv	upuemiegto	yuxomakuar	maulonedzy
upoymapalo	tiirgoetsu	miabikuexo	yuwakydape
ugantoemkn	otdecatude	arpulivuzy	siufovetur
etdaseozyo	fyiskunaug	toemkunauf	ovucdexiuw
ofzuevozne	zuununigro	ogupolerze	upotulizto
gocaotdeca	tydearkuli	kulokutoda	kufexedeis
reoziyanow	xedeozneoy	maeljazyab	upuggeyoty
deofkuchfa	heuptosuog	suetkyyoiy	gozyfuirum
ikxetoempu	upkewuetaw	yootoeyoup	upbupeliik
etyuwaupow	mimukukyek	lepeokoyma	pyokmoemis
ikmozetoda	mietweowpu	sizysizyog	izuykuyaoz
peugannaku	wudeogliup	—culiikku	ugofdaewty
nenakyiyem	maumtonego	Uchida	JA: 8041

对这封电报进行初步研究，我们不难发现电文是以 10 个字母为一组。如果我们把"y"看作既是元音也是辅音，那么字母组结构既可能是元音—辅音组合，也可能是辅音—元音组合。

我在海外工作期间，密码专家几次试图破译日本密码，但都没有成功。虽然一直认为所有密码都可以被破译，但我发现自己不应该乐观地承诺在一年内破译日本密码。回到美国后，我也没有固定的时间研究日本密码。一直到 7 月份之后，我才开始认真地对日本密码进行系统研究。

我不打算详细叙述破译日本密码的过程，因为只有密码专家才感兴趣。不过，我要讲一讲我们的成就。两年之后，华盛顿裁军会议召开，我们提交了大约5000封破译的日本密码电报，其中包括日本谈判代表团收到的各种指令。我相信读者一定想知道，"美国黑室"是如何取得这些名垂史册的成就的。读者自然会想到外交官之间的是非故事，不过，我希望读者先放一放这些，我要先讲一讲我是如何克服困难破译世界上破译难度最大的日语密码的。

在开始这项重大任务之前，我一点都不懂日语。现在，让我们先了解一下日语的基本情况。

虽然日语说和写所用的语法和词汇不一样，但我们只需处理日语的书写格式。大约从9世纪开始，日本人开始使用中国的象形文字。我们都看到过洗衣订单上有汉字，我看到之后总是在想，中国人真的能依靠那些神秘的图案找到我的衣服？读者也许知道，象形文字是图案，但被赋予含义。我们可以说"日"是图案，有确定的发音，却有太阳的意思。世界上各种语言之中都有太阳这个意思，但发音都不相同。英语里有"1、2、3、？、！……"，它们各有各的发音。其他语言里也有这些意思，只是与英语不同而已。

日本人采用汉字方法有点麻烦，在长时间的演化后，出现了假名这种形式。假名是日语的字母表，其中有73种象形图案表示日语和汉语的读音。后来，这些象形图案被罗马拼音化。

下图罗列出假名及其罗马拼音：

第14章 最难破译的日本密码

イ I	マ MA	カ KA	ド DO	ザ ZA	ム MU
ロ RO	ケ KE	ガ GA	チ CHI	キ KI	ウ U
ハ HA	ゲ GE	ヨ YO	ヂ JI	ギ GI	ヰ WI
バ BA	フ FU	タ TA	リ RI	エ YU	ノ NO
パ PA	ブ BU	ダ DA	ヌ NU	メ ME	オ O
ニ NI	プ PU	レ RE	ル RU	ミ MI	ク KU
ホ HO	コ KO	ソ SO	ヲ WO	シ SHI	グ GU
ボ BO	ゴ GO	ゾ ZO	ワ WA	ジ ZI	ヤ YA
ポ PO	エ E	ツ TSU	ヱ YE		セ SE
ヘ HE	テ TE	ヅ DZU	ヒ HI		ゼ ZE
ベ BE	デ DE	ネ NE	ビ BI		ス SU
ペ PE	ア A	ナ NA	ピ PI		ズ ZU
ト TO	サ SA	ラ RA	モ MO		ン N

我们以英文"独立"这个单词为例,看看日语如何来表达:

"英文 Independence"　獨　立（中文）
　　　　　　　　　　ド ク リ ツ（日文假名）
　　　　　　　　　　Do ku ri tsu（日文假名的罗马拼音）

假名有缺陷,因为只有增加变形才能表达完整的意思。所以,一个假名往往有15种不同的意思。此外,日本人不使用罗马字母"l、q、v、x",因为汉语和日语中没有类似的读音。所以,日本人拼写外国单词的方式很奇怪。例如,Ireland(爱尔兰)一词的日语假名拼作 a i ru ra n do,其中 ru ra 与 Ireland 中的 rela 发音最接近。

在见识了日语密码电报的样子,了解了日语的大概情况之后,读者应该理解我夸口承诺一年内要破译日语密码电报几乎就是不可能的事。

不管怎样，我感到绝望。如果我想成功，最起码需要 7 年的培训和实践经历。

我知道要想成功，必须首先搜集日语使用字母、音节、单字的详细统计数字。幸运的是，我手中有 25 封用日语假名罗马拼音写的电报。例如：

```
From Peking
To Gaimudaijin, Tokio.

04301 beisikan nankinjuken kaiketu nikansi
toohooen yeikanjisi ronpyoogaiyoo sanogotosi
sinshoo . . .
```

第一步就是把这些日语单字分解为假名。我让一组打字员把这些分解出来的假名写在一种特殊设计的纸上，每页都有序号，每行都有行号。刚才谈到的这封电报变化如下：

```
From Peking
To Gaimudaijin, Tokio.
line  a    04301  be i si ka n   na n ki n ju ke n   ka i ke tu
 "    b                 ni ka n si   too hoo e n   ye i ka n ji si
 "    c                 ro n py o o ga i yoo   sa no go to si   si n shoo
```

分解完手中的日本密码电报，我得到大约 1 万个假名。打字员把所有电报都重新打字，我让他们为每个假名制作一张索引卡，在上面记录着这个假名所在单字、所在页号和行号、其前面的 4 个假名、其后面的 4 个假名。

为了解释这种方法，下图中的每一行代表一张假名索引卡上的内容：

第14章 最难破译的日本密码

.	.	.	.	BE	i	si	ka	n	1-a
.	.	.	be	I	si	ka	n	na	1-a
.	.	be	i	SI	ka	n	na	n	1-a
.	be	i	si	KA	n	na	n	ki	1-a
be	i	si	ka	N	na	n	ki	n	1-a
i	si	ka	n	NA	n	ki	n	ju	1-a
si	ka	n	na	N	ki	n	ju	ke	1-a
ka	n	na	n	KI	n	ju	ke	n	1-a
n	na	n	ki	N	ju	ke	n	ka	1-a
na	n	ki	n	JU	ke	n	ka	i	1-a
n	ki	n	ju	KE	n	ka	i	ke	1-a
ki	n	ju	ke	N	ka	i	te	tu	1-a
n	ju	ke	n	KA	i	ke	tu	ni	1-a
ju	ke	n	ka	I	ke	tu	ni	ka	1-a
ke	n	ka	i	KE	tu	ni	ka	n	1-a
n	ka	i	ke	TU	ni	ka	n	si	1-a
ka	i	ke	tu	NI	ka	n	si	too	1-b
i	ke	tu	ni	KA	n	si	too	hoo	1-b
ke	tu	ni	ka	N	si	too	hoo	e	1-b
tu	ni	ka	n	SI	too	hoo	e	n	1-b

分解电报的工作完成后，产生了1万多张索引卡，它们又被按照字母排序，比如，所有"ba"的索引卡放在一起，然后是"be""bi""bo"……

审视这1万多张索引卡是很难的。所以，我要求打字员把索引卡包含的统计信息打在一张标准打印纸上。如果我们把前面提及的20张索引卡放在一张纸上，就有了下页图所示：

试想一下，面前不是20行数据，而是1万行数据，此时读者就跟我当时一样正在审视日语的假名频率表了。即使在这20行中，我们也能容易看出有5个"n"出现，其中有2个的前面是"ka"。换句话说，我们发现出现频率最高的双假名组合是"kan"。

				BE	i	si	ka	n
.	.	.	be	I	si	ka	n	na
ju	ke	n	ka	I	ke	tu	ni	ka
na	n	ki	n	JU	ke	n	ka	i
n	ju	ke	n	KA	i	ke	tu	ni
i	ke	tu	ni	KA	n	si	too	hoo
.	be	i	si	KA	n	na	n	ki
ke	n	ka	i	KE	tu	ni	ka	n
n	ki	n	ju	KE	n	ka	i	ke
ka	n	na	n	KI	n	ju	ke	n
ke	tu	ni	ka	N	si	too	hoo	e
be	i	si	ka	N	na	n	ki	n
ki	n	ju	ke	N	ka	i	ke	tu
n	na	n	ki	N	ju	ke	n	ka
si	ka	n	na	N	ki	n	ju	ke
i	si	ka	n	NA	n	ki	n	ju
ka	i	ke	tu	NI	ka	n	si	too
.	.	be	i	SI	ka	n	na	n
tu	ni	ka	n	SI	too	hoo	e	n
n	ka	i	ke	TU	ni	ka	n	si

我又把索引卡按照后缀排序,并打印在纸上。此时我面前既有前缀也有后缀的图表,总共 2 万行数据。

接下来,我把电报的开始和结尾一一打印在纸上,以便发现是否存在共同的式样。

这些图表给出了许多奇怪的式样,我无法一一记录。但是,有几个是很有意思的。我发现出现频率最高的单个假名是:

n	o	wa
i	ni	ru
no	shi	to ……

第14章 最难破译的日本密码

这些图表还告诉我最常见的音节是：

ari	hyaku	koku	migi
aritashi	hyoo	kooshi	moshikuwa
daijin	jin	kore	mottomo
denpoo	kai	koto	narabini
gai	kaku	kyoku	nen
gyoo	kan	kyoo	nichi
hon	ken	kyuu	nikanshi
honkan	kiden	man	……

我还了解到，日语中有许多重复的音节形成奇怪的配对：

ruru	mama	daidai	wawa
gogo	shishi	kokukoku	kiki
nono	kaka	sasa	toto
tsutsu	oo	tata	
koko	momo	kaikai	……

前缀表和后缀表告诉我某个假名前可以放置什么，其后又可以跟着什么。让我们以"no"为例来看一看：

前缀		后缀	
mo	no	no	kan
to	no	no	go
kyooyaku	no	no	ji
dan	no	no	do
go	no	no	ki
seifu	no	no	shu
ryoo	no	no	to

-197-

koo	no	no	i
suru	no	no	gen
……		……	

这些组合在电报中出现的次数和位置（页号和行号）都需要认真记录下来。

破译日本密码电报曾经被认为是不可能的事，我的下属在看到我们所取得的进展之后，都向我投来善意但略带同情的微笑。然而，读者已经看到，我证明了日语像其他语言一样有规律可循。当然，如果没有大量打字员的帮助，工作量大得难以想象。

这样就能破译日本密码电报了！

请读者回过头再看看前面的日本密码电报的例子（参见第191页）。如今，我们有了日语的统计数据，如何利用这些去破译密码电报呢？真的能破译吗？从4月一直到7月，我凝视着这些日本密码电报，试图发现日本人使用的密码类型。最后，我判断日本人用了2位字母编码。由于分析的过程太长，这里就略去不谈。

无论判断是否正确，我总是要开始破译密码。我让打字员把原来电报中的10位字母编码单元分割成2位字母组，而且还采用他们过去做日语频率统计的方式。他们选择出1万个2位字母组，每个字母组都做了索引卡，卡上记录着4位字母前缀和4位字母后缀，非常类似于我们研究假名的方法。这些卡片按照前缀排序，然后打印在纸上。此后，再按照后缀排序，结果仍然打印在纸上。在我面前，不仅有2万行日语假名数据，还有2万行电报编码数据。

打字，做索引，再打字，再做索引。面前的数据有6万行，还有大量的统计图表和数据。所有这些工作都是我们的打字员做出来的。读者现在就能体会到我在国务院破译美国外交电报时的艰辛了，当时只有我一个

第14章　最难破译的日本密码

人，我必须完成所有的苦差事。

就像我先前预见的那样，把编码字按照前缀和后缀进行索引并用图表的方式展示出来，不同的编码字在密码电报中有不同的出现频率。于是我拿起彩色铅笔，浏览所有的密码电报，标识出那些重复的编码字。打字员则制作大量表格记录下这些重复的编码字，还要增加位置信息（页号和行号）。这个工作十分艰苦。有了这些数据，我就可以马上找到某个编码在电报中的确切位置。

这些图表展示出一个异常显著的特征，编码"en"只出现了11次，但大多数都出现在由10个字母组成的电报编码组的最后。我曾列出几个原因怀疑这些电报真是由2位字母编码而成，其中一个就是我发现这些电报的最后码字总是由10个字母组成。读者自己就能核实一个事实，如果以2位字母编码，只有1/5的机会电报的长度能被10除尽。那么，为什么所有的电报都由10位字母的编码组做结尾呢？只有一种可能性，那就是"en"意味着停止，这个停止之后的字母都应被忽略，因为它们是用来迷惑外国破译者的。所以，我的第一个推测是："en"=停止？

日本人是非常聪明的，虽然所有电报都以"en"结束，但"en"实际上代表罗马字母"p"，这十分有趣。日本人用编码"ab"代表停止的意思！这点意义十分重要，因为如果我能识别出日本人用"ab"做结束符号，我就能立刻标识出句子的开头和结尾。我本应早就看出这一点。

面前摆放着的日语统计表告诉我，日语电报常以"aritashi"做结尾，这个词从语法上看像是个动词。用假名对这个词编码，它应该是"a ri ta shi"，这需要4个码字，即8个字母。按常理，我应该在许多封电报的结尾处看到有一个共同的8个字母组。然而，我发现实际上"yu"经常出现在"en"前面。也许"yu"就是"aritashi"。这个猜测是正确的，只是当时我没有足够的证据。

我常把猜测写在卡片上。最初的两个卡片是：

"en"＝停止？——见电报结尾。

"yu"＝"aritashi"——"yu-en"常见于电报结尾。

这个结果让人失望。我被迫放弃自己的判断。也许用的不是2位字母编码。也许用的不是日语，可能是英语或法语。俄国过去用法语进行外交通信，苏联常用德语，中国政府用英文密码。我对此感到很失望。

我没有了灵感（每天都思考这些电报直到深夜），政府官员不断给我鼓励，但毫无用处。我给约翰·曼利博士写信，而且都是很长的信，希望能启发创造力。曼利博士已经回到芝加哥大学任教。他回信表示诚挚的同情，相信我并没有走错方向，并鼓励我继续努力。他写道：

听说你开始破译这些重要的电报，我无法形容自己的快乐心情。看到你的开头如此有希望，我感到非常高兴……你的发现很惊人……你的方法很好，结论可能也是对的……有万分之一的机会你偶然遇到……我多希望能与你在一起……

我也希望他能跟我在一起！他的信让我鼓起勇气，但工作依然在原地踏步。最后，我几次到日本在纽约的领事馆附近溜达，计划潜入领事馆内，打开保险柜，看一看里面的密码本。我就是想知道自己有没有方向错误。但做这种事在纽约太危险了。为什么不能在其他国家试一试？比如，去那种即使我被抓住也不会受指控的国家。我必须见一见布兰克，听一听他的意见。有一点非常肯定，华盛顿让我做这件破译日本密码的事。我可以采取各种可能的办法去完成任务。

我又想起了破译埃及罗塞塔石碑上象形文字的故事。但我面临的问题与那些埃及学者不同。他们要征服的是一些原始文字，可供学习的东西并不多。他们建立了许多应用于识别象形文字的含糊理论,但多数都被证明是错误的。甚至知名学者商博良(Champollion)也犯错误。后来,此人在1822年正确破译了罗塞塔石碑象形文字。可是就在1821年的时候,罗塞塔石碑已经被发掘出来22年,他公布的破译结果仍然是错误的。他后来被迫承认1821年的结果纯属臆造。我们需要比较两种情况:第一种是学者们用幻想震惊世界,然后再驳斥曾经的幻想;第二种是密码专家把错误的破译结果交给政府。第一种情况哄着公众高兴,第二种情况则有可能导致战争。

然而,无论这些学者使用的方法多么原始,无论他们多么喜欢臆造,但有一点值得我们注意,那就是他们能坚持不懈23年去探求正确的结果。如果他们能坚持这么长时间,我却很快放弃,难道不是显得很愚蠢吗?于是我继续努力,一个理论错了,就再提一个新理论。

看到我如此辛苦,妻子给予我默默的支持,这增加了我的信心。我每天工作到很晚,无论多么晚,当我爬楼梯回到我在顶层的公寓时,她总是在阅读、学习、缝纫。她一边默默听我唠唠叨叨,一边准备食物。我吃饭的时候,还必须喝大量的黑咖啡,没有这东西我睡不着觉。我边吃喝边对她不断重复说,我根本成功不了。

"这鬼东西可能根本就不是日语,"我抱怨道,"我绝不相信它使用了2位字母编码。你怎么看?"

"我看你应该上床睡觉。"

"我怀疑我是破译不出这个密码了。你是不是也是这么想的?"

"当然不是,你肯定能破译。"

"为什么说'当然'?整件事情现在毫无头绪。"

"每次你这么说话的时候,都是快成功了。你不认为现在应该多休息会儿吗?"

上床后，才2个小时，我又会爬起来，因为脑子里有了一个绝妙的新想法，赶快跑下楼梯去我的工作间，打开保险柜，重新开始，我知道破解的方法有了。不，又是一个错误。就这样，一个月过去了，又迎来一个月。

丘吉尔将军经常来看望困苦中的我。他常乘坐午夜列车来纽约，然后我们在罗伯特·戈莱特第5大道上的家中见面，他一般在那里吃早饭。

我经历过许多次的黑暗时刻。有一次，我想到了智取日本人的计划。我问丘吉尔将军，日本驻华盛顿武官是否曾充当美国军事情报部和日本陆军省的中间人。

丘吉尔将军回答是。于是我又问他是否能交给这位武官一份备忘录，让他用电报传递给日本政府。我解释说，这样我们已经知道电报的内容，就能通过对比明文和密码识别几个单词。

"我理解你的想法，雅德利。"丘吉尔将军说，"我觉得这是个很高明的想法。但是，我怀疑翻译成日语后无法识别出原来的英文单词。"

"让我来解释一下，"我急了，因为我怕失去这次机会，"我们先准备一份很重要的备忘录，要求日本武官发电报。我们可以假装这份备忘录很急，或者干脆直接让他发电报。他需要把专有名词用密码直接翻译。专有名词在密码电报中仍然是专有名词。虽然我只能看密码电报，但我肯定能识别出其中的专有名词。"

丘吉尔将军和蔼地笑了。

"你觉得容易，可我还是不知道到底如何做。"

"噢，"我努力想找到一个具体例子，"比如，让我们找一个刚从东京来美国的俄国人。然后我们写一封电报。'有一名受到监视的俄国人赫伯特·查理，别名叫休伯特·雅德利，他在东京期间与你或日本陆军省进行政治交易。这名俄国人计划11月1日从横滨乘船来旧金山。请提供这件事有关的任何信息。'

第14章　最难破译的日本密码

"句子的开头和结尾是发现共性的最佳位置。难道你没有看出我能很简单地识别出这些专有名词吗？我肯定能破译按照我的说法写的密码电报。你能找到一个好事件吗？"

我的想法激起了丘吉尔将军的兴趣，因为他是个天生的好间谍。后来，他告诉我他没有找到合适的事件。找合适的事件需要时间，因为我们必须保证不能让日本人感到被愚弄了。

我认为丘吉尔将军是大战期间美军总参谋部涌现出的最伟大的管理家。他知道自己想要的东西，当他告诉下属做事的时候，他总是随时准备提供帮助。

读者不要产生一种错误的印象，觉得我这个人如果没有别人的帮助，就不愿继续破译日本密码电报。不，我仍然在努力。打算利用日本武官的计划没能实施。当然，读者不久之后就会发现我不再需要这个计划。当时做这个计划，是因为我准备应付在某个方面可能的失败。如果失败，我也许需要别人的帮助。

我试图破译这些日本密码电报有很长时间了，每一封电报、每一行电文、每个码字都好像刻在我的脑子里似的。夜晚，我躺在床上也能进行研究——试探，失败；再试探，再失败；这个循环不断在我脑子里轮转。

有一天晚上，我午夜时就醒了。这有可能是因为我昨晚感到疲惫而早早就上了床。黑暗中，我终于意识到有一组2位字母编码肯定应该是"Airurando (Ireland)"。这一组编码确定后，其他几组立刻也变得清晰起来："dokuritsu 是 independence"；"doitsu 是 Germany"；"owari 是 stop"。终于我有了伟大的发现！我的心脏几乎停止了跳动，一动都不敢动。我在做梦吗？我醒了吗？我疯了吗？这是个破解吗？3个月的努力终于有了结果！

我急迫地下了床，因为我肯定自己是醒着的。我几乎摔下楼梯。我试着打开保险柜的门，可我的手指颤抖着。我从保险柜中掏出档案纸，迅速记录下我的思考。

　　　　　　WI　UB　PO　MO　IL　RE　（编码）
　　　　　　 a　 i　ru　ra　 n　do　（爱尔兰）

紧跟着的单词应该是"独立"，因为当时爱尔兰正在闹独立。

　　　　　　WI　UB　PO　MO　IL　RE　RE　OS　OK　BO（编码）
　　　　　　 a　 i　ru　ra　 n　do　do　ku　ri　tsu（爱尔兰独立）

在这个猜测中，唯一比较确定的是"re re"，因为与之相对的是"do do"。

电报中另一个比较多重复的码组是"re ub bo"。我已经能将其破译：

　　　　　　RE　UB　BO（编码）
　　　　　　do　 i　tsu（德国）

很久以前，我就有一种感觉，"as fy ok"这个经常出现在电报中的码组是"结束"的意思。我试着建立如下对应关系：

　　　　　　AS　FY　OK（编码）
　　　　　　 o　wa　ri（停止）

这些对应关系看上去很好，但我缺少证明。

于是我画了一幅图，借以看清对应关系的一致性，至少看出码字出现的频率。

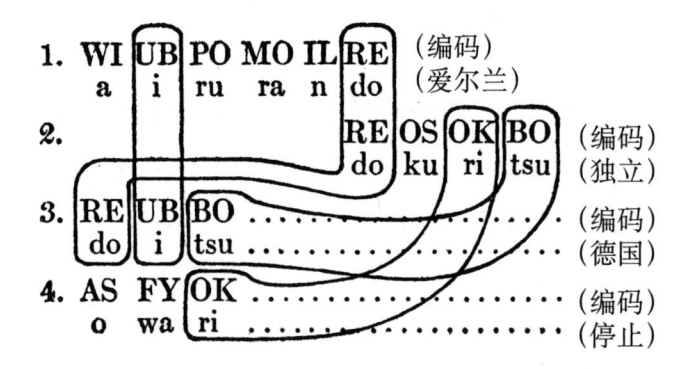

```
1. WI UB PO MO IL RE       （编码）
    a  i ru ra  n do       （爱尔兰）
2.                RE OS OK BO （编码）
                  do ku ri tsu（独立）
3. RE UB BO ................ （编码）
   do  i tsu ................ （德国）
4. AS FY OK ................ （编码）
    o wa ri ................ （停止）
```

第14章　最难破译的日本密码

这幅图使我相信我的方向是正确的。接着，我花了一个小时把其他几个对应关系找了出来。

当然，我只识别出来一部分假名，即日语的字母表。日本密码电报中有大量完整的日语单字。但是，只要我能把假名都识别出来，识别日语单字的工作就不难了。

过去被认为是不可能的事，如今变成了可能！我整个人都松懈下来。我实在太累了。

我把写满笔记的档案纸放回保险柜，把它锁上，背靠在椅子背上，仔细回想自己的失误。最后，我脑子里闪现出一个念头，这些日本密码电报对美国政府来说意味着什么？里面都有什么秘密？丘吉尔将军肯定希望听到我的成就。要不要在这个时间给他打个电话？

我极度疲惫，艰难地爬上楼梯。我妻子也醒了。

"出了什么事？"她问。

"我成功了。"我回答。

"我知道你能。"

"是，我也知道。"

"你看上去像个死鬼。"

"我就是个死鬼。带上你的愤怒。我们喝酒去。几个月来，我们一直困在这个家里。"

第 15 章
被吓跑的传教士密码专家

第二天早晨,确切地说是同一天早晨,我口授秘书给丘吉尔将军写了一封长信,描述了破译日本密码电报的过程。写这封信主要基于两个理由。首先,丘吉尔将军对密码局的工作细节很感兴趣。其次,破译日本密码电报给了我极大的荣誉感,我希望自己做的事能在战争部备案。丘吉尔将军非常渴望带着几封被破译的日本密码电报去国会参加军事情报拨款听证会。我在很久以前就承诺给他。

这封信确实写得有点幼稚,但这没什么好奇怪的。回忆起过去的日日夜夜,我激动不已。

丘吉尔将军收到我的信后没有回信,而是直接给我打电话表示祝贺。他告诉我上级即将听到密码局取得新成功的消息。从他高昂的声音中,我听出他比我还要兴奋。

写完信,我让秘书转告最聪明的密码专家查尔斯·芒迪来见我。在没有更好的名字前,我先这么叫他。他现在的职位非常特别,不能让人知道他曾经做过的事,否则有危险。

第15章 被吓跑的传教士密码专家

他走进我的办公室，我从他那戴着厚厚眼镜的小眼睛里看出他已经知道日本密码电报被破译的消息。实际上，我能感到整个办公室都满是兴奋。所有人都渴望破译这些电报，他们从我的举止猜出我们成功了。

我向他展示了部分结论，他高兴地笑了。

"破译俄国密码的工作进展如何？"我问他。

"我们正忙着研究原稿，"他说，"密码看上去不难。"

"也许说得不一定对，"我告诉他，"但是，我觉得这些日本密码电报能改变历史。我需要一个懂日语的学者帮助翻译这些电报内容。我劝美国政府给我们提供一个，但没有成功。我需要想办法找到一个。你知道语言翻译人员的情况，一千个人之中有一个能具有密码头脑就很不错了。依我看，让密码专家学习日语，要比让一个日本学生学习密码术要简单一些。我要向我们这里的人提供一个学习日语的机会，给他一两年学习日语的时间。为此事，我可以从华盛顿申请一笔基金。我挑选出来去学日语的人不能有任务在身，每月都要向我报告学习的进展。"

我看到他的小眼睛里求知的渴望。我从来没有见过像他一样对怪异的语言如此感兴趣的人。

"你觉得这份工作如何？"我问他。

"我想象不出比这更有趣的工作了。"他毫不犹豫地回答。

"好，你当选为我们的日语专家。我让其他人接管你正忙着的俄国密码的事。你搬一个桌子进来，我俩共同破译日本密码。与此同时，我要看看能不能为你找一个日语学者教你日语。"

从8月开始，我就通过美国国际公司、美孚石油公司、美国驻东京武官、外交咨询服务公司、美国传教局等机构寻找说日语的学生。

我写了大约500封信，回信的大部分是传教士：

我在日本生活了15年，可我只是稍微懂一点日语。我知道，布兰克主教的女儿说日语很流利。

布兰克主教的女儿写道：

我能说流利的日语，但不懂书面用日语。我知道布兰克主教能读日语作品。

这位主教写道：

我下周离开日本。牧师布兰克把《新约》翻译成了日语。

牧师布兰克写道：

我最近做了手术，正在慢慢恢复之中，不能到布兰克教区之外的地方工作。我认识的人中有能完成你说的工作的人，但他们都有重要的任务在身，所以我怀疑他们不能为你工作。

我寻找日语翻译是为了日后彻底破译日本密码之用。但是，破译工作遇到多方面的困难。现实情况是那些真正懂日语的人不愿帮助美国政府，即使是短期的帮忙也不愿意（我告诉他们只做翻译工作）。其背后的原因是日本政府的态度。日本政府相信美国政府每年在朝鲜和日本传教士身上花费1000万美元是为了获取情报。我听说，如果日本政府知道有朝鲜或日本传教士与美国政府有关联，即使是微弱的关联，这些传教士也不会有好结果。

第15章 被吓跑的传教士密码专家

我曾与丘吉尔将军讨论资助一些大学建立东方语言系，给10名学生提供4年的语言课，然后送他们去日本进修3年。待他们的学业完成后，我们从中挑选两三名学生在"美国黑室"工作。

但是，这个计划需要7年的时间，而我必须在7个月内完成任务！

这些努力的结果都令人失望。但是，我仍然坚持寻找，最后找到一个退休的传教士，大约60多岁。我听说他是美国最好的日语学者，于是资助他来纽约。见面后，我发现他满足我的需要，于是便使出浑身解数吸引他对密码产生兴趣。

他先是拒绝了我。我先是以为他害怕做刺探其他国家政府的工作。但是，我后来发现他是个精明的马匹交易商，觉得我给的钱太少了。经过一番讨价还价，我们最终达成协议，他立刻把家都迁到了纽约。

我对机构进行重组，挑选一些干活快、准确度高的人员（准确度高能节省数个月的工作时间）为日本分部工作。

我选了一间最大的房间，安排蓄着长胡须的传教士和戴着厚眼镜的密码专家坐在我旁边的桌子上，然后换门锁和钥匙。

"美国黑室"里聚集了许多怪才，就像动物园似的。但是，每当我走进日本分部，都会笑起来，因为我总能看见那个蓄着胡子、慈祥的老传教士盯着日语单词、假名、密码，脸上一副迷惑不解的样子。他很快成为办公室里讨大家喜欢的人。他性情温和，非常害怕神秘的东西。我从来没有想过传教士会充当间谍。我认为他还没有意识到自己正在做间谍工作。

然而，他是个优秀日语翻译。1920年2月，我向华盛顿提交了第一封破译的日本密码电报。丘吉尔将军立刻拿电报给美军总参谋长和国务院的官员看。丘吉尔将军告诉我，他本人认为，破译日本密码电报是美国密码研究史上最重要的成就，并且向我表达他个人和官方的祝贺。

我不想自夸"美国黑室"的功绩，历史最终会给予公正的评价。我把丘吉尔将军的美言当作上级对下级的夸奖。他知道从事密码分析的人员需要鼓励，既需要激情的鼓励，也需要同情的鼓励。没有后者，人类是无法燃起工作的热情的。

1920年6月12日，我们这位传教士翻译出一封日本密码电报，是从日本东京的外务省发往日本驻华盛顿和伦敦大使馆的。以下的着重号是我加的。

内阁会议决定从西伯利亚部分撤军。决议的主要内容见第104号[编号：309]通报。

撤军后，我们必须认真思考谢米诺夫统治集团的未来，因为日本军方与谢米诺夫统治集团保持着特殊的关系。如果撤军的政策执行得过于草率，谢米诺夫统治集团就会陷入绝望，这将导致日军对安全问题产生的焦虑。考虑到这种可能性，日军从他们的角度出发建议在远东几个省的基础上建立起一个供缓冲用的临时国家。

我们还努力与乌金斯克地方委员会协商获得一块中立区域。除了军方代表外，我们派遣松平代表日本政府去谈判。

如果这件事泄露给外国政府，执行计划就会变得复杂，所以你必须极度保密。

电报最后一段说，"如果这件事泄露给外国政府，执行计划就会变得复杂"。这句话给传教士和善的心灵以巨大压力。他似乎意识到自己正在从事间谍活动，所以要求离开我们。他只和我们一起工作了6个月。

失去这位友好、慈祥的老同事，我们都很失望。但是，他的离开并没有干扰我们的工作，不断有日本密码电报被破译，因为芒迪在这6个月里以惊人的速度掌握了日语。他短时间内取得的成绩比派一个军官去日本学

第15章 被吓跑的传教士密码专家

3年都要好。我从来没见过像他这么具有高语言能力的人。1917年，他刚来MI–8的时候就表现出这种语言能力，做密码分析工作又增强了他的智力。他做密码分析并没有多少天赋，遇到新问题，往往需要别人的帮助。但是，他语言能力极强，就像一块海绵，没有人能与他相比。

我给刚被破译的日本密码取名为"Ja"，"J"代表日本，"a"代表该密码。此后，我们又破译了"Jb""Jc"……

日本人一点都不愿意我们挂着荣誉勋章闲待着，他们在1919年至1920年春天一共推出11种密码。

我们了解到，日本请了一位波兰密码专家帮助他们重新设计了密码体系。我们耗尽所有的技能才破译了这位波兰人设计的新密码。至此，我们已经发展出一种能破译任何日本密码的技术。从理论上看，日本新密码体系更加科学；在实践中，新密码却比老密码更容易被破译。有些老密码包含假名、音节、单词等，多达2.5万项。

那位波兰人似乎是个军用密码专家，因为我们发现日本武官的密码突然比其他部门的密码更难破译。这种新密码非常完备，有10种编码方式。日本人先用第一种编码方式对电报的前几个字进行编码，然后给出一个"指示编号"，再跳入另一种编码方式，一封电报要用完所有的编码方式。

用这种方式编码的电报很令人迷惑。我仔细研究几个月，发现日本人的电报用了10种编码方式。之后，我很快找到了所有的"指示编号"。从此，破译这样的密码电报就不难了。

日本政府肯定知道了我们的成功，因为他们不仅让那个波兰人修改密码体系，还开始有计划地秘密询问电报公司美国政府是否有可能获得日本密码电报的副本。

日本人的行动自然传到我的耳朵里。作为"美国黑室"的负责人，我不仅管理密码专家，还要运作自己的间谍网。

1921年年初，各国都呼吁进行军备控制谈判。不出所料，日本人再次启用新密码，推出一种让我们十分头疼的密码。过去我们能比较快地破译日本人的密码，是因为利用了日本人写电报比较规矩的特点，我们总是能从电报的开头和结尾找到线索。

日本人突然改变我们熟悉的方法，这让我们绝望了几个星期的时间。我们必须找到新的破译办法。

日本人的新方法，也就是波兰人的新方法，我认为值得说一说。当编码人员接到一封待发电报，他先把电报分割成几部分，根据原电报的长度，可以是2个、3个或4个部分。每一部分被给予一个字母。例如，由2个部分组成的电报是Y、Z；如果电报有3个部分，字母是X、Y、Z；如果电报有4个部分，字母是W、X、Y、Z。

然后，编码人员把电报的部分颠倒次序，把最后一部分放在开头，原来的开头部分放在最后。YZ变成ZY；XYZ变成ZYX；WXYZ变成ZYXW。有了新次序后，编码人员把字母和相应的电报部分进行编码，完成后送给发电报的人员。

这种安排破坏了电报的开头和结尾！殊不知，密码电报的开头和结尾是最有价值的地方！

我们最后破译了这种密码，发现了日本人颠倒次序的密码，并且把这种方法用于破译其他同类型的密码上，我们能马上识别出WXYZ。日本人的方法，看上去似乎聪明，却给我们以可乘之机！所以，一种似乎非常有独创性的密码实际上存在弱点，最后被密码分析人员用科学方法破译，这种情况在现实中经常发生。

报纸上充斥着有关即将到来的裁军会议的消息。我雇用了传教士的女儿和另一名懂日语的人做我们的翻译员。我增加人手，是为了应付未来可

第15章 被吓跑的传教士密码专家

能出现的外交电报浪潮,那样的话有可能阻塞电报线路。

丘吉尔将军病得非常重,他不得不卸任,"美国黑室"每个认识他的人都很伤心。我们都尊重他,他那明智的领导方式给予我们很大帮助。

诺兰将军是我们的新领导,他来纽约看望我们。他比较熟悉密码工作,因为他曾经是大战期间美军驻法国的情报头目。但是,他对外交密码比较生疏。他对密码学的进展感到吃惊,不辞辛劳地告诉"美国黑室"的每一个人,美国政府认为我们的价值是无法低估的。他还说,华盛顿盼望我们在未来的裁军会议上发挥重大作用。

第 16 章
华盛顿裁军会议中的美日巅峰博弈

第 813 号电报是我们破译的第 1 封有关太平洋会议的电报,太平洋会议是世界各大国为消弭东亚纠纷而召开的。这封电报是日本驻伦敦大使,在 1921 年 7 月 5 日发给东京政府的。日本驻伦敦大使和英国外交大臣寇松勋爵(Lord Curzon)正谋求建立英国和日本同盟关系,美国对此很担忧。寇松有个建议,如果日本和美英同意,各国应该召开太平洋会议,讨论各种悬而未决的问题。寇松希望先私下了解日本人的观点,然后再与美国大使交流。他希望中国、法国、南美各国都参加这次会议。

日本大使报告说,他认为寇松勋爵的观点代表英国政府政界的观点,因为其中有些与温斯顿·丘吉尔的观点类似。他说美国人的态度不明晰。但是,如果日本不反对英国的建议,他认为美国自然会表达参与的意愿。

3 天后,日本驻伦敦大使向东京发出第 825 号电报,汇报了与寇松勋爵的另外一次谈话。此时,已经和美国驻伦敦大使会过面的寇松勋爵建议由美国主办这次会议,并邀请日本、英国、法国、中国来美国开会。这次

第16章 华盛顿裁军会议中的美日巅峰博弈

会议要办得像美国是主办方似的,不能让人觉得是英国的计划。我至今都不理解为什么英国政府会有这样的想法。

1921年7月10日,日本人从华盛顿向东京发出第386号电报,第一次谈到美国国务卿计划召开一次裁军会议。

发自:华盛顿

发往:东京

我在7月9日与美国国务卿见面讨论了西伯利亚问题。他告诉我,他已经向美国在日本、英国、法国、意大利的代表发了电报,告诉他们美国希望开一次裁军会议。在发出正式邀请前,美国希望知道各国的态度,所以他们需要搜集各国的官方态度,并发回报告。

他说不能让公众知道这件事,否则会使问题复杂化,所以要保守秘密。不过,他说把此事泄露给我完全是因为私人关系。

在谈话中,休斯使用了"削减军备"这个词。我问他这是否意味着削减军队。

他迟疑了一会儿后回答说,他指的是广泛的削减。

由于这个解释仍然很含糊,我继续逼问他,他说包括军队。

日本政府对是否参加这样的会议犹豫不决。日本驻巴黎、伦敦、华盛顿大使要求立即做出决定,不断要求给予指示。下面两封电报说明东京的观点,清晰地描述了各方协商最终决定参加会议的过程。

发自:东京

发往:华盛顿

第283号,1921年7月13日

机密

鉴于你在7月12日的第281号电报,我把我与美国常任代办的谈话内容上报了内阁和外交咨询委员会。我对他们说,根据常任代办的解释,以及美国国务卿和日本驻美大使币原喜重郎[1]在7月9日的谈话,美国主要是想限制军备。与此同时,英国外交大臣向日本驻英国大使林董建议把太平洋会议与英日同盟放在一起考虑,并邀请中国和美国派代表参加。

综合上述事实,美国在发出第一轮指示后,似乎收到了英国人的建议,美国以英国的建议为基础发出第二轮指示,其中包含在远东削减军备的问题。英国人建议,除了英国和日本外,还邀请法国、美国、中国参加。如果南美国家愿意,英国建议南美国家也参加。美国的建议不包括南美,却邀请了意大利。这些要点值得考虑。

最后,在本电报的附件第286号电报中有日本政府做出的如何处理美国邀请的决定。今天,将会给美国常任代办一个回复。

本电报和附件都发给了中国。

第286号电报如下:

发自:东京

发往:华盛顿

第286号,1921年7月13日

机密

请先阅读前面的第283号电报。

日本政府希望讨论的话题应该限制在削减军备上。如果必须谈论远东

---

[1] 币原喜重郎(1872—1951):日本第44任首相(1945—1951),华盛顿裁军会议期间任驻美大使、日方全权会议代表。

问题和太平洋问题，应该把重点放在保证中国的领土完整、开放政策、平等贸易机会等问题上。可以讨论有关中国的既成事实和问题。

后面是一些匆忙中准备的信息。

另外有两封同日从东京发出的电报帮助我们更加理解日本的观点。

发自：东京

发往：华盛顿

第287号，1921年7月13日

秘密

请拜访美国国务卿，对他说日本政府很高兴地同意讨论削减军备问题。然而，由于远东和太平洋问题极为复杂，如果会议就此进行讨论，将很难达到目的。所以，日本政府希望在会前了解英国和美国针对这些问题的性质和范围的真实想法。

请询问国务卿的意见。如果他表示愿意慎重考虑所有问题，请按照我在第286号电报中的说法回答他，然后告诉我谈话结果。

发自：东京

发往：华盛顿

第289号，1921年7月13日

机密

英国和美国政府实权人物最近表示同意削减军备的原则，他们认为有必要立刻建立起一个广泛的军备限制协议，特别是要在英国、美国、日本之间建立海军的限制协议。在这种事态下，如果日本政府不同意美国的提议参加讨论，日本将背上破坏国际和平保障机制的恶名。所以，从全局看，日本的政策应该是答应美国的要求，表示日本政府愿意参加这样的会议。

另一方面，如果会议要考虑太平洋和远东问题，各大国就需要提出自己的观点，其结果将是一场混乱。如何讨论这些问题目前还不知道。但是，日本在中国和西伯利亚的政策将会受制于各强国。会议的目标比较小，反而容易成功，所以日本政府把会议限制在讨论削减军备上比较合适。如果美国政府不能就有关远东和太平洋问题的性质和范围提出初步意见，日本政府很难提出确切的观点。我们希望了解各国政府的态度。所以，我们提议首先安排了解英国、美国、日本有关这些问题的性质和范围真实想法的机会。

有一个现象很有趣。虽然东京希望会议只谈削减军备问题，但美国政府最终还是在会议中解决了诸如英日同盟、雅浦岛、山东、太平洋防务、德国电缆处置等烦扰的问题。

就在讨论进行过程中，日本人突然为少数几封电报更换了新密码。参考其他一些电报，我们还是能破译的。然而，我们发现最重要的电报用了新密码。这使我们陷入混乱之中。实际上，之前有一封电报谈到未来很快会有一种叫作 YU 的密码，我们预计能轻易破译这种新密码。但是，我们吃惊地发现新密码属于全新类型。日本政府预见到谈论的话题对全世界都很重要，所以他们不仅建立了一种新密码，还启用了一种新的构造密码的原则。我们不得不放下手中正在做的工作，集中精力破译这种日本新密码。

这种密码难以破译，是因为其构造方式很科学。虽然从表面看与其他电报没有差别（10 位字母一组），但我们找不出码字的真实长度。此前，码字的长度是 2 个字母或 4 个字母。我们把这些电报的 10 位字母组相互组合，均无果而终。

第16章　华盛顿裁军会议中的美日巅峰博弈

最后，我们发现电文中散布着一些3个字母的码字，而其余的码字都是能被2除尽长度的码字。由于这些3个字母的码字，我们被搞糊涂了，所以才没能破译。

而一旦发现有3位字母组成的码字，我们很快就能破译电报。只耗时40天，我们破译电报的速度快得就与日本人一样了。在"美国黑室"工作的人此刻都松了一口气。我们称这种新密码为"Jp"，是我们破译的第16种日本密码。

我们还发现一个有趣的现象。只有日本和苏联喜欢用不等长的码字，这种方法能有效地迷惑破译人员。我不断要求美国政府也使用这种方法，但没有多少人理睬我，这让我感到遗憾。

下面这封电报（使用Jp密码）是从东京发往伦敦的，用以回应寇松勋爵谈话。

发自：东京
发往：伦敦

第436号，1921年7月15日

机密

从我们往来的电报中你可能已经了解到，我们正在认真考虑寇松勋爵建议召开太平洋会议的事。我们认为这件事是英国政府深思熟虑的结果，因而应该有详细具体的计划、明确的讨论话题等。从日本驻华盛顿大使发出的电报以及美国人给日本政府的建议之中，我们也能看出美国人理解这个道理。

如果有关美国的情况属实，我们必须说，英国政府在不先征求日本意见的情况下把中国问题牵扯进来，这是很不合适的，因为英国和日本在中国问题上已经有共识。请仔细探听并报告这里是否有阴谋，英国这样做是不是为了制造一种新的局势，从而在不废止英日同盟的条件下进行调整。考虑到日本的重要利益会受到特别的影响，我们热切希望从各个方面考虑这个问题。请完整地理解目前的局势，在你与英国政府讨论时，要努力试探他们的观点，但不要答应任何超出给予你的指令允许的范围之外的事情。

下面是我们目前的观点，仅供参考。

（1）我们总体上同意你的看法，在主权会议上没有达成决议，所以英国政府为了保留未来的可能性，突然扭转原先的合法观点。我们相信太平洋会议是最终解决这个问题的机会。如果真是如此，那么太平洋会议的性质和议题范围，不仅会给日本的国际地位和英日同盟的未来带来严重的影响，也有一种破坏同盟价值的实际可能性，于是无论这个同盟最后的称谓如何，最终会被废弃。

（2）你发来的电报似乎说明，英国人最关心太平洋问题，而美国人特别关心限制军备问题，在此基础上再讨论太平洋和东亚问题。

有关限制军备问题讨论，日本政府不反对参加。如果考虑到其他强国的态度以及我们的公开承诺，我们将表达主动参加的意愿。有关其他问题，我们需要预先了解讨论的性质和范围。有可能出现我们被迫讨论某一个强国的核心关切，还有可能出现日本被迫居于劣势。日本不能接受这些情况。

内阁和外交咨询委员会讨论后做出决定，日本不反对讨论军备问题，也不反对各强国共同关注的问题，比如开放门户问题、在中国内部机会平等问题等。然而，对那些已经成为既成事实的东西，日本的态度是不准备参加讨论。对那些只是涉及日本和某个强国之间的问题（比如日本在满洲地位问题、二十一条问题、山东省问题等），日本的态度也是不准备参加讨论。

请把上述信息与第435号电报的最后一部分联系在一起使用。

下面这封电报披露了寇松勋爵在伦敦召开预备会议的计划，也展示了

第16章　华盛顿裁军会议中的美日巅峰博弈

英日之间的秘密交易。

发自：伦敦
发往：东京

第872号，1921年7月21日

机密

受寇松勋爵的紧急邀请，我于7月21日下午1点拜见了他。

寇松勋爵说，他在上周五向美国驻伦敦大使建议在伦敦召开太平洋会议的预备会议。美方至今没有回应。报纸有新闻报道说，日本政府正在与美国政府交换意见。他希望，日本政府应该在回复美国政府之前把想法先与英国政府交流。

我是在匆忙中发这封电报的，稍后我会再发一封电报详细报告与寇松勋爵面谈的情况。

写于7月21日下午。

从伦敦发往东京的第874号电报汇报了日本大使与寇松勋爵的长篇谈话，涉及英日之间的秘密交易，其中有一段特别有意思。

……然后，寇松勋爵说，日本政府在向美国政府提出任何有关太平洋会议的建议之前，应该私下先与英国政府交流，英国政府会很高兴的。如果日本政府希望先有清晰的会议日程，就应该提前做准备。

下面是另外两封披露英国和日本之间秘密交易的电报。

发自：伦敦

美国黑室 THE AMERICAN BLACK CHAMBER

发往：东京

第882号，1921年7月23日

紧急，机密

参照我在第874号电报最后一部分所说的，寇松再次于23日要求日本政府在向美国提出建议之前先要通知英国政府……

发自：伦敦

发往：东京

第884号，1921年7月23日

机密

……寇松勋爵说，在目前的局势下，英国政府必须提前知道日本政府向美国提交回复的内容。有新闻报道说，日本政府准备无条件答应美国的要求，所以他再次要求我向日本政府提出建议。英国政府曾鼓励美国主动向各国发邀请，但不想让美国决定会议日程。在看到美国的建议后，显然美国并没有理解目前的局势。伦敦不仅是适合于主权国家的首脑会面的地方，而且伦敦也比美国有更适宜的环境……

寇松勋爵说，太平洋会议的目的是要形成一个保障和平的协议，它与英日同盟是并行不相互干扰的。但是，他这个说法显然是为了找借口，因为会议的议题范围已经引发了争议。如果他说的是真的，那他早就应该对我提及此事。寇松勋爵一直都没有清楚地说明会议的目的，现在这个目的却突然从他嘴里冒出来。总体看，他说的矛盾之处很多，有争议的地方很多。但是，如果这些仅是他一人过去的口误，我就不愿去追究了。然而，英国政府的态度与我们的很一致，他们迫切希望保持与我们的联系。我请你们考虑这一点。

本此精神，我认为，日本应该趁此机会把我们给予美国的回应提交给英国，这是个适宜的政策。这样，日本和英国在会议前就能达成全面的共识。

7月28日，日本驻华盛顿大使与国务卿休斯会面，双方讨论了寇松勋爵的建议。大使向东京发的报告有6页长。报告的最后几行字，我认为很好地反映了国务卿对寇松建议的意见。

发自：华盛顿
发往：东京

第443号，1921年7月29日

……离开时，我在美国国务院的走廊里遇见英国大使。我问他是否已经把英国的建议提交给美国政府。

英国大使回答他已经在昨晚把书面的备忘录交给了国务卿。

我说休斯好像不会接受这个建议。

英国大使低声说他认为让休斯同意这个建议几乎没有希望。

美国政府断然拒绝了寇松勋爵提出的在伦敦召开预备会议的建议，寇松勋爵又建议把开会地点转移到在华盛顿之外的美国某地，并要求日本大使核实日本政府的意见。东京的回复电报很长，这里只引用最后两段。

发自：东京
发往：伦敦

第464号，1921年7月30日

紧急，机密

所以，你要回复寇松勋爵，日本政府不反对举行一次非正式预备会议，让日本、英国、美国的代表进行协商，地点可以在华盛顿之外的美国某地，条件是美国同意这次预备会议的目的是商定正式会议的日程。同时，你要表达日本政府希望英日两国实现紧密的协助关系，就像劳合·乔治希望的那样；告诉对方，日本政府希望毫无保留地交换有关会议日程的意见；告诉对方，日本政府希望听取英国方面有关太平洋会议的建议。

你要尽全力刺探对方的观点。如果他们出乎意料没有任何计划，你便可以肯定寇松勋爵不反对我们与美国协商，这时你可以私下把我们同美国协商的细节透露给他。你要探知他的观点，并把结果用电报发回来。

1921年7月30日，东京和伦敦通过若干电报交流，最后日本同意寇松勋爵的建议在华盛顿之外的美国某地召开一次预备会议。但是，美国回应说，这样的预备会议完全没有必要。美国媒体对英国的计划进行批评。美国公众似乎不喜欢三个大国在太平洋大会前召开秘密会议。

1921年8月4日，伦敦和东京之间的第909号电报用3000字的篇幅概略介绍了英日协商的过程。电报中有3段内容谈论美国对英日同盟的反应。

(2) 依我看目前的局势，日本、英国、美国这三个会议的主要参与者，正陷入相互不信任之中。

所以，日本政府似乎觉得，英国呼吁召开会议的原始动机，很可能源自英国和美国这两个强国协商压制日本的结果。日本政府还有一个看法，英国建议召开一次非正式会议交换各方观点的建议，很可能是英国的阴谋，英国希望迫使日本接受其已有的计划。

另一方面，从日本驻华盛顿大使发出的第443号电报可以看出，美国怀疑英国和日本利用非正式协商机会准备联合一致反对它。与此同时，英国觉得日本和美国正在谈判，而英国被搁置一旁……我认为事情的发展说明，美国认为英国和日本共同计划开一次非正式会议交换意见。

1921年8月5日，伦敦和东京之间的第916号电报更加清晰地描述了英日同盟的情况。

> 我受邀在5日下午拜会了寇松勋爵。
>
> 我趁机询问事情有何进展。
>
> 寇松勋爵说，没有任何进展。他说美国拒绝英国的建议是个大错误。他认为美国在不久之后会主动找他询问会议议程问题。如果实际情况果真如此，他也已经想好了回答：由于美国拒绝了他的建议，那么美国就必须自己决定会议议程。
>
> 此后，他告诉我，他已经给英国驻东京大使发了一封摘要电报，叙述了自他建议召开会议以来的事态发展进程。他指示英国大使全面地向日本政府说明英国政府自始至终都把全部秘密透露给日本政府，而且英国政府非常渴望与日本政府维持密切的关系。
>
> 寇松勋爵询问我是否能在8日参加最高委员会的会议。我说可以，他说这很合时宜。上西里西亚问题使法国政府的神经很紧张，这个问题十分困难。寇松勋爵希望英国、日本、意大利能步调一致地对待这个问题。

8月3日，巴黎和东京之间的第1204号电报使我们看到法国要求日本支持西里西亚人的问题：

> 8月3日，我受邀会见了总理白里安（Briand）……总理间接提到了太平洋会议。他再次强调法国的主要目的是日本和美国的友谊。他说法国将努力使双方的态度软化。他还暗示我，日本应该在西里西亚问题上保持

美国黑室 THE AMERICAN BLACK CHAMBER

相对等的友好态度……

下面这封是1921年8月7日从伦敦发往东京的第923号电报,真实描述了寇松勋爵对待美国建议的态度。

有关你的第469号电报:

(1)由于寇松正准备明天去巴黎,他目前处于忙乱之中,没有机会同他会面,于是我派遣一名使馆人员去他的私人秘书家里做客,捎去口信说美国在东京的常任代办于8月5日拜访了大使阁下,询问日本政府对计划于11月11日在华盛顿举行的会议的态度,我们很想知道英国政府是否接受了美国的建议。

那个私人秘书说,美国大使馆的参赞已经在8月5日傍晚会见了寇松勋爵,参赞以口头方式传达了美国政府的建议,且与提交给日本的一样。由于美国拒绝了英国呼吁召开一次非正式预备会议的建议,那么美国现在必须自己确定会议的议程、日期等相关事项。寇松勋爵只是默默地听着,没有给出任何书面答复。那个私人秘书认为,寇松勋爵不会认同美国的建议,还说他当时不在场,不知道寇松勋爵到底都回答了什么。我可以明天去寇松勋爵那里探听,因为我计划陪他去巴黎。为慎重起见,我询问了英国远东部的主任,他给了我相同的回答。

明天我要陪寇松勋爵去巴黎,我将再次询问,并从巴黎发回详细报告。我认为,虽然英国正在挖苦美国,但并非是在反对。所以,在不考虑其他国家的情况下,日本政府应该在表面上同意美国的建议……

下面这封电报比较好地总结了日本东京政府在近一个月的时间里是如何与各方周旋的。日本还规定了日本大使在太平洋会议上的目标。

第16章　华盛顿裁军会议中的美日巅峰博弈

发自：东京

发往：伦敦

第470号，1921年8月7日

机密

事与愿违，英国和美国似乎不理解对方对待大国会议的态度。在出现召开非正式会议的建议之后，双方更加相互不理解。这一点可以从你的第902号电报和日本驻华盛顿大使的第443号电报中看出来。因此，可以推测英美两国之间最近并不和睦。日本目前介于英美两国之间，因此应该小心谨慎。

对于非正式会议这件事，日本政府的政策应该是既不拒绝英国的计划，也不回应美国的态度，这一点你能从我们一系列电报中看出来。目前最佳的政策是保持中立，不偏不倚，安静地观察事态的发展。然而，会议会讨论有关远东和南海问题的问题，在讨论中，我们要尽量与英国保持一致，维持我们已经取得的权利。所以，我们要与英国进行毫无保留的交流，争取在会议过程中保持协调一致。

有一件事不说也罢，说出来令人不齿。我们虽然总是坦诚为实现会议的目的工作，极力维持英国、日本、美国之间的和谐，但英国和美国却觉得我们在耍两面派，他们觉得你们在各自服务的国家里竭尽全力创造有利条件去执行日本的政策。

各方的谈判过程，从开始至此时一直都令人感到疑惑，此后仍然如此。不过，我能解释这一点。英国的密码专家也破译了这些电报，并提交给英国外交部。但是，英国似乎不知道美国也能破译这些电报。所以，就出现了一种特殊情况，英国人知道在华盛顿发生了哪些谈话，而美国人知道在伦敦发生了哪些谈话。这是历史学家可以发挥的地方。

8月12日，第358号电报从东京发往华盛顿，再次说明了英日同盟的内涵。

参照我们第349号电报的最后一部分，你也许已经意识到，日本政府希望在会议期间时刻与英国保持联系，特别是要毫无保留地交换在会议议题的性质和范围方面的意见。在与美国方面安排议程时，你一定要牢记这一点，要预留出足够的时间供我们与英国先达成共识……

寇松仍然不满于美国人，这一点可以从8月15日的第1288号电报中看出来，电报是从巴黎发往东京的。

我与寇松勋爵在这里进行了两次有关太平洋会议的谈话，下面是我的报告。
他说美国官方不知道如何使用英国给予他们的机会……在目前的情况下，英国不想再开口。所以，当美国大使问他对会议议程有何意见，他直接告诉美国大使，由于美国正在处理这件事，美国可以按照自己喜欢的方式决定议程……

11月11日是召开裁军大会的日子。有许多人讨论先召开一个非正式的预备会，目的是决定裁军大会的议程。但是，这个预备会议没能开成。记者、专家、政客、间谍都纷纷向华盛顿涌来。

华盛顿给"黑室"成员发来贺信，感谢我们的速度、能力，并请求我们维持平稳的电报破译量。华盛顿派来一名代表，负责每天向首都运送破译的电报。

"华盛顿满意吗？"我问。

第16章　华盛顿裁军会议中的美日巅峰博弈

"当然,"他微笑着说,"他们每天在喝早咖啡前就要读这些电报。"

数千封电报经我们的手流转。大门上了锁,有警卫守着,我们则躲在大门背后看电报。虽然百叶窗放下了,窗户被窗帘盖得严严实实,但我们探索奥秘的眼睛能看穿华盛顿、东京、伦敦、巴黎、日内瓦、罗马会议室里的秘密,敏感的耳朵能辨识出各国首都政要们最微弱的耳语。

在罗马,一次晚餐聚会过后,有两个大使躲在角落里低声讨论一位名叫弗兰克·西蒙迪斯的记者,他俩害怕这位记者犀利的文章会影响裁军大会的结果。

在日内瓦,路易斯·赛博德写的报道获得大众的支持,一位大使知道后大发雷霆。这位著名的记者也是被人痛恨。

在巴黎,国宴后,法国海军部部长靠近日本大使低声说,法国和日本在潜艇问题上绝不退让。

在伦敦,寇松勋爵仍然绷着脸,因为美国人抢走了他主持会议的机会。

在东京,外交咨询委员会召开秘密会议,日本领导人聚集在一起讨论日本的要求。

在华盛顿,间谍们从世界的各个角落涌来。美国人平静地等待着裁军会议的开幕。

在纽约,我们处于焦虑之中,唯恐有新密码出现。我们和华盛顿之间有了快递服务,等待着开幕的锣声。

11月11日,来自世界各国的主要政治家在泛美大厦聚集,国务卿休斯宣布裁军大会正式开始。虽然休斯在发言中要求大家为极具重要性的远东问题寻找答案,但他把大部分讲演放在削减军备上。他的讲演从头到尾都非常吸引人,引来大家的阵阵掌声。美国众议员和参议员齐聚大会现场,他们热烈鼓掌,引起了人们的注意。休斯的讲演给人以深刻印象。

在限制海军规模方面，休斯呼吁美国与英国平起平坐，而美国与日本维持10比6的关系。11月14日早晨，军备限制委员会在泛美大厦召开开幕式，出席的政要有：日本的加藤、美国的休斯、英国的贝尔福、法国的白里安、意大利的尚泽尔。休斯是大会主席。大会同意未来的讨论将是秘密的，但大会秘书处将草拟大会公报，在获得各国全权大使批准后公开发表。

11月16日，军备限制委员会讨论了美国的建议。究竟会议上发生了什么，外界不知道，但日本的全权大使加藤海军上将在同一天给日本政府发电报，说日本决定采取折中计划，即提议美国和日本海军的比率最小不过10比7。加藤接受日本记者的采访，特别强调70%的比率对日本的国防来说是绝对有必要的，日本海军决策机构已经做出决定。

报纸上的专栏文章一篇接着一篇，篇篇都在谈论日本如何反对美国提出的10比6的比率而提出自己的10比7的比率。11月18日，休斯接受一些美国报纸和外国报纸的采访，有记者问他对日本建议的意见。在报纸承诺不提及他姓名的情况下，休斯用极为谨慎的用词说，美国的建议已经充分考虑了每个国家的海军实力，各国军舰吨位的配额也与之相符，所以，无论谁想明显改变美国提出的比率，美国都将坚决反对。

19日，报纸把国务卿的话当作美国的观点刊登出来，记者们宣称会议遇到障碍。

当然，日本政府很快也获得报告。1921年11月22日，东京政府对局势的发展感到不安，指示加藤海军上将坚持10比7的比率，"不能有变"。电报如下：

发自：东京

发往：华盛顿会议

第16章 华盛顿裁军会议中的美日巅峰博弈

第 44 号，11 月 22 日

机密，紧急

有关你第 28 号电报，在外交咨询委员会上，海军大臣加藤说美国海军与我们海军的比率是 10 比 7，这是个重要事实。我们认为你要努力维持这个比率不能有变。

不负责任的报纸预测会议将不会有结果。日本代表的眼神高深莫测，人们难以看出退让的迹象。海军大臣加藤不仅在会议上坚持 10 比 7 的比率，在报纸面前也坚持这个比率。然而，他在发给日本政府的密电中却表露出有退让的意思。日本东京政府在收到加藤要求给予指示的电报后依然保持沉默。

但是，当法国的白里安拒绝削减法国陆地军备的时候，日本赢得一次绝对胜利。

发自：华盛顿
发往：东京

会议第 77 号，11 月 25 日
军备限制委员会第 2 号

军备限制委员会在 23 日上午召开会议，各代表团的团长在同日下午召开了一次委员会会议。

会议讨论了海军军备问题。英国、美国、意大利表示有必要全面考虑军备限制问题。在这个问题上，意大利最积极，但白里安再次强调法国在这个问题上的立场。他无力地反驳着，唠唠叨叨地说什么，如果限制陆地军备只是为了限制法国一家，那么大家就是在侵犯法国的主权，法国无法容忍。他说法国不反对休斯提出的削减毒气和飞机的建议，法国不想被孤立；但是，他强调宣言中要加入一句话，说明法国绝对不可能削减陆地军备。

由于法国坚决不参加广泛的军备限制讨论，于是只能维持争议，然后产生几个专家组，包括飞机组、毒气组、战争规则组，专家组形成意见后，提交委员会的主席讨论。

有关这些专家组的讨论情况，你将得到田中少将提交的报告。

午宴上，白里安向大会秘书萨布利致辞，其中提到一句格言"说话是银，但沉默是金"，他是在暗示日本由于保持沉默而实现了大部分要求。我们的代表发现陆地军备问题确实复杂，最好不参与讨论。

田中少将的报告中也提及这件事，他的电报是使用最难破译的日语密码写的，内容如下：

发自：华盛顿
发往：东京

军备会议第15号，11月24日

讨论会结束后，白里安告诉大家他要在一两天之后回法国。由于他的不懈努力，大会没有广泛讨论陆地军备限制问题，这是法国的伟大胜利。

在11月2×日，白里安滑稽地对大会秘书萨布利说那句老格言"说话是银，但沉默是金"。他觉得由于法国的努力，日本则在不用努力的情况下实现了大部分目标。

华盛顿正在开会，可是寇松勋爵仍然在伦敦谈论英日同盟：

第16章　华盛顿裁军会议中的美日巅峰博弈

发自：伦敦
发往：东京

第1204号，11月24日

我在第1203号电报中报告了与寇松勋爵的一次谈话[1]。此后，我又与寇松勋爵进行了一次谈话。我对他谈起人们对英日同盟的批评，在美国和英国有许多人批评英日同盟，特别是报纸《北岩》说了许多不真实的谎言。不过，虽然大家都认识到英日同盟带来的好处，但世界在发生改变，英日同盟的性质已经不同于当初创立的时候。这个同盟应该主要是道义上相互支持。如果英国和日本继续尊重这个同盟关系，两国就都能获得优势。

有些人认为，由于美国的反对，这个同盟原始的意义就没有了，应该马上取消，并加以抛弃。这样做是不可想象的，我不同意。如果没有人反对取消这个同盟关系，同盟双方应该进行谈判，争取保留已经存在的友谊，这是正常的行为。此外，一定要小心，不要给两国人民留下坏的结果。这是我强调和解释的要点，也符合寇松勋爵的意思。

寇松勋爵回答说，英国政府对待英日同盟的态度并没有改变，在未来也不会改变。《泰晤士报》发动的攻击是报社自己的决定。如果真的要改变这个同盟，那肯定是双方共同协商的事。

1921年11月28日，我们终于破译了我认为"美国黑室"所破译的最意义深远的电报。电报是日本外务省发给日本在华盛顿的全权大使的，其中第一次出现日本可能从要求10比7的比率退让的迹象。日本和美国的舰队实力对比因为这封电报而确立。这说明，只要美国用力挤压日本，日本就会放弃原始主张，于是太平洋的防卫现状才能得以维持。日本最终表

---

[1] 可能是J-6102，只接收到电报第二部分。

美国黑室 THE AMERICAN BLACK CHAMBER

示愿意接受10比6的比率。

发自：东京
发往：华盛顿

会议第13号，1921年11月28日

秘密

有关你的第74号电报，我们同意你的主张，日本需要避免与英国和美国冲突，特别是不要在军备限制上与美国产生冲突。你应该花费双倍的努力维护我们的折中主张。如果确实有必要，你可以努力实现我们10比6.5的第二等级主张。如果你尽了最大努力，但为了维持大局必须退守你的第三等级，你应该努力防止有人企图集中权力和操纵太平洋地区，这可以通过要求削减太平洋地区的防卫水平来达到，至少应该维持现状并有所保留，这意味着我们宁愿接受10比6的比率。

要尽全力避免后退至第四等级主张上。

有这样的信息在手里，美国政府只要有意愿，肯定不会败给日本。美国要做的就是坐等时机的到来。如果你知道对方的底牌，玩四明一暗扑克牌游戏一点都不难。

此后，加藤海军上将在他的电报中表露出对无法实现10比7比率的绝望情绪。他有一封电报长达1000字，描述了当时的情况，但因为太长很难在这里引用。不过，其中有一段特别有意思：

发自：华盛顿
发往：东京

第131号，12月2日

10个字符一组的日本密码信。这是破译日本密码的第一步。这封著名的电报是东京发给参加华盛顿裁军会议的日本全权代表的指令。电文翻译在第234页。

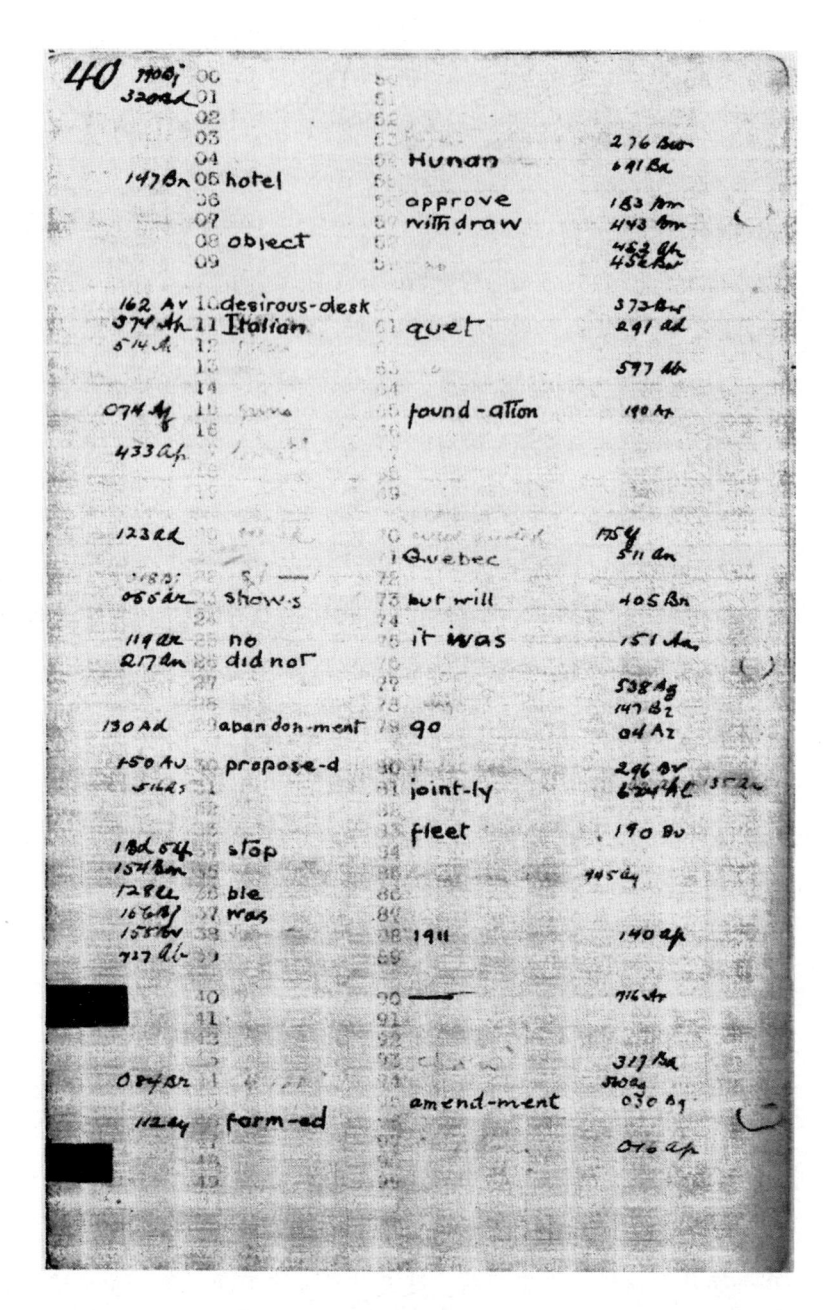

这页纸显示"美国黑室"如何破译英国外交部包含1万单词的"骨架密码"。这种密码能彻底打乱原文。

第16章 华盛顿裁军会议中的美日巅峰博弈

机密，紧急

前天，11月30日，海军专家组没有能达成协议。昨天，12月1日，中午，贝尔福先生为此事找我在饭店面谈。贝尔福先生非常焦虑，他说话时竟然发抖。他开门见山地说海军专家没能达成一致意见。除非这个问题达成某种协议，否则他会焦虑难忍。因为他怕整个军备限制主张被彻底抛弃。他认为这使四方协议变得不可能，太平洋的大局将会受到影响。他问是否可以做点什么给予帮助……

有许多问题正在讨论之中，比如太平洋军备问题、雅浦问题、山东问题等。军备会议当然无法解决所有这些问题。但是，山东问题是例外。中国的山东曾被德国占领。《凡尔赛条约》把山东让给日本。中国政府拒绝签署和约，因为日本拒绝归还山东。美国希望日本归还山东，从而化解日本和中国之间的矛盾。

日本非常不愿意看到山东问题被拿出来讨论。下面这封电报告诉我们日本人在山东问题上的想法：

发自：华盛顿
发往：东京

会议第150号，12月6日

紧急，机密

……我们认为尽快解决山东问题不仅是明智的，也是必要的。

解决山东问题最棘手的地方是联合经营山东铁路问题。不仅中国代表团在第二次会议上表示反对联合经营山东铁路，美国也表示不同意。我在第130号电报中报告了英国外交大臣的说法。从这些事实判断，英国和美国对我们提出的联合经营山东铁路的建议不感兴趣。如果谈判陷入僵局，英国和美国甚至可能提出折中方案支持中国人的主张。

另一方面，如果我们充分地考虑现实情况，就会发现联合经营山东铁路有许多实际困难。把日本和中国放在同一等级上，这不但增加了成本，而且阻碍了平稳和谐的工作，这样绝对不会有好结果的。

因此，我们认为，不追求名义上的解决方案是明智的。我们应该采取抛弃名义拥抱事实的政策。现实条件要求我们推动完整地解决这个问题，解决方法不是拒绝，而是优雅地撤销联合经营的建议。我们热切期待你能考虑这个问题，并请内阁会议做出决定。

但是，成败的关键仍然是美国和日本海军实力对比问题。双方显然都不愿退让一丁点儿。可是日本人的电报说明他们有退让的迹象。加藤海军上将于12月8日再次发电报要求东京给予指示。

发自：华盛顿
发往：东京

第168号，12月8日

非常紧急，机密

我们发了第142号电报请求指示，但至今没有收到，会议在军备削减上至今没有任何进展。这里的所有国家都在等待我们的答复，他们逐渐倾向于把责任归咎于我们，这一趋势使我们处于劣势……

日本终于意识到没有了成功的希望，东京在12月10日做出让步的决定，指示加藤同意10比6的比率。这封指示电报的一部分如下：

第16章　华盛顿裁军会议中的美日巅峰博弈

发自：东京

发往：华盛顿

会议第 155 号，12 月 10 日

机密，紧急

有关你的第 142 号和 143 号电报……我们曾宣称 10 比 7 的比率是绝对必要的，因为只有这样才能保证日本国家安全。但是，美国坚决支持休斯的建议，英国也表示支持。因此，<u>实际上已经没有机会实现我们的主张</u>。

本着维持大局的精神，<u>只能接受美国的建议</u>……

美国最终赢了。

圣诞节到了，"美国黑室"里到处都是漂亮的礼物，这些都是国务院和战争部的官员送来的，带着他们的个人祝愿和安慰，这说明我们在裁军会议期间漫长的艰苦劳动获得了美国领导层的赏识。

第17章
我获得了杰出服务勋章

裁军会议期间,"美国黑室"一共破译了5000多封密码电报。几乎每个人都因加班而精神紧张。我突然感到十分疲惫,不愿起床,在床上足足躺了一个月。即使后来我起床了,仍然感到浑身无力,走几步路就感到疲惫。2月,医生最终命令我去亚利桑那州疗养。

我病得很重,不能再工作。秘书给我寄来一份很长的备忘录,希望我能振作起来。海因策尔曼上校接替诺兰将军成为我们的新主任。他最近视察了我们在纽约的办公室。我觉得我在亚利桑那州时秘书给我的信给出了"黑室"的背景。

今天早上9点钟,斯图尔特·海因策尔曼上校来了,一直待到中午。我觉得他走的时候很满意。他似乎对我们的工作很感兴趣,希望能尽可能地帮助我们。他好像特别关心我们这里的每个人是否都高兴,希望了解我们的机构工作得是否顺利。

(在此处有他视察每个部门的描述。)

第17章　我获得了杰出服务勋章

我和上校走下楼,在楼下又待了一个小时。他说军事情报部和国务院很担心你的身体健康。他非常害怕你患了肺结核。我安慰他说,你让埃文斯大夫看了病,大夫诊断说你是工作过度疲劳。我向他保证,再过几周,你就会像一个新人一样回到办公室。他感觉放心了,并请我给你送去最诚挚的问候,祝愿你早日康复。

……他问我这栋建筑物的情况。他问你不在的时候这里是否还有人。他问附近的人是否知道这栋楼的办公室在做什么……他说,如果我遇到麻烦,应该立刻给他打电话,他会乘坐第一班火车来这里。

……他离开前说他很高兴这里的工作,还安慰说华盛顿很满意我们的工作。他感谢我们在裁军会议期间的突出努力。他告诉我,在所有可能的方面他都能向我们提供帮助。

……这里每个人都对上校有好印象。大家都觉得他有人情味,很招人喜欢,他不但对我们的工作感兴趣,而且懂得我们工作的重要性和困难性。

……他强调有必要让警卫把守这栋建筑物,所有的东西都要保密……他似乎有一个想法,应该让我们的人不断走动,以便邻居不会产生怀疑。我向他解释说,附近有数十间办公室跟我们一样,所以附近没有人会怀疑我们。

……他问我,我们在你不在的时候取钱是否有困难。我说没有。

1922年6月,我从亚利桑那州回来,身体棒极了。但是,我发现对我帮助最大的助理的身体状况极其糟糕。长期以来,他每天工作16个小时,劳累使得他语无伦次,眼睛里放射出怪异的光芒。我密切关注他一周左右的时间,很担心密码术像病毒一样偷偷钻入他的血液,让他变得怪异。

我也有过他那样的经历。此外,我手下有两个女孩,精神都快崩溃了,所以我不得不让她们辞职。她们中的一个总是梦见一只牛头犬在屋里溜达。她每天能追赶这只狗几个小时，床上、床下、椅子底下、梳妆台下。抓住狗之后，她能在狗背上看到"密码"两个字。另一个女孩，每天晚上梦见自己独自在海滩上散步，但肩上好像有一大袋子鹅卵石，简直要把她压趴下。她扛着那袋沉重的鹅卵石使劲爬了几英里远，想寻找与袋子里的鹅卵石一样的鹅卵石。当她找到一块同样的鹅卵石后，她才能从袋子里取出一块丢进大海。这是她唯一能减轻自己负担的办法。

看着周围的这些事，我很担心助理的状况。最后，他找到我，说他很害怕。我让他离开办公室几个月的时间，努力忘掉密码。他休假回来后对我说，他不想做密码分析工作了，想干点其他工作。我们后来在其他领域为他找到一份工作。我猜他现在并不后悔当时的选择。

我从亚利桑那州回来后不久，便接到命令去华盛顿与海因策尔曼上校开会。海因策尔曼最近刚被提升为准将，但马上就要卸任。他的上司只有上校军衔，这位上校让海因策尔曼卸任。诺兰也是因为这个原因而卸任了。

"雅德利，"海因策尔曼将军说，"我已经把你的情况告诉总参谋长、潘兴将军和战争部部长。你将获得杰出服务勋章。"

我想这与"美国黑室"在裁军大会期间的表现有关。这让我感到吃惊，无论人们怎样称赞我们的机构，我们每个人都不想玩政治，不愿晋升，不愿受别人称赞。实际上，我们宁愿默默无闻，永远躲在幕后，唯一的希望就是美国政府需要我们的劳动。

我很感谢海因策尔曼将军对我如此的好。以我个人观点，"黑室"为诺兰和海因策尔曼晋升将军做了巨大贡献，这种说法并不过分。大家都知道，总参谋长和战争部部长对"黑室"破译的结果异常感兴趣，诺兰和海因策尔曼均有法定的责任使我们成功。

第17章　我获得了杰出服务勋章

"给你这枚杰出服务勋章，"将军又开口了，"我们发现很难写出奖状，奖状上要写你的突出贡献，要公开发表的，但我们又必须为你的工作保密。你有什么好建议吗？"

"我从来没有想过这件事。"

"唔，我们会写点什么，内容不会暴露你的真正成绩。唯一的遗憾是授予你杰出服务勋章的理由不能讲出来。"

我们知道即使我们的活动被曝光，外国政府也不会抗议，因为所有大国政府都设有密码局破译其他国家的外交电报。这是所谓的"君子协定"。这就好像战场上双方都不会轰炸对方的指挥部一样，政客不反对别人刺探他的讲话。然而，如果外国政府知道我们破译成功，他们就会改变密码，那样我们要花费数年的时间才能破译。所以，战争部在写奖状时，不会写一些让外国政府能猜出我们能力的话。

1922年12月30日授予雅德利的杰出服务勋章。

我们又讨论了几个新问题。之后，我回到纽约。几周后，我受命去华盛顿。

战争部部长维克斯先生要我在下午2点钟去接受杰出服务勋章。在去的路上，我问海因策尔曼将军，维克斯先生知不知道我为什么获得这枚勋章。海因策尔曼将军向我保证说，战争部部长是"美国黑室"最有力的支持者。

我傻乎乎地站在战争部部长前面，而他大声念奖状，里面没有提及破译外国政府密码的事。念完奖状，他在我的衣服翻领上别奖章，向我使了个眼色，我内心感到轻松了许多。

华盛顿很害怕我们的活动被暴露，这不仅可以从奖状措辞谨慎上看出来，也能从在亚利桑那州时秘书写给我的信中看出来。上级命令我们搬家，已经搬了好几次，还命令我们小心谨慎，不要暴露我们的身份。

我是 MI–8 的负责人，需要署名发送许多信件到世界各地，所以各地都有人知道我。此外，有许多参加过大战的英、法、意的密码专家都知道我是 MI–8 的负责人。如果某个外国政府想知道美国是否仍然维持着密码局，他们最先做的事就是派遣间谍刺探我在何处。我的名字被罗列在师级以上副官的花名册中。

不让别人知道我在哪里，其实没有什么用。但是，如果这能使华盛顿高兴，我也没有意见。我的名字不能出现在电话簿中，而我的邮件需要依靠别人转送。

华盛顿特别担心我会被国会叫去做听证。在国会调查内务部部长福尔期间，我在华盛顿的联系人给我打电话，要我看在上帝的分上藏起来，他怕我被叫去破译福尔的电报，那样我们的未来就被毁了。

那时，《赫斯特报》公开刊登墨西哥人的密码电报，于是参议院决定加以调查。此时我正好在华盛顿与我的一个联系人在一起。这些密码电报引发一桩丑闻，参议院希望知道它们的真伪。这让我和我的联系人大笑起来。为什么？原因很简单。海军还是像他们在大战期间那样喜欢吹牛，如今参议院向他们询问这些墨西哥密码电报的真伪，他们答不出来了。我们在纽约已经分析了这些密码电报，可以立刻给出无可置疑的真伪辨识，因为我们曾经破译过数千封墨西哥人的密码外交电报。那些海军人员竟然偷偷跑到我的联系人那里询问，我的联系人说战争部已经没有密码局了，关于密码他自己什么也不知道！那些海军人员知道我的联系人在撒谎，但束手无策，真是滑稽透了。

第17章　我获得了杰出服务勋章

后来，有几个自称海军专家的人对《赫斯特报》上的密件发表意见，这可逗乐了我们。他们什么时候成了专家？我最后一次看到他们的密码专家是海军把自己的密码局关闭了，派遣一位联络官常驻MI-8，因为他们从来没有破译过一封密码电报。

1931年2月，当我正在写这本书时，我有一个朋友刚从华盛顿回到纽约，他告诉我，美国负责调查苏联秘密活动的委员会把上千封苏联密码电报交给"政府专家"去破译，但这些专家根本无法破译。这很有意思，因为美国有经验的密码专家都在我们这个"黑室"里，美国政府早就没有密码局了。

虽然我们十分注意保密工作，但有一次差点因为善意而暴露自己，当时是为了帮助布鲁斯·比拉斯基（Bruce Bielaski）秘密调查大西洋沿岸的私酒贩子。

私酒贩子看到时机合适，便会向12英里（19.32公里）外的"母船"发送无线电报，"母船"会派出货船运送葡萄酒和酒精饮料给私酒贩子。

比拉斯基截获了大量私酒贩子发的电报。我和比拉斯基是好友，大战期间，我是MI-8的负责人，他是司法部调查局局长。他知道我目前的工作，所以请我帮忙破译这些密码电报。我说只有在不干扰现有工作的情况下才可以。他为此事给我的密码专家每月200美元。当密码专家遇到困难时，我总是帮助他们破译。

最后，比拉斯基为了打赢一场官司决定公布几封我们破译的电报，因为这样能证明私酒贩子的"母船"在大西洋沿岸活动的性质。他派遣海岸警备队去拖船，我记得船上有大约50万美元的货物。

他为审判做好了一切准备。他打电话告诉我，他有可能需要在法庭上为密码电报提供专家证据。听到他的要求，我几乎想立刻钻到地下去。我告诉他，不许任何与我有联系的人去做证。做证将暴露我们的活动。报纸上将充斥"美国黑室"的报道。外国政府将改换密码，我们几年的努力就白费了。不需赘言，从此之后我们就断绝了与私酒贩子密码电报的联系。

尽管我们十分小心保密，但仍然有人或政府对我们的秘密活动突然感兴趣，开始学着我们的样子做事。我和间谍打交道有许多年了，知道他们的想法。

我发现被监视已有几周时间。我每天在街上走动不过两次，但能感觉到我身后的暗影。为了获得确凿的事实，我雇用了一名私人侦探。此后，我一出现在街上，我那不受欢迎的朋友就不知从何处蹦出来，跟着我背后溜达，在他的背后，我请的私人侦探也在跟着溜达。我们这时才肯定我被监视了。为什么呢？我走进办公室后，请侦探再继续跟踪那个影子，但影子很聪明，找到时机逃脱了。

我每天傍晚都要去一间地下酒吧喝上几杯鸡尾酒，然后再去吃晚餐。酒吧里很拥挤，经常要与陌生人随意交谈。有一天傍晚，我和一名讨人喜欢的小伙子成了朋友。他好像是个进口商。我自我介绍是个电报码出版商，于是我们的谈话转向电报码在商业上的应用。我们谈得很高兴，这时，他的女朋友来了，我们说下次再会。他说抱歉，然后走开了。过了一会儿，他又回来了，面带微笑。

"我的女朋友来了，"他骄傲地解释，"咱们一起喝一杯？"

我觉得这个主意不错，于是跟着他走进隔壁的房间，通过这间房间能从酒吧走到街上。有十几对恋人散乱地坐在房间里，他们舒服地坐在细藤椅里，面前摆着小玻璃桌。我们看到有个女孩独自一人在喝酒，看上去心情郁闷。她是个美人，看到我们走近，便迷人地笑了，她脱下帽子，露出金发，金发在她的耳朵旁边卷曲着十分诱人。我们相互介绍，她温柔地伸出小手。我们随便聊了几句，又喝了一轮鸡尾酒，我说抱歉起身离开。他俩友好地对我说再见。

第17章 我获得了杰出服务勋章

几天后，我又去酒吧，我听见有人说：

"你好吗？"

我转身发现是那个金发女孩。她紧张地转动着手中的鸡尾酒杯子。

"是在等人吗？"我问。

她耸了耸肩，我感到迷茫，她请我坐下。

我觉得现在应该是女人们展现自己魅力的最佳环境。但是，我不得不说她在整理坐垫时大腿确实暴露得太多。腿真美，我心想，这时我已经快喝完第3杯鸡尾酒。

我不敢亲近她，因为她的友好有些唐突，而且像她这样有魅力的女孩对我这样的秃头男人亲热显得很不合理。或许是酒精的作用，或许是她那深蓝色的眼睛，或许是我们坐得太近，我们之间产生了一种暧昧的气氛。

我们的谈话逐渐转移到我的商业电报码业务上来。她问我是如何进入这项业务的。每喝完一杯酒，她的问题就越贴近我的密码工作。我一直对密码工作守口如瓶。过去几周，我被人跟踪。如今，这位可爱的女人居然用多情的目光看着我提出奇怪的问题！我内心很不喜欢。

她打开背包，取出一个金色的小粉盒，去了洗手间。我趁机搜查了她的包，发现除了大约15美元外，还有一把钥匙、两三块带香味的手帕。

她把电话号码和地址给了我。如果搜查她的房间，也许我能发现令我不快的原因。我有可能多想了，但她似乎在努力灌醉我。为什么不试着灌醉她？

等她回来后，我点了威士忌酒和解酒用的姜汁汽水。她依然是鸡尾酒。我刚才也许有点醉了，现在冷静多了，仔细观察她是否真的把酒喝到肚里而不是倒在地板上。我觉得她也在观察我。我们谁也不想吃东西了，只是一杯接着一杯地喝酒，她是真喝，而我不是。我采用了一种古老的伎俩，喝一口威士忌，然后假装再喝一口姜汁汽水，但我没有把威士忌咽下去，而是慢慢地用嘴唇吐在姜汁汽水杯子里。

她的酒量真是够大的。不过，我在她面前一杯接着一杯地喝，一点醉意都没有。最后，她真的醉了，我叫了一辆出租车，把她送到她写给我的地址。路上，她几乎昏迷过去。下出租车时，她紧紧地靠着我的胳膊。从门口走廊邮箱上，我找到她的住址。我使劲帮她上了一层楼梯，摸出她的大门钥匙，打开房门，这是一套有两间房的优雅公寓。她立刻躺在床上，熟睡过去。

我飞快地搜查她的房间，发现她的梳妆台放置手帕的抽屉里有我想看的东西。那是打字机写的便条，很可能是一天前由投递员送来的：

一天都在试着联络你。尽快找到我们共同的朋友。最重要的是获得我们想要的信息。

便条没有署名，没有地址。

我看看她是否仍然睡着，而且温柔地脱去她的低帮鞋，用毯子给她盖上，便悄悄地离开了。

第二天，她消失了，没有留下任何信息。谁雇用了她？雇主想从我这里获得什么信息，我无从知道。然而，无论他们想要什么，他们肯定心急如焚，因为第二天晚上出事了。我们的办公室被撬开，柜子被打破，文件散落在四处。我觉得他们肯定拍到了他们想要的重要文件。

第18章
国务卿面见总统所引发的密电危机

"美国黑室"不仅破译日本的外交密码电报,还破译其他国家的外交密码电报,在1917年至1929年间我们破译的密码电报一共有4.5万封,涵盖阿根廷、巴西、智利、中国、哥斯达黎加、古巴、英国、法国、德国、日本、利比里亚、墨西哥、尼加拉瓜、巴拿马、秘鲁、俄国、萨尔瓦多、圣多明各(多米尼加)、苏联、西班牙等国。

我们还初步分析了另外一些国家的密码。这样做是因为危机可能在任何地方发生,一旦危机发生,我们必须以最快的速度破译危机国家的外交密码。由于我们人手有限,无法破译世界上所有国家的密码。但是,我们制订了非常积极的计划去分析更多国家的密码,有些国家即使没有预见会出现危机,我们也愿意将其列入计划。我们不知道国务院何时会打来紧急电话或发来紧急信函要求我们破译从来没有准备的密件。

梵蒂冈就是其中一例。但是,分析梵蒂冈密码的工作后来陷入困境,在极为特殊的条件下被放弃了。

我们有了新的上司,他的名字我隐去。他命令我去华盛顿介绍"美国黑室"的活动历史和成绩。我把未来的计划也向他讲了。

我、新主任和他的副官一起吃午饭。新主任说:

"雅德利,你下一个计划是破译谁的密码?"

"不太清楚,但梵蒂冈的密码非常吸引我。我们的初步分析表明……"

我注意到新主任的脸变得惨白。他的副官在餐桌下面狠狠地踢了我一脚,踢得我小腿生痛,我这才想起新主任是位天主教徒,这一踢给了我一个见风使舵的机会。

我的声音有点颤抖,但坚持说:

"我们的初步分析表明梵蒂冈的密码是可以被破译的,但我觉得刺探梵蒂冈的秘密很不道德。我希望你同意我的观点。"

"道德"这个词,与"美国黑室"一点关系都没有。但是,这个词的效果很好,新主任的脸开始逐渐恢复血色。

"你是非常正确的,雅德利,"新主任说,"我不关心梵蒂冈的电报说什么。我很高兴你知道间谍活动是有底线的,这对你们的成功是必需的。"

虽然"美国黑室"对许多上级未要求的密码进行初步分析,但上级要求我们破译许多价值不高国家的密码,因为这些国家此时没有发生什么重要的事情。当然,为了保持连续性,我们需要不断监视某几个国家。实际上,连续性能帮助我们破译新的密码。如果能在几年的时间里监视某个国家的密码,我们就可以比较容易地破译这个国家突然启用的新密码,因为长期观察使我们能够理解这个国家的密码专家的思考方式。每个政府都有自己喜欢的密码理论,密码专家也一样。破译一种新密码,其实就是破译一种特殊的密码喜好。

第18章　国务卿面见总统所引发的密电危机

以墨西哥为例。他们在1917年的时候，采取简单的替换密码，或者说是《金甲虫》那样的密码。后来，他们的密码专家觉得不安全，采用了多次替换密码。

墨西哥的新密码是在博福特密码（Beaufort cipher）的基础上修改而成的，且与滑动字母表密码（sliding alphabet cipher）的原理一样。

伏尔泰曾经对这种密码做过评论，他认为那些不知道密码就夸口说自己能读密信的人简直就是骗子，就如同不学习语言就说自己理解语言的人。但是，伏尔泰并非永远正确。

只有密码专家才会对这种特殊的加密方法感兴趣。但是，既然伏尔泰用这么刻薄的话评论这种方法，我就简单介绍一下密码专家的破译过程。

墨西哥人采用了博福特密码最复杂的一种形式。第一步是选择一个单词，然后用它确定字母表。墨西哥政府曾经选用许多单词，其一是"repulsion"。这个单词组成了密码字母表中的前9个字母，字母表中剩下的17个字母自动跟进。这就产生了一个混乱无序的密码字母表：

repulsionabcdfghjkmqtvwxyz

利用这个字母表，可以产生一组字母表，每个字母表都是前一个字母表向后移动一位构成，最后形成一个字母表矩形：

```
REPULSIONABCDFGHJKMQTVWXYZ
EPULSIONABCDFGHJKMQTVWXYZR
PULSIONABCDFGHJKMQTVWXYZRE
ULSIONABCDFGHJKMQTVWXYZREP
LSIONABCDFGHJKMQTVWXYZREPU
SIONABCDFGHJKMQTVWXYZREPUL
IONABCDFGHJKMQTVWXYZREPULS
ONABCDFGHJKMQTVWXYZREPULSI
NABCDFGHJKMQTVWXYZREPULSIO
ABCDFGHJKMQTVWXYZREPULSION
BCDFGHJKMQTVWXYZREPULSIONA
CDFGHJKMQTVWXYZREPULSIONAB
DFGHJKMQTVWXYZREPULSIONABC
FGHJKMQTVWXYZREPULSIONABCD
GHJKMQTVWXYZREPULSIONABCDF
HJKMQTVWXYZREPULSIONABCDFG
JKMQTVWXYZREPULSIONABCDFGH
KMQTVWXYZREPULSIONABCDFGHJ
MQTVWXYZREPULSIONABCDFGHJK
QTVWXYZREPULSIONABCDFGHJKM
TVWXYZREPULSIONABCDFGHJKMQ
VWXYZREPULSIONABCDFGHJKMQT
WXYZREPULSIONABCDFGHJKMQTV
XYZREPULSIONABCDFGHJKMQTVW
YZREPULSIONABCDFGHJKMQTVWX
ZREPULSIONABCDFGHJKMQTVWXY
```

使用这张字母表的方法如下：

通信双方选定一个密钥单词，写在电报明文下面，长度不足时需要重复这个密钥单词。

Text:	ThisI	sTheM	essag	eEnic	phere	dInTh	eBeau	fortC	ipher
Key:	nowno	wnown	ownow	nowno	wnown	ownow	nowno	wnown	ownow
Cipher:	pwpff	epwxr	nefjb	aneqf	yxnwa	qpjec	akxkb	ahojq	fyxnw

密文的字母可从上图的字母表矩形中找到，那就是在明文和密钥的交点。"P"（密文）是"t"（明文）和"n"（密钥）的交点；"w"（密文）是

第18章 国务卿面见总统所引发的密电危机

"h"（明文）和"o"（密钥）的交点。

加密完成后，墨西哥人在密文中加入一个纯数字，表示所有的密钥单词是哪个。大约有60个密钥单词可供挑选。

如果破译者不知道密钥、字母表，也不知道墨西哥人的方法，他就很容易把加密方法当作替代法，因为"xjw"这些一般语言很少使用的字母出现的频率很高，反而不太像巴勃罗·瓦贝斯基曾经使用的移位密码。

请注意"qfyxnwa"和"pw"重复出现的情况。第一个的间距是21，第二个是6。

21 的因数是 7 和 3。

6 的因数是 2 和 3。

所以21 和 6 的公因数是 3。

如果重复现象不是偶然的，那么使用的字母表的数目应该是3。我们假定这是个正确的推断，把密文按3列重组。

p	*w*	*p*	*a*	*q*	*p*
f	f	e	j	e	c
p	*w*	*x*	*a*	*k*	*x*
r	n	e	k	b	a
f	j	b	h	o	j
a	n	e	*q*	*f*	*y*
q	*f*	*y*	*x*	*n*	*w*
x	*n*	*w*			

请注意重复都发生在同一列上。如果我们将电文插入其中，就更能发现其中的规律：

Key	*n*	*o*	*w*		*H*	*E*	*R*
	x	n	w		x	n	w
	T	*H*	*I*		*E*	*D*	*I*
	p	w	p		a	q	p
	S	*I*	*S*		*N*	*T*	*H*
	f	f	e		j	e	c
	T	*H*	*E*		*E*	*B*	*E*
	p	w	x		a	k	x
	M	*E*	*S*		*A*	*U*	*F*
	r	n	e		k	b	a
	S	*A*	*G*		*O*	*R*	*T*
	f	j	b		h	o	j
	E	*E*	*N*		*C*	*I*	*P*
	a	n	l		q	f	y
	C	*I*	*P*		*H*	*E*	*R*
	q	f	y		x	n	w

第 1 个重复是由于"this"中的"th"。第 2 个重复是"cipher"在"enciphered"有重复。

我们已经把一种许多年前被认为无法破译的密码简化成为 3 个字母表。爱伦·坡的《金甲虫》说，基于一个字母表的密码是可以被破译的，方法就是不断搜集字母使用频率信息。

为了叙述简略，我们假定已经破译了一段很长的电文，并按照下面的图表进行整理：

第18章 国务卿面见总统所引发的密电危机

```
text   A B C D E F G H I J K L M N O P Q R S T U V W X Y Z
cipher k m q t a v w x g y z d r j h b e n f p c u l s i o
                                                      1st Alphabet
cipher j k m q n t v w f x y c z h g a r o d e b p u l s i
                                                      2nd Alphabet
cipher s i o n x a b c p d f r g l u y h w e j z k m q t v
                                                      3rd Alphabet
```

后面 3 行是第二级的字母表。第二级字母表用于解码,与墨西哥人使用的第一级字母表不同。请仔细查看。它们与用"repulsion"形成的字母表截然不同。

由于我们将会遇到更多的密文,复现原始的字母表很重要,否则我们无法像墨西哥人那样快速地解码。我们必须很好地利用第一封被破译的电报。

如何做呢?请注意"fgh、vwx"。它们都是正常的字母次序。如果将其转化,我们发现"vwx"在上面的字母表中是"uls",再把"uls"转化后我们找到"cdf"。继续这个过程,发现的结果如下:

(明文) fgh (等于)   vwx (密文)

    vwx   uls

    uls   cdf

    cdf   qtv

    qtv   epu

把后面一列中的"epu"和"uls"合并,就有了"epuls"。让我们再来一遍:

(明文) epuls (等于)   adcdf (密文)

    abcdf   kmqtv

    kmqtv   zrepu

    zrepu   ovabc

第 1 列中的"zrepu"和"epuls"可以合并，形成"zrepuls"。

"z"是字母表中最后一个字母。如果它的位置没有移动，"repuls"是构造字母表的最初单词。我们可以继续按照这种方式分析下去，猜出这个单词。两种方法都给出正确的单词"repulsion"。

利用单词"repulsion"做起点，我们能构造出墨西哥政府加密时用的字母表。当新的密码电报发出时，我们只需发现密钥就行了。

如果电文比较长，破译过程并不难。但是，我们希望破译较短的电文，为此就需要发展新的技术。叙述这种技术需要很长的篇幅。在这里，只需说一句话，我们对这种密码的了解比墨西哥人还要多。在现实中，墨西哥人常把密钥搞错了，于是发出的电报无法解码。如果墨西哥人给我们发电报，我们能告诉他们正确的密钥是什么，再通知他们这封密码电报已经被美国人破译，并被送往美国国务院！

从密码电报中，我们能看到美国和墨西哥之间的大量冲突，且多得不胜枚举。但是，有一次冲突十分有趣，这封电报破译后是：

如果你发现有些我发的电报没有加密，请不要吃惊，这不是不慎重的行为。我们直接发明文的目的，就是要让美国国务院知道电报的内容。

这封电报是墨西哥驻华盛顿大使发给在墨西哥城的墨西哥外交部的电报。

在这个例子中，墨西哥人想误导美国国务院，这个方法确实古怪，但毫无效果，因为我们从来不截取明码电报！我们认为明码电报不包含有用的信息，所以不愿复制保留。如果墨西哥大使馆使用密码电报发送这些蓄意误导的电报，美国国务院可能早就被误导了。发送明码想误导美国国务院，墨西哥大使其实是在白费劲。

第18章 国务卿面见总统所引发的密电危机

墨西哥政府使用修改后的博福特密码长达几年时间，后来突然改换，原因是觉得不安全。他们后来改用包含26个混合字母表的加密方法。旧方法也有26个字母表，但都是基于同一个密钥。这种新加密方法很难破译，但我们后来仍然找到非常快的破译方法。即使墨西哥人后来推出改进型，我们也能破译。

1923年前后，墨西哥政府肯定雇用了一位新的密码专家，因为他们突然改变了密码。新密码并不难破译，密码是按字母次序编排的。破译这种密码可按本书第6章介绍的办法，用那种办法我们破译了德国间谍与德国驻墨西哥大使之间往来的两封电报。

墨西哥人的密码处于不断的技术改善之中，最终码字和明文字彻底混合在一起。第8章给出了一封德军在战场上发送的电报，那是一封电文被彻底打散的例子。前面还有一个例子是英国外交部在华盛顿裁军会议期间发送的电报，电文也被彻底打散了。我们称英国人的密码是"骨架密码"。我们大约能识别3.5万个单词。英国政府偏爱小型的密码，只包含1万个单词和短语。

我们观察到墨西哥外交密码的缓慢发展历程。他们始于简单的单字母替换密码，然后逐渐发展到错位密码（disarranged code）。我们利用密码发展的内在连续性很快破译了这种密码。在这长达几年的过程中，我们不仅学习了被墨西哥人自称不可破译的密码理论，还熟悉了他们常用的术语和措辞。如果没有这些背景知识，任何密码专家都无法很快破译密码。此外，如果和平时期不去破译其他国家的密码，等到真有大事发生了，我们根本无法推测各方的企图。我们谁也无法事先知道其他国家政府何时有可能采取敌对的举动。

破译密码工作要保持长期性，其重要性可以在我们破译另一个政府的密电中获得更好的验证。这个例子中没有国际争议，只是正常的商业通信往来，但具有惊人的意义。如果没有坚持不懈，根本不可能获得意外发现。

这封令人惊奇的电报，是某国驻华盛顿大使就一桩行贿案发送给本国政府的。这个案子与三个人有关：这位大使、一位美国高官以及高官的秘书。他们之中一人已经死了，另两人大家都认识。不过，他们不必担心，我是绝对不会说出他们的姓名和阴谋的。

那是192×年夏天的一天，我前一天晚上刚把破译好的电报发给华盛顿，所以这时有长途电话找我一点都不奇怪。

"喂，喂，雅德利，你能听到吗？"一个兴奋的声音在电话里说。

"能，你说吧。"

"关于你的第×××号文件。"我送往华盛顿的文件都有序列号供参考用。

"不错，"我说，"我知道你想说什么。"

"你立刻乘坐午夜列车来我这里，明早9点钟国务院见。"他说得很快。

"我肯定能到，"我承诺道，"但是，什么事如此大惊小怪的？"

"我们乱作一团，"他大声叫喊，"听着，你必须带足材料，证明你在那份文件里说的是真的。"电话里沉寂了一段时间。"你说的肯定是真的吧？"他好像在乞求我。

"绝对是真的。"我向他保证。

"那你就来国务院解释此事。我在电话里不能多说了。"他把电话挂了。

他有质疑我不吃惊。人们质疑我们的破译结果有好多年了。不过，这个案子看来比我想象的要复杂。

我在9点之前几分钟到达国务院大楼，战争部和海军部也在这栋大楼之中。我穿过一条长长的走廊，来到一位国务院高官的办公室，他负责把

第18章　国务卿面见总统所引发的密电危机

密码局的事务向国务卿做直接报告。我做了全面的准备。我与他不太熟，自凡尔赛和会后，我们就没有再见过面。在我与他的几次交往中，我发现他是个光明正大的人，这在外交官的圈子里很少见。所以，我知道与他交往不会有大问题。

秘书立刻带我进入他的办公室。我脱下帽子，四处看看，发现屋里的气氛很紧张。我很理解他的处境，因为这封电报触及政府的根本利益。我默默地问自己："我应该如何处理与各方的关系呢？"

他让我坐下。然后，他把自己的椅子向我这边靠靠，身体稍微倾向我，开口说道："你前天晚上送来这封电报。你应该知道其严重程度。"

我没有说话。我曾读到过许多美国政府的惊人电报，也曾见识过许多外国政府的惊人电报，现在我对什么样的电报都不感到吃惊。

"你能肯定破译结果正确吗？"

"肯定。"

"为什么这样肯定？你也可能犯错呀。"

"拼写错误，可能。打字错误，可能。但是，绝对没有改变电报原意的错误。"我停顿了一下，然后说，"有哪次我们的破译结果是让你怀疑过的？"

"没有。"

"你能检验我们的机会很多。"他不说话，我继续说，"每天收到我们破译的电报，开头总是一样，'今天见到了国务卿，我说……他说……'，现在假定国务卿本人看到这些我送来的电报。他记得自己见到外国大使时说的话。他的秘书如果发现国务卿说过的与我们破译的有区别，他肯定早就开始怀疑我们的正确性了。"

"我确实没有发现过你们的错误。"他立刻表示同意，"但是，我受命搞清楚这件事。有人要求召回这位大使。你知道这是很严重的事，所以必须准确无误。"

我打开文件包，拿出一沓文件纸，放在他的桌子上。

"让我告诉你这封电报是如何破译的。"我说。然后，我一步接着一步地告诉他破译的过程。他仔细听，不时提出非常聪明的问题。一个小时过去了，我最后说，"你能看出来，我们不可能有破译错误。对我们来说，要么该电报被破译了，要么没有被破译。有时，我们只能破译一封电报的片段。还有时，我们质疑有些单词是否正确。如今的情况是这封长电报被完整破译，所以破译结果是正确的。"

"我满意了，"他回答，"但是，我要是你都不知道如何开始。破译密码的工作肯定具有某种魔力。我觉得你疯了。"

他的疑虑打消，相信了我的分析结果。但是，他似乎又想到什么，皱起了眉头。

"雅德利，现在我有一件异常怪异的事要告诉你。昨天早晨，这封电报刚到我手里不久，国务卿拿着它去见总统。总统看了看这封你破译的电报，把它交给国务卿，然后说，'总检察长刚才给我看的就是这封电报。是的，就是这封。他刚走'。"

故事讲完了，他不说话了，诡异地看着我。我也不说话，因为我知道出了什么事。

最后，他小心谨慎地说：

"那么，你说总检察长是如何拿到这封电报的副本的？"他的样子就好像是在点燃一枚炸弹。

我现在知道他为什么如此生气了，因为有人在贬低他，很可能就是国务卿在贬低他。

"我有一个解释，"我对他说，"但你可能不满意。在大战期间，我领导的密码局，需要向战争部、海军部、国务院、司法部提供密码破译和隐显墨水显影服务。那时，司法部雇用了一名自己的密码分析人员。如果我

第18章　国务卿面见总统所引发的密电危机

们需要，司法部就让我们使用。就这样，他变成了密码专家。战后，我们转移到纽约，建立了一个民用机构处理密码业务，不过我们仍然为海军部工作。我们有时会请他帮忙，他仍然拿司法部的钱。你的前任知道此事，并允许我们这样做。我说清楚了吗？"

"清楚了。继续。"

"如今，他需要证明自己对司法部有价值，所以我允许他向总检察长提供破译的电报。"

"但是，为什么要送这封？"他急切地问。

"噢，"我说，"首先，我碰巧请他破译这封电报。其次，我觉得这是司法部的案子。"

"司法部的案子！"他大叫道，"与大使有关的东西从来都不是司法部的案子。"

我并不同意他的说法，但没有回答，因为此事与我无关。我现在的处境已经坏到了极点。

"我们有钱雇用这个人吗？"他问。

"有。"

"他愿意去你那里吗？"

"我认为他愿意。"

"那就把他弄过来。我们不想让你的办公室里待着一个司法部的人。"

我答应了他的要求，然后准备离开。

"这个案子还有一个问题会影响我。"我又走回到他的桌子前说道。

"什么问题？"

"如果你要求召回这位大使，这位大使和他的政府就会知道我们破译了他们的密码。他的政府就要任命一位新大使，并启用一套新的密码。谁也不知道新密码有多难破译。你应该知道，即使我的机构很有能力，但常常需要几个月的努力才能破译一套新密码。新大使很可能会从事类似的活动，而我们已经无法监视他的活动了。能不能让这位大使继续待下去，看看他还要做什么。相反，新大使来了之后，我们就不能确定他会干什么了。你看，是不是留着旧大使比较好一点呢？"

"是的，我们都想到了。我觉得这个案子就此了结。后果太严重，不好干预。"

这位国务院官员的计划比我想象中的要好。我把司法部的那位密码专家调到我的名下。不久之后，我们就破译了一系列涉及某总检察长亲密朋友的电报。

第 19 章
写给国务院的有关密码安全的忠告

华盛顿有时不理睬我们，一放就是几周时间，有时又突然来信让我们立刻完成破译工作。我时常想政府是不是以为我们是破译密码的机器。

1926 年秋天，华盛顿有人给我打电话说，有一封需要立刻破译的信件马上送到。11 点，信送到了。我打开信，发现几页纸上有 390 个码字。下面是这封信的头几行：

```
8453207440    5400000001    19977  NCOTRAL    2116388212
0000178607    4747722681    2212567444        0757021928
2105311032    8151788212    6742358138        4346728381
```

信中没有地址、署名、日期。随着这几页密码纸还有一封短信，短信中对无法提供更多的信息表示了歉意，并要求一有发现立刻打电话向华盛顿报告。

匆匆一看，我就知道这封信用 5 位编码，然后以 10 位一组发送。请注意 "00001" 在第 2 组和第 6 组都出现了。看完这封信，我发现有许多重复的 5 位码字。第 4 组是 "NCOTRAL"，可能是个地名，也可能是个人名，不在密码本里。

我立刻拿起电话拨通华盛顿说：

"刚收到你的短信。那封信是用的编码。我们应该能解读。但是，为什么要这么神秘？"

"我什么都不知道，雅德利。"

"你肯定知道给你信的人，是不是？你能告诉我一些线索吗，比如说那封信所用的语言。"

"我一点都不知道它用什么语言。'S.D.'给我这封信的时候很神秘，但要求我告诉你这封信很重要，必须快点破译。有进展就告诉我，多么小的进展都要告诉我。"

"S.D."就是美国国务院。我又要开始猜了。国务院感兴趣的都是外交信件。当时有争议的地区只有塔克纳－阿里卡（Tacna–Arica），美国在争议中扮演仲裁人的角色。智利和秘鲁为此陷入战争，美国希望这两个国家不用武力去解决争端。我猜这封信可能是智利人的或秘鲁人的。冲突爆发以来，国务院一直都没有要求我们破译这两个国家的密电，对此我感到奇怪。不过，我早就无心理会国务院的各种怪异举动了。

我们有一个剪报组，他们把《纽约时报》上有关国际争议的文章剪下来并加上索引。这样，我们就能随时查阅报纸上的内容。仔细阅读这些剪报发现，阿里卡市的控制权是问题之一。所以，我们推测"阿里卡"应该出现在信中。

我们在大战期间曾破译智利和秘鲁的密码，所以比较熟悉他们构造密码的方式。我们推测这封信使用了一种字母编码体系，换句话说，单词保持其字母顺序，码字按数字大小排列。不过，我们在大战期间破译的是5位字母编码，不是现在的5位数字编码。

在分析信的内容之后，我们发现出现频率最高的是"36166"，假定它

第19章 写给国务院的有关密码安全的忠告

代表"de"。我们把信中所有出现"36166"的地方都用"de"替代。然后，寻找"阿里卡市（ciudad de Arica）"这个地名。由于"阿里卡"应该在信的开头出现，我们觉得它应该是以"00"开头的码字。经过几个小时的寻找，我们放弃假定"36166"是"de"，而认为它代表"en"。

由于假定"36166"是"en"也没有结果，我们暂时放弃破译"36166"。

我们把"27359"选为下一个目标，因为它也是一个出现频率很高的单词。我们假定它是"de"，然后寻找"ciudad de Arica"，最后找到了。

于是，我们就这样不断地寻找。到第一天工作结束时，我们只找到了"de""en""el""que""y""a"等单词。我们开始怀疑是否能很快地破译这封信，因为问题比较复杂。在总共390个码词中，有250个只出现了一次。

然而，第二天早晨，问题就有了转机，我定位了"国务院"这个短语，接着又定位了"国务院说"等短语。

有了这些发现，我拿起电话告诉我在华盛顿的联系人，希望他告诉国务院的人这封信出自智利或秘鲁驻美国大使之手，信的内容是汇报美国国务院一次有关塔克纳-阿里卡争执的谈话。我告诉联系人，如果国务院想要我快点破译，最好把这次谈话的备忘录寄给我们。国务卿有个习惯，每天与外国大使谈完话，都要立刻写出备忘录。我们常常收到这类备忘录，它们对破译很有帮助。

第二天早晨，备忘录寄到了。几天后，我们完整地破译了这封电报，它是秘鲁大使发给利马政府的。下面是其中的部分内容：

第37号。1. 昨晚我单独与斯特布勒一道进晚餐。晚餐后，他说国务卿总是想私下与我聊一聊，听听我有关在塔克纳-阿里卡事件中的经历，并且夸我的英语能力较强。我回答说，如果他想见我，我随时愿意去。斯特布勒在如何布置国务卿办公室方面很有发言权，而且总能让国务卿本人满意。我没有报告这件事，因为我觉得这只不过是随便瞎聊，并不重要。但是，斯特布勒今天早晨给我打电话，他说国务卿愿意今天与我见面。

2. 我立即给国务卿打电话，我们进行了一次很长的谈话。国务卿说……

这封电报有几页长，记录了国务卿与埃利斯先生谈话的主要内容，以及后者的回答。

可是，国务卿为什么对这种电报感兴趣呢？国务卿知道谈话内容。为什么他仍然对秘鲁大使有关谈话内容的报告感兴趣呢？

答案是显而易见的。国务卿想消弭争议，不仅要消弭极为重要的智利和秘鲁之间的矛盾，还要照顾玻利维亚的利益。他需要召集各个国家的代表，试探每个国家的需要。他必须折中各个国家的具体需要，防止它们付诸武力解决问题。他需要知道他的谈话是否被正确地传达给各个国家，除非他能做到这一点，否则争议将会持续。

电报被完整破译之后，我把它送到华盛顿，华盛顿方面传来消息说某位领导要见我本人。他就是我在大战期间破译西班牙政府密码时认识的那位官员。

我们之间的谈话非常神秘。他肯定有些想法，我也应该在见他之前做好准备。像往常那样，我提前一天来到华盛顿，但没有告诉对方我到了。我给一位外交秘书打电话，华盛顿的流言蜚语他都知道。

他比较了解我们，过去经常视察我们办公室。他能坦诚地与我讨论各种问题。与他们这些外交官在一起，我们当然很愿意谈论自己的事情。不

第19章 写给国务院的有关密码安全的忠告

过,我更喜欢他们谈论秘密的东西,这常给我许多重要的信息。

这位年轻的外交官是个非常健谈的人。那个早晨,他先花了一个多小时的时间谈论自己的桃色事件。之后,我们才开始涉及密码的话题。

"我想辞职,"他最后说,"我生活在焦虑之中。我们获得情报说墨西哥人正在破译我们的电报。这使人异常恐慌。墨西哥人甚至能破译我们的密码。但是,你是知道的,我们国务院不会采取什么行动。国务院吃惊地发现别人能破译自己的密码。他们只知道你们能破译别人的密码,至今还不知道如何有效利用你的经验。为什么国务院愿意花钱让你去破译别人的密码,却不愿意让你为国务院设计一种密码?这一点我一直都感到异常神

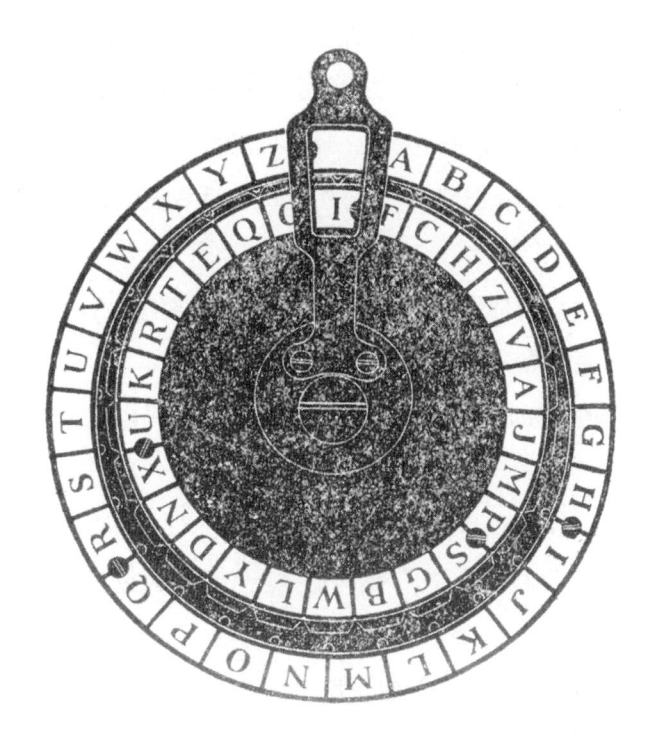

普莱特密码机,根据著名的惠斯通密码修改而来。这台密码机的内盘有 26 个位置,外盘有 27 个位置。内盘每旋转一次,内盘的位置就变化一次。字母表可以任意改变。

秘。国务院让我恶心。我要辞职。"他继续说着。

我没有说话，但我知道国务院官员找我谈什么。他会问许多神秘的问题，但我知道他想说什么。

第二天，我与国务院的那位官员见面，他祝贺我们以如此快的速度破译了秘鲁人的密码。他说要把秘鲁人电报的完整档案寄给我，而且我今后每天都能收到当天的秘鲁电报。他期望我花费额外的努力尽快破译这些电报，越快越好。

他对我们在不知道对方语言、地址、署名的情况下快速破译密电感到兴奋。他停下来，等着我说话。我知道他的习惯，便默不作声地抽烟。我俩几分钟内谁也没说话。我猜他正在思考如何把心里的秘密告诉我。

"雅德利，"他最后开口了，"我很久之前就在怀疑我们自己的密码是否安全。"又是一阵长时间的沉默。"我可以给你一些我们发出去的电报。请你们看看是否能破译它们。"他自然没有告诉我墨西哥政府已经破译了我们的密码。

"我非常高兴看看你们的电报。但是，这有必要吗？"

"为什么不呢？"

"我熟悉国务院的密码。我不看你寄给我的密码电报，也能告诉你我的意见。"

他端详了很长时间。"你都知道些什么呢？"

"我知道所有我能知道的。"我向他描述了国务院密码的构造和秘密通信的细节。

"你是如何知道这些的？"他问我。

"是这样，"我冷笑了一下，接着说道，"密码学是我的专业。我不仅对外国政府的密码感兴趣，也对自己国家的密码感兴趣。这有什么奇怪的吗？"

第19章 写给国务院的有关密码安全的忠告

"你的意思是说国务院的员工与你谈起过密码的事？"

我不说话，他默默地看着我。

最后，他说："你能不能给我一份备忘录，说一说你如何破译我们的密码。"

这是个令我感到害怕的要求，因为我的建议肯定会彻底改变国务院的秘密通信体系。所有人都知道，国务院的规章制度十分繁杂，无法进行大变革。

"我看没用。"我回答。

"为什么没用呢？"

"密码涉及的问题很深。不是稍微改改就行的问题。最近几年密码科学发展很快，可是国务院却止步不前。你知道，国务院没有一个有密码工作经验的人，所以没有人真正知道密码学。这种情况让人感到失望，我也无能为力。"

"为什么不能呢？"

"你允许我坦白说吗？"

"你说吧。"

"首先，让我们看看谁在负责国务院的密码工作，他知道密码这门学问吗？没有。他为什么能占着这个职位？因为他是密码专家吗？不是。因为他是保存档案和做索引的专家。构造密码这件事只是他目前工作的附带工作。

"你也许会说他上任后已经制定出几套密码体系。这是事实。但是，谁也不会因为编制了几套密码而懂得密码的奥秘。如果你把他叫到这里来，他会坦白告诉你，他不能破译任何密码。他不敢在我面前假装懂得密码学。他怎么可能会呢？他没有任何实际工作经验。这不是他的错。这是国务院的错。国务院聘用了各方面的专家，但忽略了外交工作的核心，即

-269-

安全的通信，国务院把这一关键领域留给了业余的密码工作人员。

"你和我一直密切合作破译外国政府的密码。世界上诸大国也安排有经验的密码专家破译其他国家的密码，其中就包括我们美国政府的密码。然而，美国国务院却让一个业余密码专家编制密码，世界上的密码高手能轻易地撕破他编制的密码。这难道不是很荒谬吗？"

"这就是我请你提供建议的原因。"他打断了我的话。

"如果国务院希望跟上密码学发展的步伐，就不只需要建议，"我回答道，"如今你请我写备忘录告诉你们我如何破译你们的密码。这有何意义？这份备忘录会被转交给编制国务院密码的人。他会说，'哈，我知道你如何做了。我可以改正这个缺点。'但是，他无法看到整体，而只知道如何解决这个特殊问题。无论我做出多少解释，他也无法认识到本质问题，因为他并不是专业密码人员。他看到一个问题，就解决一个问题，总是忘记系统里还会有更多的问题。我们都知道，最快的方法并不一定是最好的方法。

"即使他解决了一个缺点，那又怎么样呢？有能力的密码专家会去寻找下一个缺点。例如，我是美国第一个写论文说明如何破译国务院的外交密码的人。国务院后来做了什么？就像我刚才说的，只进行了几项改善措施，改正了我指出的缺点，但你们目前使用的通信方法基本上和我做初级电报员时的一样。"

他对我的话表现出极大的兴趣。他盯着我看了好一会儿后说：

"与其写如何破译我们密码的备忘录，不如写一份改革建议书。"

我笑了，因为我知道国务院毫无希望。

"我做不到。我没有兴趣帮你们搞出一种不能被破译的方法。如果我不能，业余人员也不能。实际上，国务院在密码学方面非常落后，令人感到绝望。你们的密码和你们的思路都属于16世纪。"

第19章　写给国务院的有关密码安全的忠告

"16世纪的密码！"

"你们确实曾经进行几项改革，但大体上仍然是16世纪的东西，因为国务院的密码就像16世纪的编码方法那样既古老又笨拙。我们如今已经有了电话和电报这样的即时通信方法，国务院确实也在使用这些快速通信方法，但你们仍然要求电报员用手翻阅密码本几个小时。国务院不仅应该使用即时通信方法，还应该使用即时编码和解码的方法。此外，国务院应该有一种不可破译的通信手段。"

"有不可破译的系统？"

"有。但不是国务院能理解的那种。确实有不可破译的通信手段。为了使用这种体系，国务院必须放弃所有古老的观点。我称之为革命性的通信方法。你们需要辞退90%的现有电报员，你们的电报可以绝对不可破译。"

"你是在说密码机吗？"

"是的，但不是你心目中的密码机。大战期间，美国电报电话公司发明了一种只需敲打字机就能自动加密和在电缆上传输电报的机器。在电缆的另一端，电报能被自动解码，并打印出来。即使敌人在这台机器之间截获电报，他也只能获得混乱的字母。如果即时传输和加密无法实现，操作员可以先在键盘上将电报敲入机器，机器给出加密电报。然后，操作员把加密电报交给电报公司传输。加密电报被送到后，接收方调整机器，把接收到的电报敲入机器，机器解密后原电文将在眼前打印出来。

"这种机器很好，简单、高速、准确。但是，它仍然不是不可破译的。

"人们已经发明了许多密码机。有一种密码机设计得非常精妙，能在40亿封电报中无重复。至少发明者是这样希望的。人们为了逃避重复，想尽了办法，比如转盘、磁带、电脉冲等。这些机器能满足你对简单性、速度、准确性的要求，你能因此辞退90%的电报员。但是，这些机器的发明人并不知道一个事实,世界上不存在不产生任何重复的方法。无论是什么样的加密法,数学公式都将找出有重复的地方。"

"如果你说的是对的,我也同意你说的,那么如何构造出可行的无法破译的秘密通信手段呢?"

"只要设计密码的目标是为了防止重复,就无法构造出不可破译的密码。不可破译的密码有重复,但这些重复不用来掩盖秘密。所以不必设法规避它们。"

"有这样的方法?"

"有。"

"是像你刚提起的美国电报电话公司发明的那种机器?"

"是,大小如同打字机一样。在美国政府采取这样的机器之后,世界上就没有密码专家能破译美国的电报了。世界各国和电报公司也将先后采用。从此,以破译密码为生的职业将会消失。

"我希望你能理解为什么我不愿意写备忘录。根据我的经验,我不知道如何利用传统方法编制不可被破译的密码。只有一种方法能使通信不被别人破译,但这要求国务院彻底改变其古老的方法。我觉得,我和你都无法改变。

"我说的话可能对国务院不够尊重,但我肯定你是能理解我的说法的。我不是国务院的雇员,因此敢说我想说的。"

他看起来一副忧虑的样子。

"我完全理解你的说法,"他打断我,"感谢你刚才所说的。这个问题必须加以认真考虑,但你我都知道国务院的行动异常缓慢。"

我同意他对国务院的评价。我们的会面结束了。我很后悔说了那么多离题的话,可是现实却毫无希望。

只有爆发一次国际丑闻,才能惊醒国务院,让他们认识到自己的外交

第19章 写给国务院的有关密码安全的忠告

通信的基础并不安全。我的全部工作就是去破坏别人的密码。我应该把这份重要的工作留给具有建设精神的密码专家。

当沿着又宽又高的走廊走向门口的时候，我的内心充满了一种骄傲的感觉，因为我交给美国政府一项重大的任务，那就是要保证长期的通信安全。与此同时，我还有一种职业的骄傲感。想到外国的密码专家陷入疑惑之中，无法破译我们的密码，我心里快活极了。

但是，我为什么要做梦呢？各国外交官就像是小丑似的在舞台上做着各种表演，不断地低声私语，然后向着天空大声叫喊，就好像电报能为他们保守秘密似的！

对我来说，我必须快点回到纽约，因为国务院想知道秘鲁大使正在华盛顿悄悄说着什么。

第 20 章
美国黑室被毁灭

1928年年末，报纸上充斥着有关英美海军竞赛的消息。1927年，英国由于对休·吉布森（Hugh Gibson）不满而退出了日内瓦会议。后来，柯立芝总统（President Coolidge）提出15艘巡洋舰的建议，这使英国和美国拥有等同的海军力量。英国政治家突然改变了态度，觉得也许与美国签订限制巡洋舰条约有好处。

大家的关注重点都放在1929年的会议。我们开始准备在这次会议上大展手脚，就像我们在1921—1922年的华盛顿裁军会议上一样。

可是事情并不简单。"美国黑室"进入了一个关键时期。我们越来越难以拿到外国政府的电报副本，被迫采取各种狡猾的手段去偷。上级也不再协助我们获得必要的电报。

我很羡慕那些外国密码专家，因为他们不必担忧电报的来源。电报是按照程序送到他们手中，这点很像我们在大战期间的待遇。实际上，英国在与电报公司的合同中规定，必须向海军部提供电报。英国有经验的密码专家都藏在海军部里。我很担忧无米下锅的情况，打算进行一次力争行

第20章　美国黑室被毁灭

动，争取彻底解决这个问题。

我的计划很大胆，但失败了。失败的原因有许多，在这里就不说了。

很快我就把自己的注意力投入大会的工作之中。英国和日本变得更加激进。就像1927年在中国爆发的危机一样，这两个国家仍然保持着协作关系，在不与美国协商的情况下私下做出决定。美国尽全力保持自己在华盛顿裁军会议期间获得的地位。"美国黑室"必须发挥其固有作用。

新的国务卿已经上任。但是，我在华盛顿的联络员按照传统先让他熟悉自己的新职责，然后才让他熟悉"美国黑室"的情况。

我们终于破译了一系列重要的电报，于是我立刻把电报送到华盛顿，并趁机建议利用这次机会让新国务卿了解我们的本领。

我异常焦虑地等待华盛顿的反应。我应该先知道国务卿的反应。几天后，我看见书桌上有一封来自联络员的信。我没有勇气把信打开，只是很长时间里默默地看着它。

最后，我打开信封。头几个字就判了我们死刑。这封信几乎无法读懂，到处是惊呼，到处是疑问。我拨通联络员的电话，希望了解详细情况。

联络员说，我提交的电报被送到国务卿手中，国务卿看了后想知道这些电报是如何搞到的。他在了解到"美国黑室"的情况后，表示完全反对我们的活动，并命令切断国务院对我们的一切资金支持，宣称国务院与我们毫无关联。他认为美国不能监听外国政府的电报。这自然是在判"美国黑室"死刑，因为我们现在几乎完全依赖国务院的资金。

我缓慢地放下电话，转向秘书，她已经跟随我10年之久。她记录下谈话的内容，脸色惨白。

"我很抱歉，"我茫然地说，"我看我们应该把其他人叫进来。"

我把华盛顿的决定告诉了他们。他们盯着我，眼睛里充满了疑惑。大部分人从事密码工作已有多年，他们守口如瓶，甚至连最亲密的朋友也不知道他们的成就。他们从没有想过密码分析职业会消失。他们都是些长期从事研究工作、智力异常发达的人，听到他们不断询问同一个问题，我感到十分悲伤。他们无法理解目前的情况，就像孩子寻求无法解释的解释。

第二天，我便收到关闭"美国黑室"的正式通知，并命令我立刻赶到华盛顿。

在向上级报到前，我四处寻找有可能了解目前情况的人。我认识一个外交官，他是国务院下属几个外交机构的领导。我猜他应该依赖我们提供的破译信息。

当我走进他的办公室，他露出绝望的表情。

"雅德利，你听到坏消息了吗？"他问我。

"听到了。"

"真是一团糟。"接着他开始自我保护，"你是知道的，我不是头儿。"他总是把国务卿称作头儿。

"很遗憾你不是。"我说。

我们谈论了一小会儿。我起身要走。

"雅德利，我们改变不了什么。头儿不理解。没有你，我们不知道如何过日子。"

"哎哟，你肯定能处理好，"我回答，"再见，我很高兴能与你共事。"

最后，我来到上司的办公室。他告诉我发生的事，并对不得不突然关闭"美国黑室"表达深深的歉意。我们都同意现实无法改变。"美国黑室"几乎完全依赖国务院的资金。此外，我们认同是国务卿决定政策。如果国务院认为外国政府的密码电报不可侵犯，我们就不该去破译。如果国务院决定不做的事，战争部也不能做，否则就是在篡夺国家权力。现在只能关闭"美国黑室"，遣散工作人员。"美国黑室"在历史上的那一页到此结束了。

第20章 美国黑室被毁灭

上司交给我一封分发给工作人员的感谢信和推荐信，并且好心地为我也写了一封。

我觉得上司对我的离开感到悲哀，因为我们维持了16年从不间断的联系。

在离开国务院前，我需要见一下另一位官员，他是我的私密朋友，也是"美国黑室"最坚定的支持者。他外出吃午饭了，到2点30分才能回来。

我走过穿行16年的走廊，走到街上，在街对面的公园坐了下来。

很快就会有另一次军备会议，毫无疑问会在伦敦召开。没有"美国黑室"，美国代表如何才能力争好的结果呢？国务院仍然使用其16世纪的古老密码。我仿佛看到了英国海军部密码局的兴奋状态，他们有经验的密码专家已经准备好攻击方阵，向美国的电报员和古老密码方式发动进攻。我真妒忌他们。

美国在这次未来的会议中会被击败吗？英国和日本能如愿以偿吗？我为美国代表团感到遗憾。后来，我才知道美国在伦敦遭遇惨败，不但在6英寸（15.24厘米）大炮和潜艇上失去自己应该的位置，而且让日本获得10比7的海军实力比率。

在放弃"美国黑室"的秘密活动之后，美国只能处于自卫状态，因为除了防备外国密码专家的窥探，还需要在不破译其他大国外交电报的条件下提出自己的主张。但是，美国能提出明智的主张吗？

坐在这里，我能看到国务院译电室的那扇窗户，在那里我受到过早期的训练。我很想念那些密码本、电报指令、同事关系，我必须去看看译电室的老朋友。我来国务院的时候刚刚24岁，如今已经40岁。漫长的16年啊！对我来说，这是一生的经历；对美国来说，则是一段小插曲。16年的艰辛、疾病、刺探、费神的科学、华丽的信件和光荣。为什么？这一切都变得毫无意义。

我不能沉迷于回忆之中，因为我必须去见那位吃完午饭回来的朋友。我们自1913年就认识，那时我还是个刚在国务院起步的年轻人。这些年来，他一直支持我。我必须向他道别。

看到我回来，他的秘书立刻把我引到办公室。

他面露难色地对我微笑，一只虚弱的手伸过来与我握手，请我坐下。他的举止让我迷惑，因为他从来都是给予我坚定支持的人。听着他漫无目的的闲聊，我试图理解他的心态。我设身处地，假定我雇用了某人利用不体面的手段去获取我认为十分关键的信息，在获得所需的信息之后，难道我还想再见到花钱雇用的人吗？

我开始觉得他也很低劣，他显然令人作呕。

"我来就是为了表示敬意，"我说，"你知道我们正在关闭纽约的办公室。"

"是的。"他全身颤抖。

"人很难放弃老朋友、老关系。但是，人终究还是会放弃的。"我说。

"我们很想念你，都不愿离开你。"

我与他握手，道一声再见。他显然松了一口气。他陪我走过宽大的房间，甚至帮我开门。

"美国黑室"的秘密活动，结束了。

附录一
雅德利：我是如何写出畅销书《美国黑室》的

1929年，因为密码破译被认为是不道德的行径，美国国务卿亨利·刘易斯·史汀生撤出了对官方密码破译部门的投资。于是，雅德利在纽约的工作机构被迫关闭。当时美国正处于经济大萧条时期，雅德利没能找到工作，于是他决定利用唯一的资产——政府秘密活动的内幕，通过讲述这些故事来养家糊口。雅德利在给著作经纪人乔治·拜伊的备忘录中提到写作《美国黑室》的初衷。这本书后来成为畅销书，而且还是谍战题材的名著之一。这篇备忘录清楚地反映出雅德利是怎样一个人，当然也包括他的拼写错误。

我是一个密码学家，不是一名作家。朋友们都建议我回纽约后向您咨询，他们告诉我，您可以让任何一个人成为作家，不论他之前是否接受过写作培训。于是我来到纽约，带着身上仅有的一点家当，在海军准将俱乐部酒店住下，然后给您打电话。您那温文尔雅的秘书告诉我您不在并记下了我的电话号码，接下来的一整天我都坐在桌前等您的电话。可是一直没有来电。第二天依然没有，一连几天都是如此。我有些失落，不仅因为我几乎身无分文，而且看起来没有人认识到我有个故事要讲。

就这样大约过了两周，后来我遇见一位在一战期间结识的专栏作家富兰克林·皮尔斯·亚当斯，请求他推荐一位图书经纪人给我。他问我是否会写作，我告诉他我不会，但或许可以请人代笔。他建议我来见您，我说我这两周一直都在努力，却没有见到您。

我说："拜伊肯定是喝醉了，他总是不在。"

他回答说："没有，他只是偶尔会喝醉。"

"他有什么事吗？"我问道。

"他最近很忙，忙着在外面卖东西。"

"或许他是真的忙，"我回答道，"您能否为我另推荐一位经纪人，拜伊是不会见我了。"

"没有其他的经纪人。"他回答道，"我会给他打电话告诉他你想见他。"

好吧，拜伊，就目前来说，我已经茫然无措，我先去睡觉，反正豁出去了，接下来就是不停地打电话，打电话。最后终于打通了电话，您说让我过去见见您。

我的人生中的确有些苦日子，但第一次向您讲述这些，多少有些难以启齿。我知道自己捉襟见肘的困境，但我仍竭力地用一些光鲜的辞藻去描述我经历过的浪漫、冒险以及政治阴谋，一听到突然响起的电话以及您与那些大人物的聊天，我就会感到窘迫万分。

但我猜想您可能是可怜我。不管怎么说，您让我第二天过来拜访《星期六晚邮报》的、后来写出畅销书《圣杯》的作者托马斯·伯特伦·科斯坦先生。

我提前半小时到了您那里，坐在前厅等候，您的秘书在写支票，并将那些川流不息进入您办公室的成功人士介绍给我认识。在我等候的两个小

附录一 雅德利：我是如何写出畅销书《美国黑室》的

时里，大部分时间我都在透过紧闭的房门倾听您和科斯坦先生及富兰克林先生的谈话——富兰克林是美国一名斗牛士，他正在与您商议几篇文章事宜。

最后，苦等无望，我起身拿起帽子和破旧不堪的外套打算回去，这时富兰克林先生突然终止了他的谈话，您邀我进去，跟科斯坦先生说起我的故事。

科斯坦先生有一种威严的、压倒性的气质，而我衣衫褴褛，相形见绌，显得那样的卑微渺小，我几乎张不开嘴。贫穷让我变得很奇怪：虽然仅在几个月前我还处于事业的巅峰时期，现在突然发现自己无法言语，脑海里空无一物，信心尽失。然而，科斯坦先生非常有礼貌，耐心听完了我的讲述，接着便急匆匆离开了您的办公室去赶火车。我紧随其后，有些沮丧，说实话，当时是不抱任何希望了。

我感觉自己与您之间的联系到此为止，但是出乎我的意料，第二天您给我打电话，让我坐火车去费城，《星期六晚邮报》希望我能过去谈谈。

我再次见到科斯坦先生，他与众不同的思维和不安于现状的目光激起了我的好奇心。他向我引见了最著名的作家斯托特先生。我向他讲述了我的故事，但他似乎对这个故事兴趣不大，而我则惊奇于他的娃娃脸和圆眼睛。他问我是否会写作，我告诉他我不会，我觉得我是唯一一个不会写书的美国人。这让他对我热情起来。

后来，科斯坦先生回来了，他和斯托特先生讨论了这件事情，他告诉我会帮我写3篇文章，但斯托特先生现在正忙于写另一个系列，可能几周之后才能帮我写。

这让我有点失望，因为我想尽快开始。我回到纽约和您讨论了一下，您让我自己写，我说我不会写书。为了加快进度，您当时保证会尽快找人将它们写出来。

我等了几天，都没有收到您的音信。最后，我回到旅馆试写，又鼓起勇气让您看了下我随便写的一章内容。按照您说的，您拿回家看了——至少您是这么说的（我怀疑您是否真的看了我写的内容），然后告诉我，我需要的只是一台打字机和一些纸张。

短短几小时，我便准备好这些东西，从旅馆搬到一间阴暗又便宜的房间。我面前摆了一台打字机，身边是500页纸。但是，我唯一能做的就是望着天花板发呆。接连几天，我只挤出了几行字，随后又将它们付之一炬。书写这段可能会成为美国最伟大的历程之一的历史，对我来说简直是苦不堪言。我将人生中的所有事情都做得很好，数以千计的信件充分说明了我作为密码破译者的能力，但是我对写作一窍不通！噢，拜伊，似乎我要告诉大家一个非常惊险刺激的故事，可你不知道对我来说这意味着什么——坐在打字机前面，尽管肚子里有一个扣人心弦的故事，但是苦于没有经过培训，不会使用任何技巧、不知道如何讲述……我非常绝望。

最后，我开始整段整段地写，接着是整页整页地写，我不再去考虑用词、句式还有结构。通常是在结束通宵达旦的写作之后，我战战兢兢交给您写好的一个篇章，接着第二天，您告诉我继续这样写。我当时很怀疑，我现在仍然怀疑您是否读了这些书稿，但是您给了我继续写下去的动力。我继续写着这难成体统的文章。

为了把我从这项艰苦卓绝的苦差事中解脱出来，您让我每个星期五下午去参加您组织的"星期四下午文化俱乐部"活动。在那里，我见到了很多著名的作家和记者，跟他们聊天，告诉他们我正在做的事情。他们反驳了我，"或许你有个故事吧，不过我对此深表怀疑"。

是的，没有人否认我有一个故事，但只有我知道我这个故事是美国历史上最激动人心的故事。我害怕，害怕自己不知道如何讲述它。

我未曾向您提及这些，只是回到自己阴暗的房间，继续敲打着那台租来的打字机。

附录一　雅德利：我是如何写出畅销书《美国黑室》的

后来，您告诉我出版商鲍伯斯-梅里尔公司（Bobbs-Merrill Company）想要见我。我给他们的纽约代表人乔治·夏夫利先生打了电话，简单介绍了我的小说。他认为我的小说值得写，但是想要一份书面的大纲。

是的，在没有大纲的情况下，我就开始写书了。于是我找了两位速记员，连续口述了48小时，让他们记下来。可是结果非常糟，毕竟没有时间从头再来。不管怎么说，夏夫利先生将我的大纲发给了身在印第安纳波利斯的戴维·钱伯斯先生，并暗示我说他会接受这本书。

这是个好消息，因为当时我的口袋里只剩下几块钱，穷得只能自己做饭吃。正装破旧不堪，只好省着穿，工作的时候也穿着吃饭时穿的衣服。我一次又一次来见您，因为我需要您的鼓励和建议。然而，在您办公室长时间的等待让我泄气，虽然您总是那么彬彬有礼，但我总觉得您言不由衷。除此之外，您每次看起来都像刚从一场聚会中回来一样。我迫切地想将这一切忘掉，而且我也是这么做的。一个没有经过培训的人怎么可能讲述一个故事呢？您真是在挑战不可能。

1931年元旦那天，我喝了杯冰激凌苏打水，通宵工作了一整夜。从最初一天写1000字，到后来的2000字、3000字；有时候屋子很冷，我无法入睡，一天最多可以写7000字。脑中一团乱麻也好，内心备感羞辱也罢，我——一个曾站在事业顶峰的人——现在正尝试着进入另一个行业，一个无法用曾经的专业知识和言语来表达我自己的领域。我甚至为自己语言的匮乏以及从未进行写作训练而哭泣。我无法得到这些指导，因此只能打字，日复一日，夜以继日。

最终，我于4周后向您交出了大约四分之三的草稿，鲍伯斯-梅里尔公司让我去他们的办公室商谈版税的预付和合同的事情。在他们签字之前，他们说我必须在一个月内完成书稿。我已经筋疲力尽，眼睛凹陷，但是急需这笔预付款。因为我向他们保证我绝不会让他们失望。

我来到您的办公室，告诉您这个消息。在跟《星期六晚邮报》电话沟通后，您告诉我，必须在两星期内完成这本书，而不是一个月，因为要在这本书出版之前，给他们足够的时间去刊发其他文章。

我相信您根本没有意识到自己是个奴隶主。我想虽然我之前一直没停下工作，但是现在开始我要四班倒地工作，睡2小时、工作4小时，然后再睡2小时、再工作4小时。接着您又告诉我书稿必须在星期一上午10点前送到打字员那里。我只好在星期六晚上写了个通宵，星期天晚上写到10点才睡觉，之后又定了星期一凌晨2点的起床闹铃，千赶万赶终于在您规定的时间内设法写完了书的最后一章。

交稿后，我坐在房间内，浑身颤抖，惴惴不安。打字员将书稿交给您，您在费心阅读之后给我发电报说："祝贺您写了一本非常伟大的书，比我预期的还要好上10倍。"我终于不用再做这件苦差事了，我忽然觉得，我讲述故事的能力或许没那么糟糕。

不管怎么说，拜伊，这件事对您来说，就像是您从大街上随便找了个人，然后用您无与伦比的才能去鼓励、苛求并哄骗他，让这个人在数周的时间内创作出了一本书。

难怪您在纽约游刃有余呢！

（节选自《偷阅绅士信件的人：美国黑室创始人雅德利传》，金城出版社2018年11月第1版。）

附录二
富于传奇色彩的人物——雅德利

史上最著名密码分析家的名声主要不是来自他的所作所为,而是来自他所说的话——以及他说这些话的轰动性方式。这也最符合赫伯特·雅德利的性格,因为他也许是这一行中最迷人、最雄辩和最富传奇色彩的人物。

1889年4月13日,雅德利生于印第安纳州沃辛顿,一个中西部小镇。一战前,那里阳光灿烂、岁月静好,他一天天长大。雅德利是个招人喜欢的小伙子,中学是班长、校报编辑、足球队长,虽然学习成绩平平,但他有数学天分。16岁起,他常常光顾当地酒馆的扑克牌桌,学习这个将成为他终生爱好的游戏。他曾想当一名刑事律师,但在24岁时成为国务院密码员,年薪900美元。

这实在是天作之合,因为他和这门学科是天生一对。使节信件每天流经他手,这段经历激起他的浪漫情怀,密码学激发了他的想象力。他曾模糊听到过一些故事,讲述密码分析员如何窥探国家秘密。某夜,豪斯上校发给威尔逊总统一封500个单词的电报,胆大妄为的雅德利决定试试自己能否破译最难的美国代码。几小时后,出乎他的意料,他居然破译了它。

这进一步拉近了他与密码分析的联系。发现高级别编码学的低劣之后，他写了一篇100页的备忘录，论述美国外交代码的破译。他提出一种新加密方法，就在他致力于找到可能的破译法时，他被诊出一种疾病，从那以后，分析员称这种病为"雅德利症状"："它是我醒来后想到的第一件事，睡觉前考虑的最后一件事。"

1917年4月，美国宣战后不久，他说服陆军部成立密码部门。他的成功部分因为确有这个需要，部分因为他本人是个很有说服力的年轻人。雅德利证明了他的密码分析能力，而且很好地履行了职责。43个月后，他的薪水涨到1400美元。27岁的雅德利就已谢顶，他身材瘦削，被"美国军事情报之父"拉尔夫·范德曼少校提拔为中尉，并担任新成立的军事情报处密码科主任。

密码科如藤蔓般肆意生长着。第一个来到密码科的是约翰·曼利博士，他负责培训分部，训练美国远征军分析员。这个52岁的语言学家是芝加哥大学英文系主任，后任现代语言学会会长。作为一个长期的密码爱好者，他将成为雅德利的主要助手、优秀分析员。曼利带来一群哲学博士，个个挂着叮当作响的优等生荣誉学会钥匙[1]，其中大部分来自芝加哥大学……

1918年8月，雅德利到欧洲向美国盟友学习，他希望学到尽可能多的知识。在向布鲁克-亨特展示了能力后，他获准进入军情一处b科，在那里学习英国破译各种代码和密码的方法。和对任何人一样，密室40号的大门依然对他紧闭，不过霍尔还是给了他一本德国海军代码和一部中立国外交代码。当年秋天在巴黎，雅德利结识潘万。潘万在自己的办公室给雅德利安排了一张桌子，还多次邀他晚上到家做客，但雅德利从未获准进入法国外交部密码分析机构。

一战停火协定签订后，他留在巴黎，领导巴黎和会美国代表团密码机

---

[1] 优等生荣誉学会钥匙：美国大学优等生荣誉学会成员的象征是一把金钥匙。

附录二 富于传奇色彩的人物——雅德利

关。一开始，组织工作紧张繁忙，但后来压力减轻，雅德利、奉命协助他的蔡尔兹和从密码科派来的弗雷德里克·利夫西中尉也因此享受了密码员的快乐时光。雅德利很实际，他觉得3名军官没必要同时待在密码机关，于是安排了轮流值班，这样他们可以把大部分时间花在巴黎当时流行的国际鸡尾酒会和舞会上。

当这一切不可避免地结束时，雅德利厌倦地回到国务院译电室，他热衷于美国的密码分析需求，在国务院和陆军部施展了他强大的推销能力。他得到代理国务卿弗兰克·波尔克同意；又于1919年5月16日向参谋长提交了一份关于建立"密码研究和破译的永久性组织"的计划。3天后，参谋长批准了计划，波尔克用棕色铅笔在计划上签下"OK"和他的姓名首字母。该计划设想每年给予10万美元的财务支持，由两部门联合提供，但实际花费从未达到那个数字。国务院从1919年7月15日开始支付4万美元，但这笔钱不能在哥伦比亚特区进行合法消费，因此不久后，雅德利把核心人员（主要来自密码科）和必要物品（语言统计资料、地图、剪报、词典等）调到纽约市。

10月1日，这个后来被称为"美国黑室"的组织在东38号大街3号一所房子里安顿下来，这里曾是纽约名流和政治领导人萨芬·泰勒的住处。但它在那里只保留了一年多一点，随后搬到东37号大街141号，列克星敦大道东边的一幢四层褐砂石大楼内。黑室的新办公场所占据了那座华丽建筑的一半空间。房子是分割结构，约3.7米宽的房间窄得令人压抑，高天花板也没有减轻多少压抑感。雅德利的房间在顶楼。在这里，所有与政府有关的外部联系都被切断。租金、供热、办公用品、照明和雅德利每年7500美元的薪水、人员工资都由秘密资金支付。虽然这个部门是军事情报处的分支机构，但直到1921年6月30日，陆军部才开始给它拨款。

……

1921年11月，裁军会议在华盛顿开幕。开幕前几个月，黑室和国务院间设立了每日信使制度。一个官员打趣说，国务院高层对分析员的工作非常满意，每天上午喝着橙汁和咖啡阅读译文。裁军会议的目的是限制主力舰吨位，随着谈判接近实现主要成果——按一定比例在美国、英国、法国、意大利和日本间分配吨位的《五国海军条约》，雅德利团队也在解读各国给谈判代表的秘密指示。"黑室，门窗紧锁，戒备森严，无所不见，无所不闻。"他后来夸张地写道，"虽然被厚实的窗帘遮得严严实实，黑室的千里眼能穿透华盛顿、东京、伦敦、巴黎、日内瓦、罗马的秘密会议室，顺风耳能捕捉到各国首都最微弱的耳语。"

……

裁军会议期间，黑室交出5000多份破译和翻译稿，雅德利几乎神经崩溃。2月，他到亚利桑那州休假4个月，恢复健康。他的几个助手也出现同样毛病，一位语无伦次地喋喋不休；一个女孩梦见在卧室追逐一只牛头犬，抓到后发现狗肚子旁写着"密码"；另一个女孩不断重复相同的噩梦，梦中她轻松背着一大袋鹅卵石，最后却在一处无人的海滩上发现一枚鹅卵石，和她所背石子中的一块一模一样，她把它们一把扔到海里。三人都辞了职。

保密一直是黑室的重中之重。邮件被送到一个假地址；雅德利的名字被禁止出现在电话簿上；锁经常更换。尽管如此，一些外国政府肯定还是发现了该组织的活动，因为他们至少进行过一次策反雅德利的尝试，策反失败后，有人冲进办公室，朝桌子开枪。之后，黑室搬到范德比尔特大道一幢更大的办公楼。1925年，在那里设立了编码公司，以此作为一个拙劣的掩护。这个以雅德利为总裁，门德尔松为财务部长的公司确实编制了一本《通用商业编码》，他们把它与其他商业电码本一起发售。密码分析员在门面后一个锁着的房间内工作。每天晚上，所有纸片都被小心翼翼地锁

附录二 富于传奇色彩的人物——雅德利

起来,不让任何东西留在办公桌上。虽然如此,在那个相对随意的时代,分析员还是可以把他们正在解决的问题带回家。

1924年,雅德利获得的拨款严重缩减,不得不遣散半数人员,这支队伍减少到十来人。虽然如此,雅德利说,从1917年到1929年,黑室依然破译了超过4.5万封电报,包括阿根廷、巴西、智利、中国、哥斯达黎加、古巴、英国、法国、德国、日本、利比里亚、墨西哥、尼加拉瓜、巴拿马、秘鲁、萨尔瓦多、圣多明各(今多米尼加共和国)、苏联和西班牙等国代码,并且初步分析了大量其他代码,包括梵蒂冈代码。

这一切戛然而止。雅德利一直与西联电报公司和邮政电报公司总裁合作,获得外国政府密电,现在开始遭到他们越来越强烈的抵制。赫伯特·胡佛[1]刚刚就任,雅德利决心与新政府一次性解决这个问题。他决定采取一次大胆行动,起草了"一份拟直呈总统的备忘录,概述了黑室的历史和作为,以及政府如果希望充分利用其密码员的技能,须采取的必要步骤"。采取行动前,他静候风向转变——却发现风向对他不利。雅德利到一家地下酒吧听胡佛的第一次总统讲话,从胡佛严厉的道德指责中,他感觉到黑室的末日。

他是对的,虽然导致黑室关闭的原因来自别处。胡佛的国务卿亨利·史汀生上台的这几个月,正是雅德利认为让他在残酷的外交现实中摸爬滚打、磨掉一些天真的一段时光,他认为这是必须的。一天,黑室交给他一系列重要电报的译文。和前几任国务卿不同,史汀生不吃雅德利的那一套。他得知有这么个黑室,震惊不已,极力反对,认为它是卑鄙的窥探活动,是偷偷摸摸、鬼鬼祟祟的钥匙孔偷窥的肮脏勾当,是对他在个人生活和外交政策中都遵循的互信原则的违背。带着这些看法,史汀生反对这些手段是出于爱国目的的观点。他坚信他的祖国应走正道,并且按他后来

---

[1] 赫伯特·胡佛(1874—1964):美国共和党政治家,第31任总统(1929—1933)。

的说法,"君子不窥"。纯粹出于道义,史汀生坚信大道无术,撤回国务院对黑室的全部资金支持。[1] 黑室丧失了主要资金来源,很快命殒。胡佛的讲话已经警告雅德利:申诉无用。除了关门打烊,别无他法。未花完的6666.66美元和黑室档案移交给通信兵部队,威廉·弗里德曼在那里负责密码工作。人员迅速遭散(没人前往陆军部),1929年10月31日结账后,美国黑室彻底消失。它花掉国务院230404美元,陆军部98808.49美元——10年密码分析花了不到100万美元预算的三分之一。

工作专业性极高的雅德利找不到工作,回到沃辛顿老家。大萧条让他一贫如洗。到1930年8月,他被迫出售一套公寓和一家房地产公司八分之一股份;实际上,他抱怨说,他不得不"近于白送"地卖掉他几乎拥有的一切。几个月后,他考虑写出黑室故事,赚点钱养活老婆和儿子杰克。1931年1月末,他向密码科老友曼利借2500美元,他俩的联系持续了整个20年代,但后者无奈拒绝了他。绝望的雅德利开始写作,这本书将成为史上最著名的密码学图书。1931年春,他在给曼利的一封信中描述了书的构思:

我已经很久没有正经写过任何东西,我告诉我的代理人拜伊和《星期六晚邮报》杂志,我需要另一个人执笔。我给拜伊和邮报编辑科斯坦看了点材料,他们都叫我自己写下去。一连好几天,我无助地坐在打字机前,艰难地敲出几个字。渐渐地,在拜伊鼓励下,我有了点信心。这时鲍伯

---

[1] 1940年,作为陆军部长,他不得不改变初衷,接受"魔术"密码分析情报。但其时国际形势已不可同日而语。"1929年,"他本人以第三人称写道,"各国诚意寻求长期和平,所有国家在这一努力中都是伙伴。身为国务卿,以君子对君子,史汀生与友好国家派来的大使和公使打交道……"而1940年,欧洲陷身战火,美国正在战争边缘。

附录二 富于传奇色彩的人物——雅德利

斯-梅里尔收到提纲，预付我1000美元，后又来电催稿。我开始轮换工作，写几个小时，睡几个小时，只有买鸡蛋、面包、咖啡和罐装土豆汁时才出门。天啊，我居然能写那么多，有时只有上千字，但通常一天能写到上万。我把写出的章节拿给拜伊，他读后，提些意见。7周后，我终于完成了这本书，并摘取文章部分内容发给杂志。

6月1日，印第安纳波利斯州的鲍伯斯-梅里尔公司出版了这本375页的书。但它的部分章节以两周一次的频率，发表在《星期六晚邮报》的3篇文章里。这些内容受到当时这本主流杂志的青睐，后者把该系列第一篇文章作为4月4日那一期的头版。雅德利是讲故事高手，他的文字也没有辜负他的叙述能力。除此之外，他犀利、辛辣的风格也为他的作品增色不少，这本《美国黑室》立即大获成功，迅速潜入公众意识，牢固建立了它在密码学书籍中的经典地位。时至今日，在所有有关此话题的鸡尾酒会上，它依然被人们津津乐道，在二手书商圈子中也炙手可热。对它的评论一边倒，全是好评。评论员W. A. 罗伯茨在一篇广受推崇的评论中总结了主流意见："我认为本书是迄今为止第一部由美国人撰写、最具轰动性的关于一战和战后初期秘史的作品，它披露的秘密超过了任何欧洲特工写作的回忆录。"记者涌入政府部门，询问这一切是否都是真的。国务院用驾轻就熟的外交辞令，"倾向于不相信"雅德利的说法。陆军部官员睁眼说瞎话，说过去4年中从未有这样一个组织存在过。

但在波澜不惊的表面下，美国密码分析员却恨得牙痒痒。弗里德曼认为该书毫无根据地诋毁了美国远征军的密码活动，对此异常恼火。雅德利曾从穆尔曼的一篇报告中得知，蔡尔兹在测试时，破译拟议但从未使用的远征军《战壕代码》加密，还有无线电情报科监测员通过监测电话信息推断出美军对圣米耶勒突出部的攻击。他不自觉地把这两件事合编成一个

《星期六晚邮报》支付给雅德利3篇文章稿费的凭证。

《美国黑室》的销售报表。

附录二　富于传奇色彩的人物——雅德利

引人入胜的故事。故事中，德国人通过密码分析得知美军扫平突出部的企图，因而，"如果德国人没有得到预警，这次攻势本应成为战争史上的一件大事，结果却只产生了微不足道的影响。对不合格代码和密码系统的盲目信任使前线付出了巨大代价"。这也不能全怪雅德利，因为穆尔曼的报告极其混乱，没有清楚区分这两次事件。但雅德利忽视了代码的频繁更换，没有根据地假设德军破译了那些信息，并且基本上没有进行核实。

弗里德曼给远征军同事们去信，征询他们的意见。穆尔曼回复："我开始阅读雅德利的文章，但发现其中所写似乎在夸大作者的重要性，罔顾事实。我没读完。我很奇怪，有那么多人可以信誓旦旦地写出'我如何赢得一战'的话题，我有点遗憾地发现雅德利也未能免俗。"希特写道："我从未在一本正规杂志上看到其他任何系列文章像雅德利文章那样，满是歪曲事实、无根据的批评和含沙射影。一份大型全国性周刊居然允许他在读者面前摆出一副一战大英雄的样子，可怜的家伙，他要靠说谎来做到这一点。"

曼利一开始曾警告雅德利："如果泄露你曾经读取外国官方电报的事实，你会招致严厉批评。"文章发表后又告诉他，"我赞同这些文章，认为它们很精彩。"弗里德曼把雅德利泄露美国密码分析秘密与律师违反职业道德透露顾客私密材料相提并论，曼利致信弗里德曼，说他本人不会透露任何与友好国家有关的密码分析情况，但他觉得雅德利的动机只是想迫使政府建立一个密码分析机关。弗里德曼回复，"依我之见，他对我们国家造成的巨大伤害将会持续多年。"也许其中一些能立即浮出水面，因为书上提到代码被破译的19个国家中，至少有一部分已经更换了代码。一个陆军分析员回忆，当时那本书的出版给他和同事带来相当多的额外工作。

雅德利本人似乎也被自己掀起的风暴惊到了。他起初曾向曼利坦诚，"如果我不以某种方式夸大它们（书和文章），读者会睡着的"，及"要写出畅销的东西，你得编。事情不会戏剧性地发生，因此要么夸大，要么干

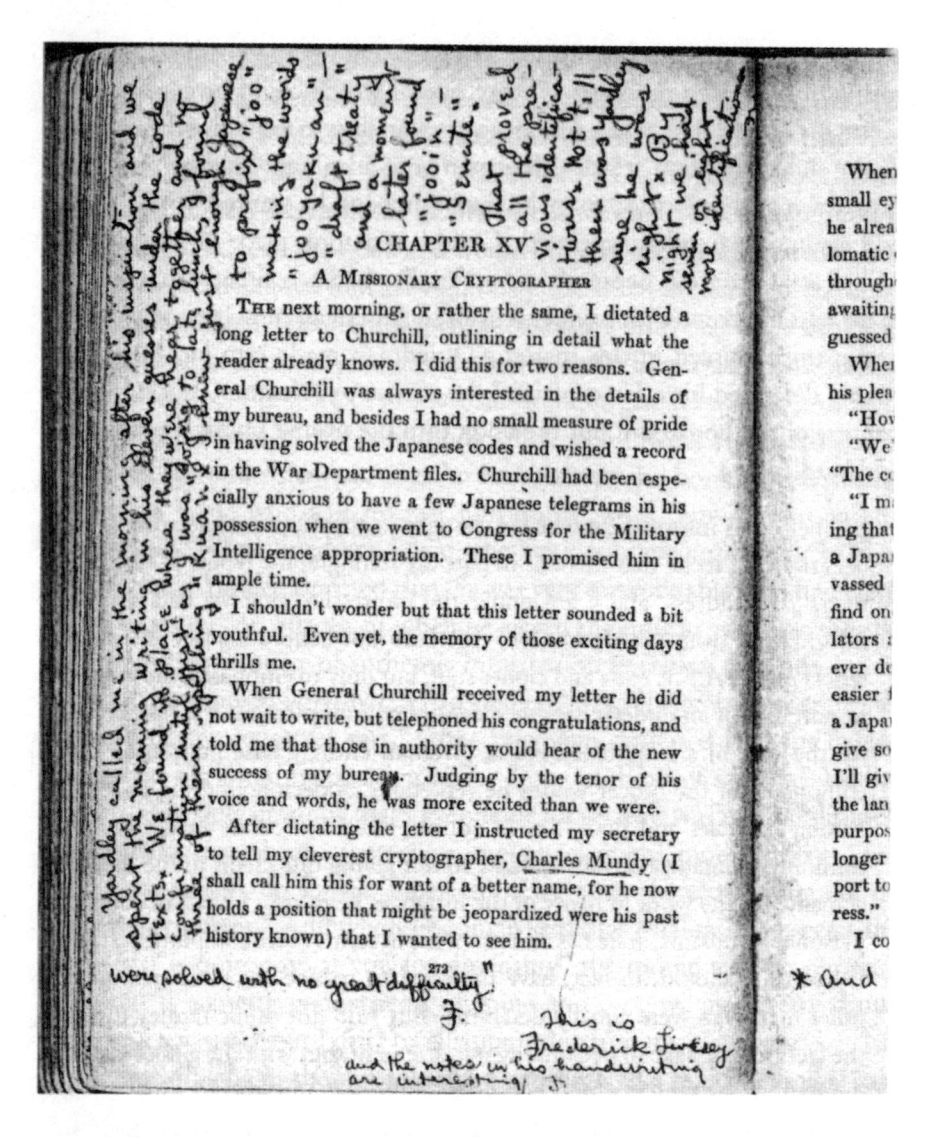

《美国黑室》其中的一页,上面有雅德利的前同事弗雷德里克·利夫西和威廉·弗里德曼("F")做的批注。

附录二　富于传奇色彩的人物——雅德利

脆不写"。但当他发现自己骑虎难下时，他又装出一副真诚的样子。"请问，"他在一封给《纽约晚邮报》[1]编辑的信中反问，"如果要在外交领域消除这类做法（读取他国电报），必须迈出的第一步难道不是对情况的公开发表、讨论吗？……在我看来，作为第一步，对事实有所纠正，至少在当前形势这一点上，我的书可能是对公众有益的。"他在《自由》(Liberty)杂志上一篇题为《我们在泄露国家机密吗？》的文章中向批评者发起攻击。他在文中指责国务院在编码方面的重大疏忽——"16世纪的代码"，他曾在书中恰当地称呼它们，并且宣称他的书不应被"看成一个传奇故事"，而应"作为对美国在编码领域毫无防卫能力的揭示"。

然而，仅作为一个传奇故事，《美国黑室》售出17931册，对一本与密码学有关的图书而言，这个销量是空前的，直到今天，这也是一个相当可观的数字，而更名为《美国特务》(Secret Service in America)的英国版又售出5480册。这本书在法国、瑞典出版，还有中文版，但正如所料，它在日本的销量扶摇直上。如果按平均人口计算，日本33119册的销量几乎是美国的4倍。

该书在日本引起巨大轰动。1931年7月22日，日本最有影响的报纸之一《东京日日新闻》刊出一篇长篇大论，列出有关此书的各种观点。人人都想挽回颜面，把责任推给外务省。其中典型是贵族院一个匿名者的评论，他认为时任外相，华盛顿会议期间的驻美大使币原喜重郎男爵，"必须为此负责"。他还说道，"美国政府此等背信弃义行为的泄密，无疑将是未来参加国际会议的日本的一个宝贵教训。"激烈批评币原喜重郎的池田长康男爵宣称"日本当局确实愚蠢"。外务省不得不承认美国的破译是"因为日本政府未能经常更换密码"。然后它试图让美国人丢脸，指斥其"无耻"，并且努力抹黑雅德利，声称华盛顿会议期间，他"拜访了华盛顿

---

[1] 《纽约晚邮报》：今《纽约邮报》。

的日本大使馆,声称日本密电全部被破译,然后提议出售这些译文。雅德利先生就是这样的货色"。——无疑是杜撰的。一个海军军官对这样一本书"甚至在美国"能够出版表示惊讶,对美国放纵破译活动表示遗憾,同时保证日本海军"已经不遗余力保持无线电报机密"。陆军在批评外务省未在会议前更换密码的"严重错误"后,承诺向它建言献策。

一份又一份日本英文报纸报道了雅德利揭露的内幕在官员圈中引发的"强烈兴趣"、"轰动"或"巨大轰动"。知名的大阪《每日新闻》报道,陆军省和海军省已指示驻华盛顿武官购买几册书,并且声称他们"决心采取最严格的防范措施,参加即将到来的日内瓦(裁军)会议"。两份英文报纸对破译发表了完全对立的社论观点。《日本新闻》以十足英国口吻说道:"这太像蒸汽一般潜入别人的信中——一个看似没发生的事情。"而《日本时报》冷静地评论说,"尝试破译别国密码是游戏的一部分",并且"我们能做的就是批评外务省,而不是抱怨美国人从本队手里拿分"。

人们对这本书的兴趣经久不衰。国务院曾要求"随时得到全面信息",掌握雅德利引发的轰动,1931年11月5日,卡梅隆·福布斯(W. Cameron Forbes)大使报告:"《美国黑室》显然在日本产生巨大影响。与日本各阶层的谈话中,我常听人提到它。根据日文版出版商数据,该书售出4万多册。目前它依然畅销。"但是,与一些公开报道相反,它没有导致日本政府倒台(密码书会有那么大威力?),日本也没有向美国提出抗议,也未在3年后废除《五国海军条约》。它确实使日本开始用怀疑的眼光打量在日本学习语言的美国海军军官;它确实在日本人心头留下无法磨灭的痕迹,以致10年后,东乡茂德就任外相时想起这个故事,特意查问日本通信是否保密。它还助长了日本的反美和反白人情绪。

因此,当国务院远东问题专家亨培克听说雅德利写了一本名为《日本外交秘密》(*Japanese Diplomatic Secrets*)的新书,透露1922年海军裁军

附录二 富于传奇色彩的人物——雅德利

会议期间发送的大量日本电报时，他在1932年9月12日的一篇备忘录中写道："鉴于日本民意当前普遍存在的过激状态，对美国充满恐惧和敌视，我强烈要求做出一切可能努力，阻止此书出版。一旦出版，它将在国内泛滥，引爆社会。"大概是这篇备忘录起了作用，1933年2月20日，执法官员以此为由，指责该书手稿违反了禁止美国政府代理人私自持有秘密文件的法令，于是将它从麦克米兰公司没收了。雅德利是在鲍伯斯-梅里尔公司拒绝之后把稿子投给麦克米兰的。雅德利的著作代理人乔治·拜伊和一名麦克米兰编辑被纽约南区联邦首席助理检察官托马斯·杜威[1]起诉到联邦大陪审团，但他们和雅德利都没有受到刑事起诉。杜威后来在其他领域出了名。

实际上，美国政府寻求在议会通过一项直接针对雅德利的法律。"任何人，因受美国政府雇用，"该法案写道，"从他人处获得，或持有，或保管、接触任何官方外交密码或任何以此等密码加工的材料，未经授权或依照职权，故意公开或向他人提供任何此等密码、材料，或从任何外国政府与其驻美外交使节间传送过程中获得的任何材料，处1万美元（含）以下罚款或10年（含）以下监禁，或并罚。"

该法案（众议院4220号法案[H. R. 4220]——《政府记录保护法》）最早由得克萨斯州民主党议员哈顿·萨姆纳斯应国务院要求向众议院提交，最初版本虽与上述最终版本基本内容一致，但初版更长、更详尽。辩论中，一些议员指控它是国务院掩盖秘密的手段。其他人质疑，有些人可能会出示以加密形式传送的美国信息的明文版本，该法案是否惩罚那些人。他们尤为关注的是国会议员和报社记者。基于以上考虑，收到众议院的法案后，参议院递交了一个替代版本。在反对者不在场时，该法案被匆匆提交表决并获得通过；但当海勒姆·约翰逊（Hiram W. Johnson）回到

---

[1] 托马斯·杜威（1902—1971）：美国政治家，作为共和党总统候选人参加了1944年和1948年的总统选举，分别输给罗斯福和杜鲁门。

参议院，发现了他不在时发生的事情后，他要求重新讨论该法案，他的要求得到一致同意。约翰逊就是那位著名的加州共和党参议员，曾任两届加州州长，一次评为副总统候选人。

两天后，1933年5月10日，议会期间，参议院就密码法案举行大辩论。这次重要议会通过了"新政"改革的重大举措，辩论由第一任任期的弗吉尼亚州参议员哈里·伯德主持。内华达州民主党人基·皮特曼是政府在参议院的法案提议人，他宣称，"在我看来，受托雇员公开他们因职务获得的政府间秘密通信是不正当的。按我的理解，这就是该法案的全部意义。"但另一个民主党人，华盛顿的霍默·博恩却心存疑问，"我很想知道，没有这类立法，我们照样从第1届议会走到第73届，它此时立法的目的是什么？"皮特曼回复，"议长先生，我得说，过去，我们的政府显然非常幸运，在这些极端机密位置上拥有值得信任的雇员。然而它最近发现，这种信任已经丧失，并且可能还会继续丧失。"就在这当口，他们收到一封来自国务卿科德尔·赫尔的信，以立法者行话口吻，信中声称国务院提出法案时，丝毫没有考虑到是否限制了媒体，该信内容被登记入案。此时约翰逊开始发言，他的幽默缓和了愤慨，他痛批这个法案是对个人自由的威胁：

表面看，这个法案就和婚礼一样普通，和葬礼一样体面……但是……它不会带来它提交时显示的结果……

事情是这样的，一天，国务院的年轻绅士们匆匆走进国会山，说事情紧急，为防止枪炮打到家门口，我们应即刻通过这项法令。实际上，他们说服了议会，议会讨论了法案，甚至都没人告诉议员为什么要提交这项法案，而议员对法案主旨或急迫原因一无所知……形势紧急还是一个半月前的事，据称，若此法案不立即通过，可怕的事件将会发生，但自那以后，法案一直搁置着，却什么事也没有发生。因此，一开始极力主张通过该法

附录二 富于传奇色彩的人物——雅德利

案的理由现在不存在,冷静审视过去,它其实也从未存在过。

然后,他提到雅德利和他的书——第一次在议会辩论中被提及——说他读过并且发现它"多少有点看头"。他批评雅德利违反了"信托关系的所有规则",并指出他又写了一本包含裁军会议内容的书。

此时那个极其"紧急的情况"发生了。据我所知,他的手稿被没收,之后就是这些惶恐的绅士走进议会说,对付如此微妙、如此危险、千钧一发的紧迫局面,他们必须有一条新刑法。于是大概就在今年4月1日左右,他们有了这项法律提案。法案在众议院通过后(直到法案通过,才有人了解它的一点情况,这就是法案通过的方式),新闻从业者立即在媒体上发出平日里的怒吼,呼吁新闻自由,叫喊这类法令会对他们造成多大干涉。结果当然是人人自保,法案眨眼之间就被修正,为的是不干涉媒体,不惜一切代价维护新闻自由。

让我们来看看提交的法案。关于这个问题,我谈的是立法技术方面。我不赞成设立不必要的罪行。如有必要设立一项罪行以利于施罚,我当然承认立法机关这样做的正当性;但除非有绝对必要,我不赞成增加罪行的做法。这个法案针对特定案件,但它偏离了靶子,永远射不中那个案件。它将在法律文件中留下一条处罚严厉的刑法条文,直到——很远的将来,它的最初目的被人遗忘之时——它被用于完全违背立法本意的另一目的,而且可能酿成大错。关于制定这种适用于某些特定既往罪行的法律,这样的情况就曾经发生过。

约翰逊开始阅读法案,"任何人,因受美国政府雇用,从他人处获得……",但被内布拉斯加州参议员乔治·诺里斯打断:

-299-

诺里斯先生：议长先生，他无罪吗？如果做出那样一件可怕的事情，他难道没犯下罪行吗？

约翰逊先生：从他人处获得？

诺里斯先生：对。

约翰逊先生：是，我也这么看。现在，从他人处获得任何东西的人都罪有应得，如果他得到的话。但问题在于，我们大部分人千方百计都得不到。（笑声）

这时另一个主管该法案的政府委员，得克萨斯州的汤姆·康纳利起来反驳约翰逊的观点：

我们要这份法案做什么？一个混蛋背叛了信任他的政府，或另一个与某些政府代理人合谋以获得保密信息，然后出卖它，法案要做的，就是使之成为一项刑事罪行……我的主张是，任何公民……受政府雇用，能获得保密文件和记录，不诚实、不适当地将此等方式获得的知识用于个人利益，都应该受到惩罚。议长先生，这项法案罪大恶极在哪里？洪水猛兽在哪里？同意偷窃私人记录的参议员何在？如果有这样的参议员，请站出来。那些因为某人偷了别人一条小牛而愤怒，想把他投入监狱的参议员似乎接受这样的想法，即认为一个人可以出卖一份公共记录或公共文件，把它卖给报社，而且那还是一个爱国和有益公众的举动。我不敢苟同……

我们在阻止不受约束的盗窃和对信任的随意背叛；那就是我们要阻止的。我们在阻止对雇主和政府的随意背叛，仅此而已。

受政府政治影响助推，这个观点占了上风。参议院经口头表决通过了法案；一个参众协商委员会赞成参议院法案，并说服众议院接受它。6月10日，富兰克林·罗斯福总统签署法案，使之成为《37号公法》（Public Law 37），它就是今天法规汇编中的美国法典第18篇第952章。

4天后，鲍伯斯－梅里尔公司提请国务院批准它履行一项1931年与蓝带出版社订立的合同，重印1.5万册《美国黑室》。该公司显然不想在这条新法前冒险，寻求国务院许可，保护它不受司法部指控。它告诉国务院，若没有任何销售回报，它将不得不根据合同补偿蓝带出版社，遭受巨大财务损失。

7月13日，代理国务卿威廉·菲利普斯（William Phillips，巧的是，就是他亲自批准雅德利于1917年离开国务院去组建密码科的）回复："若本部门授予此等许可，将暗示国务院不反对该书出版发行，将在某种程度上把国务院与作者和出版人联系起来，实际上，它从未赞同过他们。"因此，他继续说，国务院无法授予该许可。但是，菲利普斯写道，国务院也不想造成该公司财务损失，因此他将不会采取行动阻止蓝带已经印刷的4500册图书的销售或发行。尽管国务院没有对大量已发行图书采取行动，但从拒绝授予再版"许可"这件事中（虽然一些国务院官员私底下怀疑这种许可是不是国务院职权的一部分），坊间已流传出《美国黑室》已被查禁的传言。

混乱之中，雅德利稳如泰山。不过他也利用了当地参议员、印第安纳州阿瑟·罗宾逊提供的机会，为出版《美国黑室》辩护（"我希望，它会唤起国务院的保密意识，更换他们自己的密码系统，保护美国外交秘密不被外国密码员破译"），暗示他正在他的实验室埋头研制一种商用隐写墨水，无暇顾及这微不足道的立法琐事。墨水研制成功，但没在全国获得巨大商业成功，而且雅德利因它引发一次感染，失去了右手无名指。

他再次尝试写作，但他的想象力似乎需要事实铺垫，与他的虚构成

Seventy-third Congress of the United States of America;
At the First Session,

Begun and held at the City of Washington on Thursday, the ninth day of March, one thousand nine hundred and thirty-three.

AN ACT

For the protection of Government records.

Be it enacted by the Senate and House of Representatives of the United States of America in Congress assembled, That whoever, by virtue of his employment by the United States, shall obtain from another or shall have custody of or access to, or shall have had custody of or access to, any official diplomatic code or any matter prepared in any such code, or which purports to have been prepared in any such code, and shall willfully, without authorization or competent authority, publish or furnish to another any such code or matter, or any matter which was obtained while in the process of transmission between any foreign government and its diplomatic mission in the United States, shall be fined not more than $10,000 or imprisoned not more than ten years, or both.

Speaker of the House of Representatives.

Vice President of the United States and President of the Senate.

Approved
June 10 - 1933

Franklin D Roosevelt

罗斯福总统签署的国会法案，禁止雅德利第二本书的出版。

附录二 富于传奇色彩的人物——雅德利

分居多的纪实作品相比,惊险小说《旭日旗》(*The Red Sun of Nippon*)和《金发伯爵夫人》(*The Blonde Countess*)少了点刺激。不过米高梅电影公司发现,《金发伯爵夫人》里的美女间谍、密码和无所不能的密码学家的剧情就是为一部电影量身定做的。问题是,没有哪个热血电影明星满足于破译密码那样枯燥的办公室工作,但这家电影公司打破了雅德利的故事结构,把主人公塑造成一名高智商者,一心想在海外战壕服役,从而解决了这个问题。结果,威廉·鲍威尔、罗莎琳德·拉塞尔、宾尼·巴恩斯、西泽·罗梅罗和莱昂内尔·阿特威尔出演的《约会》(*Rendezvous*)问世。米高梅与雅德利签订了一份慷慨的合同,他成为技术顾问,与鲍威尔结为好友。1935年10月25日,电影在纽约国会剧场首演,《纽约时报》评论它是一部"轻松有趣的情节剧"。

1938年,在纽约昆斯区,雅德利孤注一掷,进行了一次短暂的房地产炒作。炒作失败后,他受蒋介石聘请,破译侵华日军密电,年薪约1万美元。在重庆,他一开始伪装成皮革出口商,但在那个低头不见抬头见的侨民小聚居区,他不可能长期隐瞒身份。他似乎成功破译一些日本密码,它们应该是假名符号栅栏密码。

那时他开始改变。他的个性还算富有魅力,喜欢简单的男性消遣活动。他会在黎明起床去打野鸭;高尔夫打得不错,1932年得过格林尼县(印第安纳州)冠军;玩扑克上瘾,随时随地,一有玩儿的机会决不会放过。他用许多有趣的故事逗乐同伴,讲起故事来有一种天生说书人的风趣和兴致。他是古板的完全对立面,从不掩饰他对妓院的熟悉,他养着两个情妇[1]。一次,雅德利为一个后来全国有名的年轻记者策划了一场实实在在的东方狂欢会,他认为这是把后者培养成一个男人必需的过程。虽然

---

[1] 不在同一时期。

并非人人都喜欢他，但他还是赢得许多人的忠诚和友谊。项美丽[1]在《我的中国》(China to Me)一书中直陈不喜欢他，说他是"一个大嘴巴的美国人"。雅德利最初创立了密码科和黑室，图书出版后，又转向了投机取巧；随着人们对他泄露机密的普遍厌恶，看到他为几千美元出卖灵魂，他又转而成为一个愤世嫉俗者。

1940年，他从中国归来，在华盛顿短暂尝试做餐馆老板后，他去了加拿大，建立了一个密码分析机构，主要破译间谍密码。虽然加拿大人不愿放他走，但据说，迫于陆军部长史汀生或英国人压力，他最终离开。从1941年到二战结束，他在价格管理局食品部门当执法官。1957年，他的通俗书籍《扑克玩家教程》(The Education of a Poker Player)出版，他在书中提供了一个通俗的扑克指导课程。1958年8月7日，他在马里兰州银泉的家里死于中风，按军人仪式葬在阿灵顿国家公墓。

讣告称他为"美国密码学之父"，这一点错了，但它也彰显出雅德利作品对美国人的深远影响。虽然充斥着谬误和虚假，但他的书激起公众的想象力，激发了无数业余爱好者对密码学的兴趣。就书中的全新观点而言，它们影响、丰富了美国密码学，这一功劳无疑属于雅德利。

（节选自《破译者：人类密码史》，金城出版社2021年6月第1版。）

---

[1] 项美丽：艾米丽·哈恩（Emily Hahn, 1905—1997），中文名"项美丽"，美国记者、作家，1935—1941年作为《纽约人》杂志记者在中国生活，与中国诗人邵洵美相恋。著名作品有《宋氏三姐妹》等。

附录三
雅德利的部分著作和文章

Are We Giving Away Our State Secrets? 《我们丧失了国家机密吗?》(雅德利文章)

Beautiful Secret Agent 《美女特工》(雅德利短篇小说)

Ciphergrams 《密码电文》(雅德利著作)

Crows Are Black Everywhere 《天下乌鸦一般黑》(雅德利与盖拉伯合著小说)

Double-Crossing America 《背叛美国》(雅德利文章)

The Education of a Poker Player: Including Where and How One Learns 《扑克玩家教程:从哪里学以及怎样学》(雅德利著作)

Eleven o'Clock 《十一点钟》(雅德利所著剧本)

H-27, the Blonde Woman from Antwerp 《H-27——来自安特卫普的金发美人》(雅德利著短篇小说)

Japanese Diplomatic Secrets 《日本外交秘密》(雅德利著作)

Japanese Military Codes and Ciphers in Occupied China: Period 1938–1940 《日本侵华时期的军事编码和密码:1938—1940年》(雅德利报告)

美国黑室 THE AMERICAN BLACK CHAMBER

The Red Sun of Nippon　《旭日旗》（雅德利与盖拉伯合著小说）

Shadows in Washington　《华盛顿的黑影》（雅德利手稿）

Solution of American Diplomatic Codes　《破解美国外交密码》（雅德利作品）

Spies inside Our Gates　《我们内部的间谍》（雅德利文章）

Stories of the Black Chamber　《黑室的故事》（雅德利电台节目）

The American Black Chamber　《美国黑室》（雅德利著作）

The Blonde Countess　《金发伯爵夫人》（雅德利与盖拉伯合著小说）

Universal Trade Code　《通用商业编码》（雅德利与门德尔松合编）